푸른 수학

AONO SUUGAKU
by Yuuki Ohjo
Copyright © 2016 Yuuki Ohjo
Original Japanese edition published by SHINCHOSHA Publishing Co., Ltd.
Korean translation rights arranged with SHINCHOSHA Publishing Co., Ltd.
through Shinwon Agency Co.
Korean translation copyrights © 2018 by TOTOBOOK Publishing Company

푸른 수학

오조 유키 지음 — 고향옥 옮김

틈

차례

0.

눈의 수열

눈이 펑펑 쏟아지는데, 그녀 위에만 숫자가 내리고 있었다.

잘못 봤나 싶어서 걸음을 멈추었다. 당연하지만 다시 쳐다보니 그녀 위에 내리는 것은 눈이었다. 하지만 하얀 숫자 조각이 각도를 바꿔 가며 반짝반짝 내려오는 환영이 눈꺼풀 안쪽에 여전히 남아 있다. 서둘러 길을 걷던 가야마는 걸음을 멈추고 도로 건너편에 선 그녀를 바라보았다. 눈보다 하얀 얼굴을 한 그녀는 아무도 없는 횡단보도 앞에 내내 서 있었다.

　한 손에 우산을, 한 손에 책을 들고서.

　시선은 계속 책에 떨어뜨린 채로.

　마치 주위 세계 같은 건 사라져 버린 듯이.

　숫자 조각은 자신의 환영일 거라고 여겼지만 하필 그녀 머리 위에 있었던 게 신경이 쓰였다.

자세히 보니 그녀는 몹시도 기묘했다.

그녀 머리 위 신호등이 벌써 세 번이나 바뀌었다.

분명 자신과 같은 곳으로 가는 길일 텐데.

그래서.

가야마는 길 건너편에 말을 건네 보았다.

펑펑 쏟아지는 눈에 가로막혀 들리지 않은 건가. 그렇게 생각한 순간, 그녀가 얼굴을 들어 이쪽을 보았다. 꿰뚫어 버릴 듯이 검은 눈동자를 깜박거렸다. 신호가 초록으로 바뀐 걸 확인한 그녀는 눈 쌓인 횡단보도를 잰걸음으로 건너왔다. 그리고 그대로 가야마 앞을 지나쳐 갔다. 시선은 다시금 손에 든 책으로 되돌아갔고, 입은 양털 같은 목도리에 파묻혔다. 그녀는 눈길 한번 흘기지 않았다.

가야마가 귀신이라도 본 것처럼 그녀를 지켜보는데 쌓인 눈 위로 뭔가가 떨어졌다. 그녀의 발자국을 따라가 보니 그것은 검은색 장갑이었다. 그것을 주워 얼굴을 들었을 때는 이미 그녀 모습은 인적 없는 어슴푸레한 거리에서 사라지고 없었다. 몇 걸음 앞, 카페에서 새어 나오는 불빛이 흔들렸다. 문이 닫히고 있었다. 카페는 어둑한 눈경치 속에 동화의 한 장면처럼 떠 있었다.

가야마는 어느새 카페의 나무 탁자 위에 까만 장갑을 올려놓고 그녀와 마주앉아 있었다. 그녀는 탁자 위, 내내 들고 있던 책에 눈길을 떨어뜨렸다. 가야마가 그 책을 들여다보았다.

n과 x가 정수일 때 $2^n + 7 = x^2$의 해를 전부 구하라.

그 문제를 보고 나서야 가야마는 자신의 가슴에 퍼졌던 감정을, 그리고 왜 그렇게까지 그녀에게 신경이 쓰였는지 진짜 이유를 알았다. 그 정도로 푹 빠질 수 있는 문제란 대체 어떤 것일까. 그렇게 느낀 것도 잠시, 가야마는 그 문제에 잠겼다. 식을 전개할 수 있을까. 7을 우변으로 옮겨 인수분해했다. 식을 머리에 그려 보았다. 틀렸다. 그렇다면 2^n을 우변으로? 이동시켜 인수분해한다. $7 = (x - 2^{\frac{n}{2}})(x + 2^{\frac{n}{2}})$……. 잠시 생각한다. $-7, -1, 1, 7$이 춤춘다. 좁혀진 것 같긴 한데, 길이 점점 좁아지다가 도중에서 사라져 버렸다. 아마도 틀렸을 테지.

턱 막혔다. 이토록 단순한데 단서를 드러내지 않는다. 이렇게 단순하니까 공격할 틈이 보이지 않는 것이다. 모듈러 연산[1]인가. 머릿속에 번쩍 떠올랐다. 나누는 수는 무엇일까. x? 잠시 생각한다. 아니다.

"나누는 수를 2로."

가야마는 그렇게 중얼거린 스스로에게 놀랐다. 왜 입 밖으로 내뱉었을까. 그녀가 듣기를 바란 건가. 그런 생각이 머리를 스쳤다. 그녀가 그제야 얼굴을 들고 가야마를 보았다. 머리칼이 짧은 건 문제 풀 때 방해받지 않으려고? 그대로 말없이 그녀가 손가락으로 가리킨 책의 여백에는 나누는 수를 2로 했을 경우의 전개가 쓰여 있었다. 그걸 본 순간, 거기서 막혔다는 걸 알았다.

이미 검토가 끝난 건가. 하지만 방향은 틀리지 않았어. 왠지 그런 생각이 들었다. 깜깜한 심해 한복판에 있을 때, 아무것도 보이지 않아도 이쪽으로 가면 뭔가 있을 것 같은 예감이 드는 일이 있다. 근거는 없다. 마치 물이 서서히 따뜻해지는 것처럼 이쪽으로 더듬어 가다 보면 언젠가 이 암흑이 깡그리 걷힐 것 같았다. 문제를 다시 한번 보았다. 이렇게 짧은 문제 어디에 단서가 있단 말인가.

"전부라니, 어떻게 구하는 거지."

나직한 목소리가 다시금 입 밖으로 새어 나왔다. 조금 당황스러운 심해에서 잠시 한숨을 돌리는 말이었다. 보글보글 하고 말이 거품이 되어 어디론가 올라가는 기분이 들었다. 그러나 그 말을 듣자마자 그녀는 흡 하고 숨을 멈췄다. 그리고 이내 비웃듯이 숨을 내뱉고는 여백에 단숨에 뭔가를 적었다. 나누는 수가 4인 경우의 전개였다. 보자마자 그것이 답이라는 걸 알아차렸다. 심해는 이미 어디론가 사라졌다. 가야마는 그녀가 휘갈겨 쓴 식을 한동안 바라보았다. 나누는 수가 4. 조금 더 생각했더라도 떠오르지 않았을 게 분명하다고 순순히 인정했다. 마주 앉은 그녀는 그것을 무(無)에서 이끌어 냈다. 누구일까. 그제야 가야마 머릿속에 의문이 떠올랐다. 그때 들어 본 적 없는 목소리가 들렸다.

"넌 누구지?"

그녀 목소리였다. 피아노 오른쪽 끄트머리 건반이 울리는 소리였다. 커피 잔을 든 채로 까만 눈동자가 이쪽을 바라보았다.

"가야마라고 합니다."

그렇게 대답했다. 그녀의 입꼬리가 조금 느슨해졌다.

"이름만으로는 네가 누군지 알 수 없어."

맞아요. 가야마는 속으로 중얼거렸다.

"그쪽도 수학올림피아드 예선에 나가죠?"

그렇게 물었지만 그녀는 들리지 않는 것처럼 커피를 한 모금 마셨다. 그러고는 커피 잔을 내려놓고 날씨가 어떤지 묻는 것처럼 말했다.

"너는 거기 왜 가는데?"

내리는 눈이 소리를 흡수한다는 말은 틀림없이 사실일 것이다. 카페 밖 세상은 이미 사라져 버렸는지도 모른다. 그 정도로 고요했다. 그제야 가게 안 벽시계의 초침 소리가 들렸다. 여기는 어디지? 머리가 멍했다. 꿰뚫어 버릴 것 같은 까만 눈동자 때문일까.

"예를 들면."

가야마는 입을 열었다.

"이 가게의 메뉴를 전부 주문하면 18260엔입니다."

메뉴판은 이미 치워져 탁자에 없다. 그녀는 그대로 잠자코 있었다.

"여기서 가장 가까운 역의 열차 시간표에서 출발 시간이 소수인 것은 26개입니다."

"분이?"

"아니요, 24시간을 표시한 것에서 시간과 분을 네 자릿수로 표시한 경우요."

"그렇구나."

"한 번 본 숫자는 안 잊거든요."

"그거."

그녀는 오른쪽 위로 눈알을 굴리면서 잠시 생각했다.

"재밌겠다."

"어릴 땐 다른 사람도 다 그런 줄 알았어요."

"그래서 수학올림피아드에 나가?"

나보다 한두 살 위인 것 같은데. 왠지 그런 쓸데없는 생각이 머리를 스쳤다.

"약속 때문이에요."

"약속?"

"수학을 계속하겠다고 했거든요."

"누구하고?"

가야마는 눈을 조금 가늘게 뜨고 입꼬리를 올렸다.

"마법사하고."

그 말에 그녀는 눈을 들었지만 아무 말도 하지 않았다. 대신 물음을 던졌다.

"수학이란 게 뭐지?"

그녀의 물음은 예리하고 단순했다. 차디찬 진실의 심장을 일직선으로 꿰뚫으려는 듯이. 자신의 검은 눈동자처럼. 던져진 물음이 지나치게 추상적이어서 가야마는 대답할 말을 찾지 못했다.

"뭔지도 모르는 걸 계속해? 그런 거야?"

그녀는 재빨리 말을 이었다.

"국어나 영어는 이 세계의 언어를 배우는 거지. 지리는 이 세계의 지명과 지형을 배우는 거고. 화학은 이 세계를 구성하는 원소와 그 작용을 공부해. 물리는 이 세계를 구성하는 힘을 공부하는 거야."

그렇다면 수학은? 말로 내뱉지 않는 물음이 두둥실 떠올랐다.

"숫자는 원래부터 이 세상에 있었나? 허수는 원래 이 세상에 있었어?"

0은 인도인이 찾아냈다. 그것은 발견인가, 아니면 발명인가? 그녀가 하는 말을 들으면서 가야마는 생각했다. 수학이란 게 뭐지? 하지만 입에서 나온 대답은 그와는 거리가 먼 단순한 것이었다.

"분명한 건."

가야마는 입을 열었다.

"문제가 풀리는 게 재미있어서 하는 것뿐이에요."

조금 전, 눈 속에 서 있던 그녀 모습을 떠올린다.

"그쪽도 이 문제에 푹 빠져 있었던 거 아니에요?"

그녀는 숨을 내뱉듯이 후후 하고 웃었다.

"수학은, 누가 먼저 발견하는가로 승패가 갈려."

다시 말을 잇고는 어디 먼 나라의 전쟁 이야기라도 하듯 창밖으로 눈길을 돌렸다.

"난제라고 불리는 걸, 커다란 수수께끼를, 모두가 앞다퉈 풀려고 하지. 그래서 어디에 다다르게? 모두들 마치 어딘가에 도달할 수 있는 것처럼 눈에 불을 켜지."

그러고는 탁자 위 책을 덮었다. 하얀 손가락이 가늘고 길었다.

"이건 심심풀이야."

가야마 안에서 뭔가가 울컥 올라왔다. 그것이 뭔지는 알 수 없었다. 하지만 곧 그것은 예전에 들었던 말의 형태로 나타났다.

— 계속해 나가면 언젠가는 도달한다.

"그럼 내기할래요?"

그녀는 가야마에게 눈을 되돌렸다. 그 말에 담긴 뜻에 반응하여.

"심심풀이가 된다면 좋은 거 아니에요?"

가야마는 가방에서 백지를 한 장 꺼내 숫자를 쓰기 시작했다.

1 11 12 1121 122111 112213 12221131 1123123111
12213111213113

"풀 수 있어요?"

그녀한테 물었다. 검은 눈망울이 그 수열을 물끄러미 바라보았다.

"무슨 내기?"

그녀는 그렇게 되묻고는 눈을 치켜떴다. 이걸로? 라고 묻듯이.

"수학이 심심풀이인지 아닌지?"

사람은 왜, 왜라고 물음을 던지는 걸까.

"아니요."

왜, 왜라는 물음에 답을 요구하는 것일까.

가야마가 대답하자 그녀가 얼굴을 들었다. 그녀 시선에 가야마
는 미소 지어 보였다.

"수학이 계속할 만한 심심풀이인지 아닌지."

그녀는 그대로 잠시 가야마를 바라보더니 이윽고 웃음 지었다.

'생긋'이란 말이 딱 어울리는 미소였다.

"좋아."

— 거기가 비록 네가 상상조차 하지 못했던 곳일지라도 말이다.

그것이 그녀와의 만남이었다.

1.

봄의 확률

소년은 널찍한 창고 같은 공간을 헤매었다. 거기에는 책장이 미로처럼 늘어서 있다. 우왕좌왕하면서 책장 사이를 빠져나가자 시야가 탁 트이면서 너른 하얀 벽 가득히 숫자가 빼곡히 적혀 있다. 큰 수, 그 사이에 끼어들듯 적힌 무수히 작은 수, 사용된 펜의 색깔도 다양했다.

　그 벽은 마치 숫자의 우주 같았다. 누가, 왜, 이다지도 많은 숫자를 휘갈겨 썼는지는 알 수 없었다. 그럼에도 소년은 홀린 듯 숫자의 벽 앞에서 꼼짝하지 못했다. 창고, 정확히 말하면 연구실, 그곳 주인이 돌아와 발견한 것은 홀로 숫자의 벽 앞에서 자그마한 양손가락으로 숫자를 더듬는 낯선 소년이었다. 소년은 입을 동그랗게 벌린 줄도 모른 채 마치 밤하늘에서 별자리를 찾는 듯이 보였다. 연구실 주인이 옆구리에 끼고 있던 자료를 구석 작은 책상에 살그머니 내려놓으며 말을 건넸다.

"재미있느냐?"

어린 침입자는 벽에서 눈을 떼지 않은 채 대답했다.

"네, 재미있어요."

주인이 흥미가 발동해 다시 물었다.

"뭘 하는 거냐?"

"숫자와 숫자가 이어져 있어요."

소년에게서 대답이 돌아왔다.

"예를 들면?"

연구실 주인이 다시 물었다. 소년은 잠시 지휘하는 도중인 듯 팔을 휘둘러 올린 채로 멈추고는, 뭔가를 발견했는지 손가락으로 어느 한곳을 가리켰다.

"예를 들면 저기 1729하고, 저기 91."

"그게?"

"닮았어요."

"닮았단 말이지."

"같은 것 같아요."

"어떻게?"

"모르겠어요."

"모르겠단 말이지."

그것은 둘 다 라마누잔 수였다. 두 수의 각 세제곱을 더해 나올 수 있는 가장 작은 수. 양의 정수만을 사용한다면 가장 작은 수는 1729. 음의 정수까지 사용하면 가장 작은 수는 91. 두 수는 같은 색 잉크로 나란히 쓰여서 서로 관련 있다고 느꼈을지도 모른다. 주인은 그렇게 생각했다. 그렇기에 소년의 다음 말에 놀라지 않을 수 없었다.

"그리고 1634와 8208과 또 9474도 닮았어요."

그것은 전혀 다른 곳에 쓰여 있는 숫자다. 나란히 적혀 있지 않았다.

"왜 닮았다고 생각하지?"

"모르겠어요. 그냥."

"또 있느냐?"

그 세 개의 숫자는 모두 암스트롱 수였다. 각 자릿수의 수 각각을 자릿수 제곱하여 더하면 원래의 수가 되는 희귀한 수. $1^4+6^4+3^4+4^4=1634$.

"그리고 또 5020과 5564는 사이가 좋아요."

소년의 말이 이어졌다.

"또 220과 284도 친해요."

모두 친화수(우애수)의 조합이다. 친화수는 자기 자신을 제외한 약수의 합이 같은 두 수. 그걸 알지 못하고는 한눈에 그 조합을 찾아내기란 여간 어렵지 않다.

"이 벽, 꼭 우주 같아요. 별자리가 잔뜩 있어요."

그렇게 순진하게 외치는 소년. 대체 이 녀석은 어디에서 헤매다 들어온 걸까. 연구실 주인은 반백의 머리를 쓸어 올리며 생각에 빠졌다.

"애야."

"네?"

"소수란 걸 아느냐?"

"알아요."

"소수란 뭐지?"

"더 이상 나눌 수 없는 수."

"정확하게 말하면 1과 그 수 이외의 수로는 나눠지지 않는 수를 이른단다."

"아아."

"2나 3이나 5나 11 같은 수지."

"이 벽에는 32개 있어요."

소년이 대수롭지 않게 말해서 주인은 그만 벽을 올려다보고 말았다. 숫자가 그야말로 무수히 적혀 있다. 큰 수도 있다. 소년의 말이 맞는지 어떤지 확인할 수조차 없다. 주인은 벽 앞에서 연주하듯 손을 이리저리 쉴 새 없이 움직이는 소년을 한참 동안 지켜보았다.

"애야."

"네?"

"소수는 무한으로 있느냐?"

"아까 말했잖아요, 32개라고."

"이 벽 말고, 이 세상에 말이다."

연구실 주인이 그렇게 말하자 소년은 처음으로 벽에서 눈을 떼고 등 뒤에 선 주인을 돌아보았다. 그리고 쏟아지는 시선을 받으며 조그만 얼굴을 갸웃갸웃했다.

"당연히 무한으로 있어요."

"왜 그렇지?"

"그건요, 1, 2, 3, 4……. 이런 식으로 수는 계속 이어지니까, 소수도 계속 이어져요."

"흐음. 수는 무한으로 존재한단다. 그러니까 소수도 무한으로 있겠지. 그러나 1부터 100까지 사이에 소수는 25개나 있지만, 100001부터 100100 사이에는 딱 6개뿐이지."

그 말을 듣자 소년은 소수가 무한히 있는지 없는지, 어느 쪽이 옳은지 별안간 아리송했다. 그래서 생각에 잠긴 건지 부루퉁한 건지 분간할 수 없는 표정으로 입을 꾹 다문 채 불상처럼 있었다.

"알고 싶으냐?"

타이밍을 가늠하고 물은 연구실 주인 말에 소년은 얼굴을 번쩍 들고 커다래진 눈망울로 주인을 쳐다보았다.

"알고 싶으냐?"

연구실 주인은 한 번 더 물었다. 그것이 뭔가의 입장권인 듯. 소년은 별 같은 눈망울로 주인을 올려다본 채 대답했다.

"알고 싶어요."

연구실 주인은 뒷짐을 진 채 만족스러운 듯이 웃었다.

"그럼 손을 펼쳐 보려무나."

소년이 짧은 팔을 앞으로 뻗자 주인은 뒷짐 진 손에 든 것을 작은 손에 건네주었다.

소년은 자신의 손에 있는 무거운 것을 보았다.

소년에게 그것은.

마법의 책으로 보였다.

누군가 어깨를 흔드는 바람에 가야마는 잠에서 깨어났다. 순간, 천지를 분간하지 못하고 탁 트인 3층 높이 공간을 가득 메운 책장으로 빨려 들어가 떨어질 뻔했다. 간신히 몸을 가누고 여기가 쓰쿠모서점인 걸 떠올렸다. 그제야 몸을 일으키니 낯선 남자가 안경 너머로 노려보고 있었다. 그 남자의 등 뒤로 보이는 서점 유리문으로는 비스듬히 봄 햇살이 비쳐 들었다.

"누구냐, 너?"

대답하려는데 일제히 시계 종이 울리기 시작했다. 목을 움츠리고 돌아보자 안쪽 벽에 비좁게 걸린 해묵은 무수한 시계가 일제히 정시를 알렸다. 가야마는 시계 종소리가 멈추기를 기다리면서 볼을 벅벅 문질렀다. 볼에 탁자의 나뭇결 자국이 난 것 같았다. 소리의 여운이 길쭉한 공간 위로 퍼져 올라갔다. 다시 정적이 돌아오길 기다렸다 고개를 돌려 올려다보았다. 남자는 여전히 이쪽을 보고 있었다.

"가야마라고 합니다."

시계 종소리는 완전히 잦아들었지만, 귓속에서는 여전히 종소리가 쟁쟁했다. 가야마는 눈을 꿈벅거리며 그렇게 자신의 이름을 댔다. 하지만 상대가 자신에 대해 아예 모른다는 걸 눈치채고는 마음속으로 '으으음……' 중얼거리며 할 말을 조합했다.

"기후유의."

거기까지 얘기하고는 고쳐 말했다.

"히이라기 선생님의."

그 이름이 확실하게 통했던지 남자는 순간 놀라 '낯선 소년 입에서 어떻게 그 이름이?'라는 표정을 지었다. 하지만 곧 뭔가가 접속돼서 납득한 듯 "아." 하고 중얼거렸다. 여전히 불쾌한 표정은 바뀌지 않은 채 그제야 생각난 것처럼 문 옆에 걸린 달력을 보았다.

"오늘은."

"고등학교 입학식."

대답하는 가야마를 기이한 물건이라도 보듯 흘끗하고는 남자는 카운터 쪽으로 되돌아갔다.

"고등학교에 들어가면 찾아오라고 히이라기 선생님이 말해서요."

"알고 있어."

흥미를 잃은 남자는 카운터에 앉아 산더미처럼 쌓인 책 사이에 근처 도시락 가게에서 사 온 도시락을 펼쳤다.

"아직도 변함없나?"

남자는 나무젓가락을 쪼개 도시락을 깨작거리기 시작했다.

"꽤 오래전 약속이지?"

"네, 그렇습니다."

안쪽 탁자를 두르고 있는 의자 중 하나에 앉아 가야마가 대답했다. 남자는 계속 도시락을 먹는다. 잠시 침묵이 흘렀다. 잠에 취한 듯 나른한 오후가 떠돌았다. 깜빡 잠이 들어 버린 건 이 공기 탓이야, 가야마는 생각했다.

"수학 같은 거 해 봐야 별로 좋을 것도 없는데."

"그래도 약속했으니까요."

가야마가 대답하자 남자는 흘끗 이쪽으로 시선을 돌렸다.

"계속하겠다고요."

"왜 계속하려고?"

그 물음에 순간 말문이 막혔다. 가야마는 "왜? 뭘 위해서? 다들 그렇게 묻지?" 하고 작게 중얼거리며 가방에서 사이다를 꺼내 들이켰다. 그러고는 갑자기 태도를 바꾸어 단호하게 대답했다.

"딱히 없습니다."

"없어?"

"목적도 이유도 없습니다. 그냥 계속하고 싶을 뿐입니다."

그렇게 허세를 부려 봤지만 돌아온 반응은 밥 먹는 소리뿐이었다. 가야마는 이번에는 솔직하게 대답했다.

"생각해 봤는데, 생각해도 알 수 없었습니다."

이 정도면 됐겠지. 그러고는 허공을 올려다보며 "아무튼." 하고 덧붙였다.

"텅 빈 채로 나아가기로."

"그런 생각으로 계속할 수 있을 것 같나."

이윽고 대답이 돌아왔다.

"약속했으니까요."

한 번 더 그 말을 되풀이하고 "그러니까."라며 똑바로 남자를 보았다.

"약속 지켜 주세요."

"너하고 약속한 기억 없다. 단,"

남자는 먹고 난 도시락을 비닐봉투에 넣어 정리하고는 카운터에서 일어났다.

"히이라기 선생님하고 한 약속은 지킨다."

다시금 품평하듯 햇살을 등지고 서서 남자는 가야마를 보았다. 그러고는 비닐봉지를 높이 들어 올렸다.

"이 도시락 가게 알고 있나?"

돌발적 질문에 무슨 의미인지도 모른 채 고개를 끄덕이자 "사 본 적은?" 하고 질문이 이어져 다시금 고개를 끄덕였다.

"그럼 이 가게 음식을 전부 사면 얼마지?"

마침내 의도를 알아차린 가야마는 잠시 뒤에 대답했다.

"6520엔."

남자는 입을 다물었다. 입속으로 뭔가를 계산하듯이.

"사실이군."

"알고 있었어요?"

"히이라기 선생님한테 들었다."

남자는 짤막하게 대답하고는 손으로 턱을 감싼 채 다시 입을 다물어 버렸다. 그러고 보니 이 사람은 거의 표정 변화가 없다. 짧은 머리칼 밑에 둥근 안경, 그 너머 길쭉한 눈이 연산하듯 때때로 약간 움직이는 정도였다. 이윽고 답이 출력되었는지 남자가 입가에서 손을 뗐다.

"E^2은 하고 있지?"

"E^2?"

가야마는 의아한 표정을 지었다.

남자가 눈썹을 찡그렸다.

"모르나?"

"그게 뭐예요?"

"E^2도 모른단 말이야?"

"대체 그게 뭔데 그래요."

"지금까지 뭐 한 거냐."

"고등학교 때까지는 하고 싶은 대로 하라고 했습니다, 히이라기 선생님이."

"정말이야?"

처음으로 남자의 얼굴에 표정이 나타났다. 어느 모로 봐도 진저리를 내는 얼굴이었다.

E^2.

수수께끼라는 뜻의 에니그마(Enigma).

발견이라는 뜻의 유레카(Eureka).

두 단어의 머리글자 E를 따서 만든 인터넷상의 공간.

그것이 E^2.

이 사이트를 개설한 사람은 필즈상을 수상한 '밤의 수학자'라고도 불리는 일본인이다. 그는 전 세계 수학자와 수학 애호가가 함께 소수를 연구하는 커뮤니티 사이트인 폴리매스(Polymath)에서 힌트를 얻어 E^2을 만들었다. 개설 목적은 일본의 수학력을 세계에 필적하는 수준으로 끌어올리는 것. E^2은 당초의 염원대로 전국의 중고등학생이 수학이라는 공통항 아래 모여 이야기를 나누고 문제를 풀고 의견을 주고받고 결투하는 공간으로 자리 잡았다.

남자가 카운터에 기대어 가야마의 태블릿을 조작했다. 그러고는 요점만 간추려 이렇게 말을 마쳤을 때에는 유리문 밖의 빛이 물들기 시작했다. 가야마는 설명 끝부분에 나온 단어에 반응했다.

"결투?"

대꾸하지 않는, 다시 말해 무언으로 긍정하는 남자에게 거듭 질문을 던졌다.

"수학으로 결투를 한다고요?"

"갈루아 이후로 내려온 전통이지."

"갈루아는 연적과 결투한 거지, 수학하고는 관계없어요."

"알고 있었나?"

남자는 코웃음을 쳤다.

"하지만 페라리(최초로 사차방정식의 해를 구한 이탈리아의 수학자)와 타르탈리아(최초로 삼차방정식의 해를 구한 이탈리아의 수학자)는 수학으로 결투했다. 이들은 정확히 수학으로 승부, 다시 말해서 계산 승부를 했지. 16세기 이탈리아에서는 무술이나 노래자랑처럼 수학 시합이 있었고, 수학은 승부의 대상이었어."

"수학에 이기고 지는 게 있다는 말, 히이라기 선생님은 안 했어요."

조작을 마쳤는지 남자는 안으로 들어와 태블릿을 가야마 앞 탁자 위에 놓으며 말했다.

"넌 수학올림피아드에서 예선 탈락했지? 그게 바로 졌다는 말 아닌가."

남자는 카운터로 돌아가며 "제대로 배우지도 않고 도전하다니, 배짱이 두둑한 거야, 창피를 모르는 거야." 하고 중얼거렸다.

이번에는 가야마를 향해 말했다.

"수학을 계속할 수 있는 사람은 극소수에 불과하다. 수학올림 피아드에서 모두가 금메달을 딸 수 있는 건 아냐. 게다가 본격적인 수학 세계에 진입하면 누구보다 먼저 새로운 증명을 보여 줘야해. 더 가혹한 생존 경쟁이 기다리고 있는 거지."

전 세계에서 발표되는 수학 논문은 1년에 약 1만 페이지, 그것도 요약판으로. 거기에 들지 못하는 사람이 훨씬 많다. 지금 이 순간 에도 그런 사람이 우수수 떨어져 수학 세계를 떠나간다.

"하지만."

"소고 씨."

남자가 냉정한 말투로 끼어들었다.

"하지만 소고 씨."

가야마가 다시금 불렀지만 소고는 그것을 가로막았다.

"이기고 지는 게 아니라 문제를 풀지 못했을 뿐이라는 말이 더 납득이 간다면, 그럼 그렇게 믿으면 된다. 그렇더라도 누구보다 많은 문제를 풀어야 하는 점은 달라지지 않아."

삐이 하고 태블릿에서 신호음이 났다. 둘은 동시에 탁자 위 태 블릿을 보았다.

"손님이다."

소고가 말했다.

"꼭 해야 하는 건 아니야. 나는 곤란할 거 없다."

소고는 카운터에 몸을 기댄 채 가야마를 내려다보고 내뱉었다. 가야마는 잠시 그런 소고를 노려보다가 결국은 빈 의자에 놓아 둔 가방에서 백지 다발을 꺼내 탁자 위에 올려놓았다. 탁 소리가 났다.

"할게요."

팔짱을 낀 채 그 모습을 바라보던 소고는 어이없는 표정을 지었다.

"늘 그렇게 종이 다발을 가지고 다니나."

가야마는 태블릿으로 상대가 제안해 온 결투 시간을 승낙하고는 필통에서 연필 세 자루를 꺼냈다. 그리고 카운터 반대편, 오른쪽을 올려다보았다. 크고 작은 벽시계가 같은 시각을 가리키며 내려다본다. 몇 분 뒤 벽시계가 일제히 울리는 것을 신호로 결투는 시작된다.

태블릿과 정면으로 마주 보도록 자세를 고쳐 앉는다.

심호흡을 한 번 한다.

천천히 눈을 뜨면 언제나 그 시간.

문제를 풀기 시작하기 전의 그 시간.

새하얀 시간.

아주 새로운 시간.

눈앞에 쌓인, 아무것도 적히지 않은 종이처럼.

그렇다.

평소와 같다.

문제에 뛰어들어 풀어 나가는 것뿐이다.

피식, 자신이 웃은 것 같다.

그제야 탁자에 살짝 비쳐 든 저녁노을을 알아차린다.

정수리에서 소리가 홍수처럼 쏟아진다.

풀려난 듯이 뛰쳐나온다.

눈앞의 문이 열리기를 기다렸던 경주마처럼.

쇠사슬에서 벗어난 개처럼.

"오, 너로구나."

해 질 녘 연구실 한복판. 숫자의 벽 앞 책상 위에 다리를 올려놓은 채로 논문을 읽던 연구실 주인이 기척에 돌아보았다. 소년이 책장 사이를 빠져나오고 있다. 두 손으로 가슴에 안듯이 일전에 건네준 책을 들고 있다. 소년이 강아지처럼 주위를 살피며 움찔움찔 다가와서는 주인에게 책을 내밀었다. 전에 온 게 언제였더라, 연구실 주인이 생각하면서 물었다.

"읽었느냐?"

"엄청 읽었어요."

"엄청 읽었다고? 그럼 잘 알겠구나."

주인은 책상에서 발을 내리고 손에 든 논문을 책상에 던졌다.

"소수는 무한대로 있더냐?"

"있어요."

"증명해 보렴."

자그마한 얼굴에 노을빛이 비쳤다. 소년은 입을 꼭 다물었다 이내 열었다.

"소수가 무한하지 않다고 해 봐요."

"유한하다고 하자."

주인이 소년의 말을 고쳐 주었다.

"그렇게 보면 최대의 소수가 있어요."

"있게 되는 거지."

"최소의 소수에서 최대의 소수까지, 소수를 전부 곱해요. 그리고 거기서 나온 수에 1을 더해요."

"호오."

"나온 수는 소수예요."

"왜 그 수가 소수지?"

예기치 않은 질문이었던지, 소년은 순간 입을 다물었지만 곧바로 다시 열었다.

"어떤 소수로 나누어도 1이 남고, 나누어떨어지지 않으니까요."

"그래, 그렇단다."

주인의 목소리는 다정했다.

"나온 수는 소수이고, 최대의 소수보다 크기 때문에 최대의 소수보다 큰 소수가 있는 게 돼 버려요. 이건 이상해요."

"모순되지."

"모순돼요. 그래서 최초가 틀렸어요."

"최초의 가정이 틀렸지. 다시 말해서."

"소수가 유한하다는 가정이 잘못된 거예요."

"그래서?"

"그래서 소수는 무한해요."

"아주 잘했구나!"

저녁 무렵 꾸벅꾸벅 졸던 책장의 책들이 놀라 벌떡 일어나지 않을까 싶을 정도로 연구실 주인의 목소리는 컸다. 소년은 움찔 몸을 뒤로 젖혔지만 곧바로 칭찬받았다는 것을 깨닫고는 입이 강아지처럼 헤 벌어졌다.

"이제 알겠느냐?"

"알겠어요."

"더 알고 싶으냐?"

"찾고 싶어요."

"찾고 싶다고?"

"제 힘으로 찾고 싶어요."

"흐음. 뜻이 높군 그래."

연구실 주인은 반백의 머리를 손으로 쓸어 올렸다.

"어떻게 하면 돼요?"

"그야 간단하지."

주인이 대답했다.

"계속하면 돼."

말뜻을 이해하지 못한 채 멍하니 있는 소년의 얼굴을 향해 주인은 빙그레 웃어 주었다.

"아무튼 계속해 나가는 거야. 계속해 나가면 언젠가는 도달한다."

"어디에요?"

"어딘가에. 거기가 비록 네가 상상조차 하지 못했던 곳일지라도 말이다."

"헐, 뭐예요."

"허허허."

연구실 주인이 웃었다.

봄날은 아직 해가 짧았다. 해가 지는가 싶더니 순식간에 어두워졌다. 스위치를 켜자 책장 사이로 여기저기 전등갓에 불이 들어왔다. 가야마는 불이 켜진 것도 알아차리지 못한 채 미동도 하지 않고 종이에 계속 써 나갔다.

"감탄할 만한 집중력이군."

소고는 그렇게 중얼거리며 카운터에서 커피를 마셨다. 조금 전부터 헌책을 정리하느라 가게 안을 돌아다녔고, 2층에도 올라가서 바닥이 삐걱삐걱 울렸을 테지만, 가야마는 언제 봐도 한결같은 자세였다. 연필은 멈출 때도 있었으나 무서운 속도로 다시 써 내려가는 소리가 났다.

"자네한테 부탁할 게 두 가지 있네."

선생님에게 자신의 결정을 알리러 갔을 때 들었던 말이 문득 되살아났다. 선생님은 놀라는 기색이 전혀 없었다. 태연하게 이렇게 말했다.

"아, 자네는 언젠가 그런 말을 할 줄 알았지."

"제게 수학적 재능이 없다고 생각하셨단 말씀이세요?"

발끈해서 묻자 선생님은 빙그레 웃었다.

"자네는 화낼 때마저 가면을 쓰는군 그래."

그 후에 무슨 말을 들었는지 잘 기억나지 않는다. 아무 말도 듣지 못했던 것 같기도 하다.

하지만 부탁받은 일은 기억난다.

하나는 연구실 서고를 이전하여 만든 고서점 쓰쿠모를 물려받을 것.

또 하나는.

"언젠가 고등학생 사내 녀석이 찾아오거든 그 녀석에게 수학을 가르쳐 주게. 만약 온다면 말이야."

"그게 무슨 말씀이죠? 정말로 오는 건가요?"

"잘은 모르겠네. 뭐, 아마 올 걸세."

다시 커피를 한 모금 마셨다. 그러고는 고서로 둘러싸인 천장이 높은 방에서 태블릿과 종이 이외의 모든 것을 잊은 채 계속 문제를 푸는 가야마를 보았다. 마치 비밀의 방에서 비밀의 주문이라도 뽑아내는 자세였다. 소고는 문득, 아까부터 가야마가 태블릿에 전혀 손을 대지 않고 있다는 걸 알아차렸다. 태블릿 창에 새로운 문제를 표시하려면 손가락으로 밀어야 한다. 그런데 그런 손짓을 전혀 하지 않았다. 30문, 60분. 장르 불문하고 같은 문제군에 도전하여 많은 정답을 내는 쪽이 승리. 그런 규칙을 설정해 놨는데, 아예 새로운 문제를 보지 않는다는 것은 마지막 문제에 도달했다는 건가. 그건 불가능하다고 생각했다.

그렇다면 계속 한 문제와 씨름하고 있는 건가.

승부를 포기한 건가.

아니면 풀다가 막힌 건가.

그러나 시선을 떨어뜨린 옆얼굴에는 초조함도 고민도 떠올라 있지 않았다. 가야마보다 더 안쪽에 죽 늘어선 시계를 보았다. 이제 시간이 별로 남지 않았다. 종이에 미끄러지는 연필 소리가 리듬을 새겨 나갔다. 가야마에게는 오직 그 소리밖에 들리지 않았다. 그 눈 오던 날 올림피아드 예선 때도 그랬지, 라는 생각이 머리를 스친다.

왜 이렇게 모르겠지. 그때는 그 생각뿐이었다. 왜 이렇게 안 풀리는 문제가 많은 거지. 문처럼 닫혀 있다. 거부당한다. 그 앞의 경치가 보이지 않는다. 언젠가는 열고 말리라. 언젠가의 자신이라면 반드시 열 수 있을 것이다. 그렇게 생각했다.

하지만 기다릴 수 없을 때도 있다.

지금처럼.

읽자마자 꼭 풀고 싶던 눈앞의 문제처럼.

지금 꼭, 그다음 광경을 보고 싶다.

문제는 마치 풀리는 것을 기다리는 듯이, 유혹하는 듯이 보인다. 쉽지는 않을 테지만 풀지 못할 것도 없어. 그렇게 자신에게 손짓해 오는 기분마저 든다. 그 예감 하나만을 붙들고 문제에 뛰어들었다.

떠올린다, 모든 것을 생각한다.

떠오르지 않는 것도 떠올리려 애쓴다.

여기는 어디일까.

문제를 푸는 그동안만은.

여기가 아닌 어딘가에 있다.

그곳은 숨이 막힌다.

그곳은 불안할 정도로 아득히 넓다.

하지만 언제나 고요하다.

시계의 대합창이 결투 종료를 알렸고, 결과는 곧바로 나왔다. 소고가 태블릿을 확인했다. 가야마는 유리문 밖이 완전히 어두워진 것에 놀랐다. 눈을 크게 뜨고 어느새 주황색 불빛으로 가득 찬 실내를 둘러보며 사이다 뚜껑을 열었다. 별안간 뭔가가 발을 쓰다듬는 감촉에 바닥을 내려다보았다. 날이 저물어 제집에 돌아온 서점의 고양이가 가야마 발에 살그머니 엉겨 붙었다. 하얀 바탕에 갈색과 검정색이 추상화처럼 배치된 등을 쓰다듬으며 가야마는 자신의 손이 차가워졌다는 걸 알았다. 고양이는 목적을 달성했는 지 그대로 안쪽 잠자리로 걸어갔다.

"대패로군."

소고가 중얼거리는 소리에 가야마는 몸을 일으켜 유리문 밖을 보았다. 건너편 길가에 서 있는 벚나무가 가로등 불빛을 스포트라 이트처럼 받으며 분홍 빛깔로 떠 있다. 가야마는 아무런 대꾸도 하지 않았다. 그런 가야마에게 소고가 과제를 내줬다.

"같은 규칙으로 앞으로 결투를 네 번 해라. 그런 다음에 다시 와."

"알았어요."

가야마는 이렇게 대답하고 종이와 필기도구를 가방에 챙겨 넣 고 일어났다. 카운터 앞, 삼단 받침대에 올라가 태블릿을 돌려받 으려고 손을 뻗었다. 소고는 이를 알아차리지 못했는지 계속해서 태블릿을 들여다보고 있었다. 이윽고 가야마를 알아차린 소고가 말없이 태블릿을 건네주었다.

"이봐라."

유리문을 열려던 가야마는 소고 목소리가 등에 와 닿자 돌아보 았다.

"지고도 후련해하는 것 같은데."

가야마는 문에 손을 댄 채로 잠시 생각하더니, 이내 입꼬리를 살짝 올리고 초등학생처럼 수줍어했다.

"풀고 싶은 문제를 풀었거든요."

가야마는 그 말을 남기고 유리문을 열고 나갔다. 그 틈으로 들어온 쌀쌀한 밤공기를 느끼며 소고는 팔짱을 끼고 길 건너 벚꽃을 바라보았다. 곧바로 22번 문제란 걸 알았다. 역시 다른 문제는 포기하고 그 문제에 매달리겠다고 결정한 것이다. 그리고 답에 도달했다. 상대는 답을 내지 못했다. 소고가 태블릿을 집어삼킬 듯이 들여다봤던 건 둘의 결투를 구경하던 사람이 이를 알아차리고 코멘트를 달았기 때문이다.

— 22번 문제, 이치노세 10문이잖아.

반가운 그 한마디에 다시 문제를 보았다. 틀림없었다. 검색해보니 아니나 다를까 지금까지 그 문제의 정답률은 다른 문제에 비해 월등히 낮았다. 조건에 따라 무작위로 문제가 선별된다고는 하지만 왜 그런 문제가 섞여 들어갔는지는 모를 일이었다. 하지만 분명한 사실은 그 이치노세 10문 중 한 문제가 섞여 있었고, 가야마는 그것을 풀었다. 그러나 그 이외에는 완전히 꽝이었다. 예상대로였다. 22번 문제에 비하면 훨씬 난이도가 낮은 문제마저도 풀지 못했다. 정말 누구에게도 아무것도 배우지 않았군. 소고는 가야마가 사라진 길 위로 팔랑팔랑 떨어지는 벚꽃 잎을 바라보았다.

"그 헌책방이 아직도 있다고?"

"당연하지."

가야마는 돈가스카레를 먹으면서 대답했다.

"약속한 대로 진짜 가르쳐 줄 사람이 있었구나."

거구인 고치타니가 라면을 다 먹고 피자빵에 싸인 랩을 벗기고 있다.

"기후유, 보기와 다르게 의리가 있었네. 머리숱은 적은데 말이야."

급식실의 떠들썩함에 지지 않을 정도로 큰 소리로 말하며, 다데마루는 메밀유부국수를 먹었다.

"머리숱이랑 의리랑 뭔 상관."

고치타니가 끼어들었다. 다데마루는 아랑곳하지 않았다.

"근데 어떤 사람이야?"

"어떤 사람?"

가야마는 소고를 떠올렸다.

"까칠하더라."

"귀찮아서 그랬겠지."

"그럴지도 모르지."

"가르쳐 주긴 할 거래?"

고치타니가 묻자 "아마도." 하고 가야마가 대답했다.

"그 많은 시계도 관리할 정도니까, 잘 돌봐 주지 않겠냐."

고치타니가 말하자 다데마루가 눈을 크게 떴다.

"맞아, 시계가 있었어. 댕댕댕 되게 시끄러웠는데. 우와, 진짜 옛날 생각난다. 기후유가 사라진 지 얼마나 됐지?"

"우리가 초등학교 졸업하기 전이었으니까, 벌써 3년 넘었어."라는 고치타니.

"1134일이야."

그것을 가야마가 바로잡았다.

"대박! 빛의 속도네."

다데마루가 과장되게 놀라워했다. 초등학생 때 쓰쿠모서점에서 했던 수학교실을 떠올리는지 셋 다 잠자코 입안의 것만 씹었다. 다데마루가 별안간 재채기를 연발했다. 눈이 조금 벌게진 걸 보니 꽃가루 알레르기인가.

"덕분에 난 수학은 못해도 오일러 공식^{2}은 알지."

코를 훌쩍거리면서 다데마루가 "찾았다, 찾았어. 보거라, 이게 수학의 보석이란다." 하고 기후유를 흉내 냈다.

"맞아, 맞아. 진짜 똑같이 말했어."

"고치타니, 다데마루, 너희도 같이 가면 좋은데."

"나는 산악부라서 말이야."

고치타니가 빵을 다 먹고는 랩을 손으로 뭉쳤다.

"나도 바쁘거든."

다데마루는 메밀국수 국물을 들이켰다.

"뭐가?"

"학생회에 들어가려고."

"학생회? 네가?"

"논리적 결론이지."

무슨 의미인지 몰라 얼굴을 마주보는 고치타니와 가야마에게 다데마루는 의기양양한 표정으로 설명했다.

"동아리에 들어가면 많아야 스무 명, 반에 스무 명, 총 마흔 명. 하지만 학생회는 3학년까지 전교생과 알고 지낼 가능성이 있다고 치면 240명."

"그게 무슨 숫잔데?"

"여자지 뭐겠냐."

고치타니가 의자에 등을 기대며 말했다.

"여기서 여자 한 명에게 고백해서 성공할 가능성을 1퍼센트라 고 하자."

"평균 잡아도 너무 높아."

"다짜고짜 고백해서 성공한다는 가정은 글쎄 어떨까나."

즉각적인 둘의 코멘트를 다데마루는 손사래 치며 저지했다.

"그럼 동아리와 학생회에서 적어도 한 명의 여친이 생길 확률 은?"

"적어도 한 명이라니, 두 명이 생기는 것도 곤란하지."라는 고치 타니.

"야, 시끄럽거든!"

시선을 오른쪽 밑으로 떨어뜨린 채로 잠자코 있던 가야마가 계산을 마쳤다.

"전자가 33퍼센트, 후자가 91퍼센트."

"그걸 또 계산한 거냐?"

고치타니가 어이없어 했다.

"여전히 빠른데."

자신이 요구해 놓고도 다데마루는 할 말을 잃은 모양이었다.

"그렇댄다."

"전자와 후자는 아마 걸리는 시간이 다르겠지."

"40명한테 고백하고 다니는 거랑, 240명한테 하는 거랑은."

고치타니가 웃으며 물을 마신다.

"거참 말 많네. 산악부는 산에 오를 때 말고는 한가할 텐데."

"무슨 소리. 평소엔 근육 훈련하랴 기술 연마하랴 바쁘다."

"넌 남자들끼리 많이 해."

다데마루는 손을 내저으며 말하고는 "뭐 어쨌든 말이야." 하고 가야마를 보았다.

"난 영원히 수학 공부할 시간은 없을 거다."

다데마루가 일어서자 고치타니도 쟁반을 들고 일어나며 말했다.

"똑같은 일 계속하는 거, 난 부럽더라."

"무슨 소리야. 어차피 고등학교 생활은 눈 깜짝할 새야. 다양한 것에 흥미를 갖고, 여기저기 눈도 돌려보고, 이것저것에 뛰어들어

봐야지."

다데마루가 마치 세상을 다 경험한 듯이 떠들어 댔다.

"청춘은 일단 해 보는 거야."

그런가, 하고 생각하면서 가야마도 일어났다. 급식실은 사람, 사람, 사람으로 북적였다. 전 학년이 뒤섞여 있고, 거기에 쏟아져 들어오는 화창한 봄 햇살에 너 나 할 것 없이 모두 즐거워 보였다. 온갖 말이 쏟아질 테지만 그 목소리들이 서로 겹쳐져 들뜨고 활기가 가득 차게 들렸다. 방과 후에도 분명, 여기엔 사람이 있을 것이다.

둘과 헤어진 가야마는 교실로 돌아가지 않고 아직 안내받지 못한 곳을, 아직 발견하지 못한 것을 찾아서 교내를 돌아보았다. 또래들이 걷고, 달리고, 새로운 계절을 즐기는 풍경을 바라보면서 사람이 없는 쪽으로 향했다. 마치 고양이 같다고 생각했다. 아무리 그래도 사람이 정말 많다. 물론 그 수는 알고 있다. 하지만 숫자를 떠올려 봐도 눈앞의 광경과 연결될 듯 연결되지 않는다. 현실이 있고, 그 한 측면을 오려 낸 숫자가 있다. 현실이 숫자가 되면 항상 뭔가를 잃는다.

걷다 보니 저절로 지금껏 해 왔던 결투가 떠올랐다. 결투 상대는 실명을 쓰기도 하지만, 스피드스타 같은 이상한 이름이나 거짓 이름을 쓰는 사람도 뒤섞여 있어서 E^2은 어쩐지 신기한 공간으로 비쳐졌다. 대개는 결투가 끝나면 그뿐이지만 더러는 메시지를 보내오는 상대도 있다. 이를테면, 스피드스타라는 상대에게서는 이런 메시지가 왔다.

— 안심해. 타격만 가하려는 거니까.

준비종이 울리는 소리에 가야마는 학교 탐색을 단념하고 교실로 되돌아갔다. 5교시는 영어, 6교시는 수학이다. 아직은 어떤 수업도 도움닫기 단계여서 수업에 집중하기보다 자신이 찾는 게 어디쯤 있을까 하는 생각에 빠져 있었다. 그러나 곧 그것은 수학 교사의 이야기로 중단되었다.

"수학 같은 걸 공부해 봐야 무슨 소용 있나, 그런 말을 하는 녀석이 있을 거야."

구부정한 등에 와인레드 빛깔 카디건을 걸쳐 입은 수학 교사는 뜬 건지 감은 건지 분간이 안 되는 눈을 하고 수업과 아무런 관련도 없는 시시한 이야기를 시작했다.

"적어도 대학 입시에는 도움이 되는데 말이야. 그것만으로도 꽤 도움이 된다고 생각해."

"근데 전 문과인데요."

웅성거리는 학생들 사이에서 누군가 큰 소리로 말했다.

"그렇게 말하는 녀석도 있을 테지."

수학 교사는 말을 이었다.

"하지만 네가 어떤 인생길을 걷게 될지 모르니, 수학이 어떻게 도움이 될지는 알 수 없지 않겠나."

수학 교사는 천연덕스럽게 말을 내뱉었다.

"앞으로 무엇이 도움이 되고 무엇이 도움이 되지 않을지, 그걸 아는 게 더 기분 나쁘지 않나? 설령 그걸 알았다 해도 그래. 이 아재는 말이지, 도움되는 일만 하면 된다는 생각은 썩 좋지 않다고 본다."

왠지 넋두리로 흘러가는 듯했지만 말투만은 아주 쾌활하고 시원시원했다.

"너희가 말이야. 수학 교사나 회계사나 통계학자, 또 건축 설계사나 마케터가 되지 않을 거라고 어떻게 장담하지? 절대 되지 않을 거라고 생각할 테지만, 지금 생각하는 건 전혀 믿을 게 못 된다. 세상 사람들 태반은 고등학교 때는 꿈에도 생각 못했던 일을 하고 있거든."

미심쩍은 얼굴로 듣고 있는 학생들의 마음을 아는지 모르는지, 수학 교사의 입담은 거침이 없었다. 그 정도가 심해서 학생들을 얕보는 건 아닌지 의심스러울 정도였다.

"인생, 계획대로 되지 않는다는 게 제일 재미있는 점이다. 간장게장이 생각보다 맛있다는 거나 마찬가지야."

마지막에 든 예가 학생들의 머릿속에 물음표를 떠오르게 했다.

"방금 그 말, 무슨 뜻이야?"

이렇게 웅성거리며 서로 얼굴을 마주보는데도 수학 교사는 아랑곳하지 않았다.

"그런 이유로 수식부터 시작하겠다."

그러고는 분필을 손에 들고 칠판 쪽으로 돌아서 다짜고짜 수업에 들어갔다.

"동아리, 뭐 들었어?"

수업이 끝나자 교실은 방과 후의 떠들썩한 분위기로 바뀌었다. 입학식을 하고 겨우 며칠이 지났을 뿐이다. 새 교실, 새 학급, 새로운 동급생. 모두 서로를 살피며 쭈뼛쭈뼛 손을 내미는 분위기였다. 앞자리에 앉은 빡빡머리 남자애가 책상을 정리하면서 가야마를 돌아보고 물었다.

"아니, 아무것도."

그렇게 대답하고 가야마도 집에 갈 채비를 하자 빡빡머리의 눈이 신기한 것을 쳐다보는 듯했다.

"동아리 견학, 안 한 거야?"

"안 했어."

"동아리 활동이 활발한 학교인데도?"

"그래?"

"중학교 때는?"

"안 했어."

"아, 그쪽 타입의 청춘?"

그쪽 타입?

"동아리에 들어갈 생각이 없는 거야?"

"글쎄."

"야야!"

어깨에 가방을 둘러메고 자루 같은 커다란 주머니를 든 모습이 어느 모로 보나 운동부였다.

"야, 오지!"

교실 입구에서 부르는 소리에 빡빡머리가 대답했다. 아, 이름이 오지(王子)구나. 마음속으로 빡빡머리 왕자라고 중얼거려 보았다. 빡빡머리 왕자가 가야마의 어깨에 턱하니 손을 얹었다.

"청춘은 기다려 주지 않아."

교실을 나가는 빡빡머리 오지를 보면서 청춘은 여러 가지 타입이 있고, 조급하기도 한 모양이라고 마음속에 메모를 해 두었다. 왼쪽 창밖으로 펼쳐지는 봄의 거리로 눈길을 돌렸다. 학교는 보통 이름 순서로 자리가 배치되는 까닭에 가야마는 창가 자리에 앉는 일이 많았다. 고등학교에 들어와 처음 앉은 자리도 창가 맨 뒤다. 운동장에는 해방된 학생들이 흩뿌려 놓은 팝콘처럼 여기저기 흩어져 있고, 그 위로 꽃잎이 눈처럼 흩날린다.

"그럼 나도 청춘답게 움직여 볼까."

가야마는 소리 내어 말하고는 자리에서 일어났다. 지금 하려는 일이 청춘다운 것인지는 알 수 없었지만. 생각한 끝에 목적지를 옛 학교 건물로 정하고 그쪽으로 향했다. 서예교실 등이 있는 특별 교실을 지나 문화부 동아리 방처럼 보이는 교실을 지났다. 천문부에는 우주를 연상케 하는, 검게 칠한 골판지 상자에 하얀 글씨로 쓴 간판이 걸려 있고, 미술부 앞에는 전시한 건지 방치해 둔 건지 분간하기 어려운 많은 컬러풀한 그림이 세워져 있다. 아무도 없는 환한 복도에 봄이 가라앉아 있다.

2층을 찾아보려고 계단을 올라가자마자 '수학연구회'라고 쓰인 종이가 눈에 들어왔다. 교실 문 윗부분 유리에 붙은 그 종이가 '정말로 부랴부랴 붙였습니다.'라는 분위기를 풍겨서 문득 걸음을 멈추고 바라보았다. 그러자 조심스럽게 문이 조금 열리고, 그 사이로 쇼트 보브 컷에, 안경을 낀 여자애가 얼굴을 내밀었다. 말없이 3초쯤 서로를 바라보았다. 결국 가야마는 가볍게 고개를 숙이고는 아무 일 없었던 듯 복도 반대편으로 걸어갔다. 그리고 맨 끝에서 마침내 찾던 것을 발견했다.

누구도 찾지 않는, 아무도 사용하지 않는 교실. 가야마는 살그머니 문을 열고 안으로 들어갔다. 교실 안으로 오렌지 빛깔을 한 방울 떨어뜨린 듯한 오후 햇살이 비쳐 들었고, 먼지가 왈츠를 추고 있었다. 1층과 운동장에서 동아리 활동하는 아이들의 목소리가 아득히 들려와, 마치 이곳만 100년이나 지난 폐교 같았다. 뒤쪽에 있는, 잇따라 먼지를 착륙시키는 책상과 의자를 하나씩 교실 한가운데로 옮겨 놓고, 말라비틀어진 걸레로 먼지를 닦고 의자에 앉았다. 태블릿을 켜 보니 결투 시간이 다 되어 있었다.

늦지 않았다. 후유 하고 숨을 내쉬고 하얀 종이와 연필을 꺼내 책상에 놓았다. 고요했다. 비스듬히 비쳐 드는 햇살이 칠판을 오려 낸 듯했다. 하지만 드르륵 문 여는 소리가 고요를 깨뜨렸다. 문 쪽을 보자 남학생 하나가 무관한 척 '사람이 있었어?' 하는 얼굴을 했다. 뒤에도 남학생이 몇 명 더 있었다.

"너, 지금 여기 써?"

상대가 묻자 가야마는 자신이 여기를 점유할 이유는 어디에도 없었지만, 결투 시간이 임박한 상황이어서 아니라고 말할 수도 없는 노릇이었다. 순간 어떻게 대답할까 고민하다가 사용 중이라고 대답했다. 흐응, 하고 남학생은 입꼬리를 조금 일그러뜨리고는 눈을 가늘게 뜨고 가야마를 보았다. 그러나 결국 아무 말 없이 다른 남학생들과 함께 복도로 나갔다. 문은 그대로 열어 두고 간 터라 그 틈으로 멀어져 가는 웃음소리가 들렸다. 가야마는 일어나서 천천히 문을 닫았다.

조용해졌다.

여기저기 부풀어 오르는 봄빛이 가득 찼다.

결투를 앞두고 평온해져 가는 그 어딘가에서.

왜 고요함을 좋아하는 걸까, 문득 생각한다.

이렇게 사람들에게서 멀리 떨어져 있지 않으면 고요함에 이를 수 없다.

홀로 있지 않으면.

왜 홀로 있어야 하는 걸까.

홀로 있을 때가 가장 자유롭기 때문일까.

태블릿이 결투 시작을 알렸다.

초등학생 때 자주 걸었던 길을 다시금 더듬어 간다. 역 반대편으로 나가 길모퉁이를 세 번 돌면 67개의 돌계단과 마주친다. 그 계단을 끝까지 올라가면 언덕 위다. 거기서부터 열일곱 번째 전봇대 옆 11개의 선이 그어진 횡단보도를 건너면 쓰쿠모서점에 도착한다. 이 길을 걸을 때마다 서점 이름만 왕따라고 생각했던 걸 떠올린다. 쓰쿠모(九十九)만 소수가 아니니까.

"97이나 101로 하면 좋잖아요."

기후유에게 늘 그렇게 말했던 것 같기도 하다. 유리문을 열자 카운터 옆 좁은 통로에 손님이 있었다. 새빨간 봄 코트 차림에 바이올린 케이스를 든 여자였다. 카운터에 있는 소고와 이야기를 나누고 있었던지 둘이서 가야마를 돌아보았다. 가면을 썼는데도 쯧하고 혀를 차는 분위기를 전해 오는 소고, 그 옆의 여자는 뭔가를 알아차린 듯이 얼굴이 밝아졌다.

"혹시 얘가 히이라기 선생님이 말한?"

"그래요."

어른 목소리로 묻는 여자에게 소고는 필요 최소한의 짤막한 말로 대답을 했다. 여자는 가야마를 품평하듯 찬찬히 바라보았다.

"수학은 재미있니?"

여자의 물음에 마지막 결투를 마치고 오는 길인 가야마는 떠오르는 대로 대답했다.

"되게 열 받아요."

여자는 눈이 휘둥그레지더니 이내 호호호 웃었다.

"열 받는다고? 그래, 열 받을 거야."

그러고는 카운터 책 더미 위에 놓인, 역시 책이 든 종이봉투를 어깨에 멘 가방에 넣으면서 소고에게 말했다.

"좋겠다. 역시 히이라기 선생님이 숨겨 둔 애라 다르긴 다르네. 갈게."

여자가 좁은 통로를 걸어왔다. 가야마가 살짝 몸을 옆으로 돌리자 여자가 그 사이로 스쳐 지나갔다. 처음 맡아 보는 냄새가 후아 하고 코끝을 스쳤다. 유리문에 달아 놓은 방울이 짜라랑 울렸다.

"언젠가 수학을 박살 내 버려."

여자는 고개를 까딱 숙이는 가야마에게 그 말을 남기고 유리문 너머로 사라져 갔다. 왠지 등 뒤에서 소고가 한숨을 돌린 듯했다.

"여자 친구예요?"

카운터에서는 아무런 움직임이 없었다. 1밀리미터도. 가야마는 안쪽으로 들어가 탁자 위에 가방을 내려놓았다.

"결과는?"

뒤에서 소고의 목소리가 떨어졌다.

"4전 전패."

"그랬겠지."

곧바로 돌아온 말에 가야마가 돌아보았다. 소고는 고서를 살펴보고 있었다.

"이유는 알았고?"

예상 밖의 물음에 가야마는 생각을 더듬어 봤다. 왜 모든 게임에서 졌는가. 상대보다 많이 풀지 못했기 때문이다. 왜? 그건 모른다. 자신이 풀지 못한 문제를 왜 못 풀었느냐고 묻는 거나 마찬가지다. 그것을 안다면, 왜 풀지 못했는지 안다면, 그 문제는 풀렸을 터.

"재능만으로 풀었기 때문이다."

소고가 답을 말해 주었다. 무슨 말인지 이해할 수 없었다. 재능이 아니면 그럼 무엇으로 풀란 말인가.

"너는 한 번 본 숫자를 기억하는 재능이 있다. 그것도 보통 사람보다 훨씬 더. 아마 나보다도. 넌 숫자에 대한 뛰어난 감각으로 문제를 풀고 있어. 그걸 발휘할 수 있는 문제는 풀리겠지. 다소 어려운 문제라도. 그런데 안됐지만."

거기서 말을 자른 소고는 가야마가 잡아먹을 듯이 듣고 있는 걸 눈치챘다.

"수학은 숫자로만 돼 있는 게 아니다."

뜬금없는 말에 가야마는 말문이 막혔다.

"그럼 무엇으로 돼 있는데요?"

"논리."

지나치게 단순한 대답이었다.

"소수가 무한히 존재한다는 증명에 이용된 유클리드의 귀류법도 논리잖아? 소수가 무한히 존재한다고 증명하는 건 바로 논리야."

그리운 연구실 풍경이 떠오르는 걸 머릿속에서 떨쳐 내면서 가야마는 소고 말이 맞다고 납득하는 자신을 발견했다.

"지금까지 네가 해 온, 그리고 지금도 하고 있는 수학은 규칙을 외우고 그 사용법을 배우는 게임이다. 규칙을 적절하게 사용하는 사람이 우수한 평가를 받지. 하지만 그 모든 규칙은 누군가 어디선가 발명하거나 혹은 발견한 거다."

수학이란 게 뭐지? 허수는 원래 이 세상에 있었나? 0은 인도인이 찾아냈다. 그것은 발견인가, 아니면 발명인가? 이번에는 눈길 속 카페가 떠올랐다.

"만일 네가 대학에 가서도 수학을 계속한다면, 진정한 수학 공부는 그때부터 시작될 거다. 그건 새로운 규칙을 개척하는 게임이지."

아라비아 숫자도 소수점도 모듈러 연산도 허수도. 모두 만들어진 것. 게임이라는 단어에 위화감이 일었다. 단순한 게임?

— 단순한 심심풀이.

다시금 그녀의 말이 되살아났다.

"그럼 저는 어떻게 하면."

일단 말을 끊고 다시 이었다.

"이길 수 있어요?"

따뜻한 색조의 램프 불빛에 비친 책장의 책들이 오페라 관객처럼 지켜보는 가운데, 소고는 검토를 마친 책과 쌓여 있는 책, 그 위에 있는 또 다른 책을 집어 이쪽을 향해 들어 올렸다. 안쪽 탁자에 앉아 있던 가야마는 카운터로 걸어가 그것을 받아 들었다.

"이 세 권을 계속 되풀이해서 풀어."

책장을 팔랑팔랑 넘겨서 봤다. 딱히 색다른 점이 없는 보통 문제집 같았다.

"얼마나 계속 풀까요?"

"모든 문제를 딱 보자마자 손을 쓰지 않고 머릿속으로 풀 수 있게 되거든 그때 다시 와."

소고는 책 속에 묻힌 카운터의 컴퓨터 자판을 다시 두드리기 시작했다. 가야마는 문제집 세 권을 가방에 넣었다. 조금 전, 이 중 한 권을 살펴보던 소고의 모습을 떠올렸다. 날 위해 미리 골라 놓은 건가. 또 올 거라고 믿고.

"소고 씨는 수학 공부를 했어요?"

"안 했으면 이런 성가신 일을 하지 않아도 되겠지."

"왜 그만둔 거예요?"

자판 두드리는 소리가 멈춘다. 소고는 카운터 너머로 가야마를 보았다. 여전히 가면을 쓴 얼굴이었다. 대답할 말을 생각하는지 아니면 이 코흘리개를 한 방 갈겨 줄 생각인지, 도무지 심중이 파악되지 않았다. 째, 깍, 하고 시계 초침이 연주하는 소리가 들렸다. 이윽고 소고는 말없이 다시금 모니터로 눈을 돌리고 자판을 두드렸다.

"너, 계속하겠다고 약속했다고 했지."

"네."

"아직도 생각이 바뀌지 않았나?"

"물론이죠."

"그럼."

소고는 작게 한숨을 흘렸다.

"계속하다 보면 언젠간 알게 될 거다."

말이 이어지기를 잠시 기다리다 그걸로 이야기가 끝났다는 걸 눈치채고, 가야마는 가방을 고쳐 메고 나가려고 했다. 이제 밖은 완전히 어두워졌다.

"잠깐."

다시 부르는 소리에 돌아보자 한마디가 돌아왔다.

"그 책, 파는 거니까 낙서는 하지 마라."

교정의 벚나무에 푸른 잎이 무성해졌다. 황금연휴가 끝나고 중간고사도 끝났다. 교실 분위기는, 둥둥 떠다니던 것이 서로 이어져 정착한 듯 안정감을 보이기 시작했다. 새로운 일상이 만들어져 간다. 멀찍이서 사르락사르락 들려오는 신록의 술렁거림과 강렬한 햇살. 오전의 마지막 수업. 책상 위에는 여러 번 펼쳐 본 자국이 또렷한 책이 펼쳐져 있다. 가야마는 교사의 목소리를 배경음악 삼아, 그 책의 문제를 보고 눈을 감고 머릿속으로 해법을 떠올리기를 되풀이했다. 종이 울리기 무섭게 교사는 애초부터 수업할 마음이 없었다고 의심받을 정도로 재까닥 수업을 마쳤다. 점심시간이라 교실은 커다란 소용돌이 같은 대이동이 시작되었다. 그 흐름을 헤치고 빵 봉지를 손에 든 다데마루가 찾아와 가야마 앞자리에 앉았다. 가야마도 아침에 사 둔 빵을 꺼냈다.

"야, 바나나커피가 뭐냐."

다데마루는 가야마의 커피 팩을 보며 그렇게 딴죽을 걸었지만, 정작 자신이 마시는 것은 딸기커피였다.

"딸기커피나 바나나커피나 도긴개긴이야."

"하긴 뭐 그러네."

이따금 뜨겁게 느껴지는 햇살과 소리 없이 흔들리는 하얀 커튼 옆에서 둘은 말없이 빨대로 커피를 빨아 먹었다. 다데마루는 점심시간에도 할 일이 있다면서 흡입하듯 빵을 먹어 치웠다.

"학생회, 바쁜가 보다?"

"아니. 그쪽이 바빠서."

"그쪽?"

"그래, 그쪽."

"그쪽이 어느 쪽인데."

"그쪽이지."

"잠깐, 실례할게."

다른 목소리가 불쑥 날아왔다. 돌아보니 쇼트 보브에 안경 쓴 여학생이 둘을 보고 서 있었다.

"이키! 날 보러 온 건가."

다데마루가 너스레를 떨며 몸을 일으키려 했다. 그러나 가야마는 여학생의 시선이 정확히 자신을 향해 있음을 알아차렸다. 어디선가 본 것 같은데. 가야마의 머릿속을 들추는 무언가가 있었다. 옛 학교 건물 수학연구회라고 쓰인 종이가 붙은 교실에서 자신을 내다봤던 여자애 얼굴이 떠올랐다.

"가야마지?"

"그런데?"

가야마가 대답하자 그 여학생은 한 발짝 다가와서 말을 이었다.

"E^2에서 대결했지?"

그걸 어떻게, 하고 물으려는데 그쪽에서 먼저 설명했다.

"E^2에서 본 이야기를 했더니, 도키오카 선생님이 2반 가야마라고 알려 주더라."

도키오카라는 이름이 잠시 허공에 떴다가 이미지가 그려졌다. 아하, 그 와인레드 카디건 수학 교사! 가야마가 대답할 사이도 없이 그 애는 한 발 더 다가왔다. 왜 다가오는 거지? 그렇게 생각하는 것과 동시에 다데마루의 눈이 서서히 날카로워지는 게 느껴졌다.

"혹시 너, 모르고 있니?"

"뭘?"

"요즘 E^2에 안 들어가?"

4연패한 이후로 들어가지 않았다. 세 권의 문제집 과제가 끝날 때까지 들어가지 말라는 소고의 명령에 따라 E^2을 열어 보지 않고 있다. 가야마가 모르고 있다는 게 전해졌는지, 여학생은 안경 너머 눈을 동그랗게 뜨고는 들고 있던 태블릿을 조작해 보여 주었다. 가야마와 다데마루가 그것을 들여다보았다. E^2의 게시판인 듯했다.

"가나도메 가린이 E^2에 나타났어."

"그게 누군데?"

그것도 모르냐는 듯이 여자애 눈이 다시 동그래졌다. 여자애가 태블릿을 스크롤했다. 많은 사람들이 글을 썼는지 제목이 줄줄이 이어졌다. E^2이 시끌벅적한 모양이었다. 그 축제의 맨 위에 가나도메 가린이 쓴 글이 있었다.

— 1이 하나. 1이 두 개. 1이 하나에 2가 하나.

시간이 멈췄다. 아니, 멈춘 건 가야마 자신의 호흡인가.

눈 속의 카페, 정면에 앉아 있던 볼이 하얀 여자.

현기증처럼 플래시백처럼 그 모습이 떠올랐다.

가나도메 가린, 그 이름이 눈 오는 날 만났던 그녀 이름이란 걸 알았다.

그녀가 쓴, 언뜻 봐서는 의미를 알 수 없는 글, 그것은.

그날 가야마가 낸 수열의 답이었다. 수학 문제라고 할 수조차 없는 고약한 문제의 답.

이미 알고 있었나. 아니면 풀린 건가. 왜 지금에야 답을 올린 거지.

"가나도메는 지금까지 E^2에 나타난 적이 한 번도 없어."

안경 수학연구회가 말한 대로 이어지는 글은 가나도메가 E^2에 나타난 데 대한 놀라움으로 메워졌다. 그리고 가야마란 인물에 대한 궁금증이 폭발하고 있었다. 가야마가 5연패한 것도 알려졌고, 왜 가나도메가 가야마 아무개란 인물을 지명한 것인지 저마다 한마디씩 지껄였다. 가나도메의 글이 이렇게 이어졌기 때문이다.

― 즐거운 심심풀이였어.

그래, 가야마, 이것이 수학이야.

내가 E^2에 나타나기를 가다린 건가. 가야마는 뭔가를 기대하는 안경 수학연구회의 시선과, 뭔가에 항의하는 다데마루의 시선을 동시에 느끼면서 태블릿을 보았다. 거기에는 두 줄이 마지막으로 덧붙여져 있었다. 그 두 줄이 혼란의 진원지인 모양이었다.

— 하지만 이것이 바로 수학.

1 2 6 25 45 57 299 372 764 1189 2968 14622……

가나도메 가린. 2년 연속 국제 수학올림피아드에 출전했을 뿐 아니라 두 번 모두 금메달을 땄다. 수학올림피아드 출전 사상 2년 연속 수상은 일본인 최초이며 여자가 금메달을 딴 것도 처음이다. 안경 수학연구회가 태블릿으로 지난해 수학올림피아드 결과를 다룬 기사를 보여 줬다. 단체 사진 한가운데에 가나도메가 있었다. 그런 그녀가 올해 수학올림피아드 예선에 모습을 드러내지 않은 것도 화젯거리였다.

나 때문이었나. 오후 수업 시간 내내 가야마는 그 여학생에 대해 생각했다. 자신은 그날 시간을 확인하고는 부랴부랴 자리에서 일어났지만, 그녀는 그대로 앉아 수열에 집중했다. 그녀에게 한 차례 말을 건네 보았지만, 하는 수 없이 혼자서 눈 속을 뛰어 서둘러 대회장으로 갔다. 그때 대회장의 분위기가 약간 술렁였던 건 모습을 드러내야 할 그녀가 나타나지 않아서인가. 가야마는 당시를 떠올렸다.

끝없는 사색은 마침내 가나도메의 글로 옮겨 갔다. 어떤 인물인지 알고 나자 생각을 멈출 수가 없었다. 왜 지금이지? 왜 이렇게 시간이 걸렸을까? '즐거운 심심풀이였다'는 말은 그때 주고받은 대화라는 걸 금세 알 수 있었다. 하지만 이 정도 실력자라면 그런 수열은 심심풀이도 되지 못했을 터. 그보다 더 알 수 없는 것은.

이것이 수학.

무슨 의미인가. 이마에 왼손을 짚었다. 수학이란 무엇인가에 대해 대화를 나눈 기억이 났다. 그러나 자신이 제시했던 그 수열의 어디가 수학이라는 것인지. 그녀는 왜, 수학적 숫자적인 법칙과는 동떨어진 오히려 국어 같은 수열을 가리켜 '이것이 수학'이라고 하는 걸까.

그리고 그 뒤에 있던 수열. '이것이 바로 수학'이라는 말. 그 법칙과 의미를 둘러싸고 지금 E^2이 들끓고 있다. 종이 울린 것도 교실이 방과 후로 돌입했다는 것도 알아차리지 못하고 가야마는 수열과 가나도메 글 사이를 계속 뱅글뱅글 맴돌았다. '이것이 바로'라는 말은 '수학적 법칙과는 동떨어진 것이야말로'라는 의미일까? 거기까지 추리한 가야마는 마침내 어떤 생각에 이르렀다. 잠깐, 가나도메는 왜 그런 글을 남긴 거지? 눈 내리던 그날도 '수학이란 게 뭐지?' 따위의 질문을 했고, 이번에는 '이것이 바로 수학'이라는 글을 일부러 덧붙였다. 대체 그 여학생은 무슨 생각을 하는 걸까.

"저……."

자신을 향해 내려온 목소리에 가야마는 작은 동물처럼 얼굴을 들었다. 대각선 앞자리의 주인인 여자애가 눈앞에 서 있었다.

"얘기 좀 해도 될까?"

"응."

여전히 수학 문제 풀이에 머물렀던 머리를 황급히 대화 머리로 전환하면서 대답한다. 머릿속은 철수 명령이 내려진 군대처럼 당황한다.

"아, 난 시바사키라고 해."

상대가 자신의 이름을 모르는 걸 알았는지 여자애는 선 채로 이름을 말했다. 딱히 화가 난 것 같지는 않다. 어깨에 가방을 메고 있다. 자세히 보니 뭔지 알 수 없는 길쭉한 것을 등에 짊어졌다. 그렇구나, 라고 대답해야지! 본부로 돌아온 군대가 떠들어 댄다.

"수학을 좀 가르쳐 줄 수 없을까."

시바사키는 무표정한 얼굴로 말했다. 아니다, 무표정한 게 아닌지도 모른다. 가야마가 표정을 읽지 못하는 것일 수도 있다.

"수학?"

"그래."

"왜?"

"괴멸할 정도로 수학을 못하거든."

"그렇구나."

"그래."

"근데 왜 나한테?"

시바사키의 대답은 주저함이 없었고 직선적이었다.

"수학 성적 1등이니까."

얼마 전에 치른 중간고사 얘기라는 걸 곧장 알아차렸다. 하지만 꼭 1등에게 배울 필요는 없지 않나. 시바사키의 성적이 어느 정도인지는 모르지만 친한, 다시 말해 허물없이 가르쳐 줄 사람에게 부탁하는 게 좋지 않을까. 그런 생각이 전해졌는지 시바사키가 다시 말을 이었다.

"그리고 가야마 너, 맨날 수학 책 보잖아. 왠지 잘 가르쳐 줄 것 같아서."

누군가 보고 있었다니 어쩐지 마음이 불편해졌다. 아무도 모를 거라고 생각한 일을 남이 다 알고 있다는 걸 알게 되면 엉덩이가 근질근질해진다.

"아마 다들 그렇게 생각할걸."

시바사키는 그렇게 놀라지 않아도 돼, 라는 얼굴로 덧붙였다. 그런가. 그건 그렇다 치고. 수학을 가르친다. 동시에 떠오른 생각은 '내가 가르칠 수 있을까'와 '그렇다면'이었다.

"오늘 동아리 있어?"

가야마는 일어나면서 물었다.

"오늘은 없어."

"혹시 슈쿠오카 동 알아?"

왜 그런 걸 물어? 하는 표정으로 시바사키가 대답했다.

"집에 가는 길에 있긴 한데."

"네가 가르쳐."

소고에게서 그 한마디가 돌아왔다. 소고에게 배우면 될 거라고 생각했던 기대가 어긋나자 가야마는 당황스러웠다.

"저는 남을 가르쳐 본 적이 없어요."

"무슨 일이든 처음은 있어."

"문제집 세 권이."

"다 끝내면 다시 오라고 했다."

소고는 짧게 치고 들어왔다.

"끝냈으니까 왔겠지."

나를 신뢰하는 건가. 가야마는 긍정의 침묵으로 소고의 말을 되받았다. 기다란 것을 어깨에 멘 시바사키는 둘에게서 조금 떨어져 쓰쿠모서점 안에 발을 들여놓은 그 자리에 그대로 서 있었다.

"아무튼 안에 들어와서 얘기하자."

시바사키는 긴 것을 고쳐 메고 가야마 옆을 지나 안으로 들어갔다. 안쪽 방 앞에서 벽을 가득 메운 시계를 보고 잠시 걸음을 멈추더니 다시 계단을 올라갔다.

"다 끝냈으면 문제집은 반납해."

소고는 손가락으로 카운터 위 책 더미를 톡톡 가리켰다. 여기에 둬, 라는 의미이리라.

"한 달이라."

"32일이에요."

"빠른데."

"확인 안 해요?"

"안 해도 나야 곤란할 거 없어."

하긴 그렇지. 그 말을 속으로 삼키고 가야마는 가방에서 문제집 세 권을 꺼내 책 더미 위에 올려놓았다. 안쪽 방 의자에 앉으려는 시바사키에게 가려는데 뒤에서 말이 날아왔다.

"풀어 보니 어땠지?"

걸음을 멈추고 생각해 봤다.

"풀이법에도 여러 가지가 있다는 생각이 들었어요."

"그것뿐이야?"

소고의 질문에 가야마는 무슨 말인가를 덧붙여야 할 것 같았다.

"풀이법에도 여러 가지 촉감이 있구나 생각했어요."

책을 점검해 가며 컴퓨터에 뭔가를 입력하던 작업을 잠시 멈추고, 소고는 가야마를 보았다.

"그래."

말이 이어질 줄 알았지만 그뿐, 소고는 다시금 작업 모드로 돌아갔다. 이야기가 끝난 모양이다. 소고의 이야기는 어디서 끝나는지 도무지 종잡을 수가 없다. 끝났다고 생각하면 말을 걸어오고, 또 나올까 싶으면 잠잠하다. 수학처럼 좀 더 알기 쉬우면 좋으련만. 의자에 가방을 내려놓고 시바사키와 마주앉았다. 시바사키는 바른 자세로 앉아 있었다.

"난 남을 가르쳐 본 적이 없어."

"그래."

시바사키는 가야마를 똑바로 쳐다보면서 중얼거렸다. 메고 온 기다란 자루가 뒤 기둥에 세워져 있다.

"아무튼 시험 점수만 어느 정도 나오면 돼."

"아, 그래."

가야마는 그렇게 맞장구쳐 주었다. 시바사키는 입을 다문 채 가야마를 보았다. 내가 이야기할 차례인가? 얘는 시험 점수를 잘 받는 방법이 있다고 믿나. 어떡하지. 소고처럼 문제 풀이 과제를 내볼까. 같은 문제집을 반복해서 풀게 하는 거다. 그 방식이 시바사키에게 통할까. 나도 아직 성과가 나올지 어떨지 확인되지 않았는데. 생각에 빠진 가야마 앞에서 시바사키가 콧김을 내뱉었다.

"흠."

가야마가 가르칠 생각이 없다는 것을 눈치챘는지 시바사키가 입을 열었다.

"그럼 수업 시간에 이해하지 못한 부분을 가르쳐 주는 건 할 수 있지?"

"아, 그래그래."

가야마가 대답했다.

"오늘은?"

등줄기를 쭉 펴고 책상 위에 강아지처럼 손을 모은 채로 시바사키가 물었다. 지금부터 시작해도 되는지 묻고 있다는 걸 알아차렸다.

"응, 괜찮아."

시바사키 말도 참 예측하기 어렵구나. 가야마는 마음속으로 그렇게 중얼거렸다. 타인이란 참 알 수 없는 존재다. 수학만큼 명쾌하지가 않다. 그렇다고 수학이 단순하다는 건 아니다. 수학도 복잡하다. 다만, 수학은 복잡해도 명쾌하다. 그 점이 다르구나 싶었다. 시바사키는 스위치가 켜진 듯이 가방에서 교과서와 필통을 꺼냈다. 그리고 가야마를 보고 물었다.

"수학을 잘한다는 건 어떤 거야?"

이거 봐. 가야마는 마음속으로 중얼거린다. 또 나왔다.

"영어나 화학이나 지리는 외우기만 하면 문제를 풀 수 있잖아. 수학은 외워도 풀 수가 없거든."

시바사키는 담담하게 이야기를 이어 나갔다.

"어떻게 하면 수학을 잘할 수 있을까. 도무지 방법을 모르겠어."

"논리적으로 생각하면 되지 않을까."

"논리적이란 게 뭔데?"

논리적이란 게 뭔데? 헉, 어떻게 그런 질문을 할 수 있지? 하지만 곧바로 그건 무시할 수 없는 물음일지도 모른다고 마음을 고쳐먹었다.

"누가 생각해도 그렇다고 누구나가 납득할 수 있는 것. 하지만."

하고 그만 덧붙이고 말았다.

"이를테면, 입시 때 출제되는 고난도의 문제를 누구나 풀 수 있는 건 아니잖아? 누구나 풀 수 있다면 변별력이 없어서 다 합격해 버릴 테니까 말이야."

"난 문제는 잘 못 풀겠어. 하지만 해답을 보면 이해는 돼. 아, 이런 방법으로 하면 이렇게 풀리는 거구나, 하고 말이야."

시바사키의 목소리에 약간 힘이 들어갔다.

"그래, 바로 그 점이라고 생각해."

가야마 목소리가 조금 커졌다. 교과서와 필통이 책상의 변과 평행으로 가지런히 놓여 있다.

"그러니까 방법을 아는 사람과 모르는 사람이 있다는 말이지?"

"그럴지도 모르지."

"예를 들면, 지난번 중간고사에서 가야마 넌 풀이법을 알았고, 나는 몰랐던 문제가 많았어."

"그럴지도 모르지."

네 점수는 모르지만, 하고 가야마가 마음속으로 또 중얼거렸다.

"만약 누가 생각해도 그렇다고 수긍하는 거라면 그 차이는 뭘까."

가야마는 그제야 시바사키가 하고자 하는 말을 이해했다. 동시에 조금 놀랐다. 대단하다.

"정말로 수학이 논리로만 이뤄졌다면 누구나 풀 수 있어야 할 터.

하지만 누구나 풀 수는 없다는 건 논리만이 아닌 뭔가가 있어."

그렇지 않을까 싶거든 난, 그런 얼굴로 시바사키는 고개를 끄덕 끄덕했다. 하나로 묶은 머리칼이 살랑살랑 흔들렸다. 왠지 수학을 못하는 자신을 정당화하는 듯도 보였다. 그 의문에 대해 생각하며 가야마는 여느 때처럼 가방에서 대량의 종이를 꺼내 탁자 위에 턱 놓았다.

"자, 그럼."

가야마가 얼굴을 들자 시바사키가 그 종이를 뚫어지게 바라봤다.

"뭐야, 그게?"

"어? 종이지."

"왜 그런 둔기 같은 다발을 갖고 다녀?"

"문제 풀 때 쓰려고."

"무겁지 않아?"

"익숙해졌어."

"흐응."

시바사키가 그렇게 대꾸했다. 전혀 납득하지 않는 맞장구도 있 다는 걸 가야마는 알았다.

시바사키는 한 시간쯤 있다가 돌아갔다. 일제히 울리기 시작 한 시계를 흘낏 올려다보더니 소고에게 "실례했습니다." 하고 고 개 숙여 인사하고는 서점을 나갔다. 그 애가 짊어진 기다란 물건이 유리문 밖으로 향하는 모습을 바라보았다. 밖은 어둠이 내리기 직전이었다. 가야마는 해가 길어졌구나, 생각하며 기지개를 켰다. 시바사키는 자신이 납득하지 않으면 받아들이지 않는 타입이었다. 그 애에게 수학을 가르친다는 건 문제 풀이를 여러 말로 바꿔가며 설명하고, 받아들이는 것이 있으면 오케이, 그렇지 않을 때는 다른 설명을 생각하는 시간이었다. 더욱이 그 애는 의외의 부분에서 질문을 던져 오곤 했다.

"여기서 왜 양쪽을 x로 나눠야 하는 거지?"

"왜 이 항을 좌변으로 이동하는 거야?"

이렇듯 당연하고 누구나 당연히 그렇다고 여기는 지점에 멈춰서 질문을 해 왔다. 그때마다 말로 나타내기 이전, 즉 본능이라고 여길 만큼 무의식적으로 해 왔던 것을 힘들여 말로 표현해야 했고, 그것은 생각보다 훨씬 어려웠다. 분위기나 느낌으로 당연하다고 여겨 온 것을 말로 표현한다는 게 이렇게 어려운 일이었던가. 난생처음 혼자서 거울을 보고 머리를 깎는 것만큼이나 만만치 않다는 걸 뼈저리게 느꼈다. 시계 초침 소리를 배경음악 삼아 머리를 식히며 그 일을 반추하는데, 서점 유리문이 열리는 종소리가 울렸다. 시바사키가 뭐 놓고 간 거라도 있나 싶어 돌아보니, 거기 서 있는 사람은 그 애가 아니었다. 그러나 가야마가 모르는 인물도 아니었다. 아는 사람인데. 그렇게 기억 속을 콕콕 찔러 봤다. 사복 차림이어서 순간적으로는 알아보지 못했으나, 이내 안경 수학연구회를 기억해 냈다. 그 애는 진초록 스커트를 나풀거리며 긴 통로를 총총 걸어왔다.

"여긴 어떻게."

"미행했지."

그 애는 태연자약하게 대답하고는 조금 전까지 시바사키가 앉았던 맞은편 의자에 철썩 앉았다.

"오늘 점심시간에 이야기가 도중에서 끊겼잖아."

"이야기?"

가야마가 되물으면서 흘끗 카운터에 있는 소고를 돌아보았다. 여긴 데이트 장소가 아니다, 소고 얼굴은 그렇게 말하고 있었다. 무표정인데 어떻게 그 말이 전해지는 것일까.

"미행했다면 그럼 시바사키가 돌아갈 때까지 밖에서 기다렸다는 말이야?"

"아니, 집에 갔다 왔지. 그래서 5분 정도밖에 안 기다렸어."

그 애는 밀리터리 재킷의 어깨를 잡아 보였다.

"왜 미행까지 해?"

"나는 수학연구회 회원이고, 1학년 4반 나나카라고 해."

꾸벅 정중히 인사하는 상대에게 그만 맞받아 목례를 하고 말았다.

"수학연구회에 들어와 줘."

단도직입적인 권유에 가야마는 미간을 찡그렸다.

"갑자기 무슨 소리야?"

"가끔 도키오카 선생님하고 수학에 대해 이야기해."

그 애는 덧붙였다.

"그런 명목이야."

"그게 다야?"

명목이란 게 다 뭐야. 이렇게 생각하면서 가야마가 물었다.

"부원이 나 한 명이야."

"한 명?"

"입학하고 나서 내가 만든 연구회거든."

한 달 조금 넘는 시간에! 결코 체격이 좋다고 할 수 없는, 오히려 왜소한 편인 이 여자애 행동력에 가야마는 감탄하고 말았다. 나나카는 커다란 안경을 쓱쓱 두 번 밀어 올렸다. 버릇인 모양이다.

"왜 만들었지?"

"수학을 좋아하니까."

째깍, 째깍, 시계 초침 소리가 그 사이를 메운다. 나나카는 살짝 실눈을 떴다.

"하지만 나한텐 수학적인 재능이 없어."

그걸 벌써 알고 있구나. 가야마는 그 말을 입 밖에 내지는 않았다.

"가야마, 너도 수학 좋아하지?"

"싫어하지는 않는 것 같은데."

나나카는 미간에 주름을 모았다.

"좋아하지 않아?"

나나카의 시선에 가야마는 말을 더듬거렸다.

"좋아하는 건가……."

"그럼 왜 수학을 공부해?"

"역시 이유가 없으면 안 되는 건가."

가야마는 팔짱을 끼고 골똘히 생각했다. 언제나 거기에 이른다. 그런 가야마를 보며 나나카는 나직이 중얼거렸다.

"이유가 없다, 아무것도 없다."

그러고는 물었다.

"아무것도 없는데 앞으로 나아갈 수가 있어?"

나나카 목소리가 조금 바뀐 것을 가야마는 눈치챘다.

"그래도 수학적인 재능을 타고났잖아. 재능이란 참 신기해."

가야마는 그 말에 동의했다. 고개를 끄덕였다.

"하지만 생각해 봤는데."

나나카가 말을 이었다.

"더 신기한 걸 알았어."

목소리가 원래대로 되돌아왔다.

"나한테 재능이 없다는 건 너무나 잘 알아. 근데 말이야, 그렇다면 그 수학적 재능이란 게 뭐냐고 묻는다면, 그것 또한 잘 모른다는 거야."

막힘없이 이야기하는 나나카의 빠른 말은 머리 회전이 빠르다는 것을 의미했다.

"알고 싶어. 수학적인 재능이 있다는 게 어떤 건지."

"네 생각은 알았어."

"그래."

"근데 왜 나한테?"

수학 성적이 좋아서일까.

"이치노세 10문을 풀었으니까."

"이치노세 10문?"

나나카가 모르는 얘길 하자 가야마는 눈살을 찡그렸다. 그런 문제를 푼 기억이 없는데. 그때 카운터 쪽에서 소고가 일어나는 기척을 느꼈다.

"같은 학교에 이치노세 10문을 풀 수 있는 사람이 있다는 걸 알고는 가만히 있을 수 없었어."

"가만히 있을 수 없다는 기분은 대강 이해할 것 같은데."

"응."

"이치노세 10문이란 게 뭔데?"

가야마가 재차 물었다. 나나카는 그때까지 너무 빠르게 말을 해서 나사가 완전히 감겨 버린 게 아닌가 걱정될 정도로 입을 떡 벌린 채 움직임을 멈췄다. 그 모습에서 가야마는 모르는 게 그렇게 부끄러운 일이 싶어 초조해졌다. 안절부절못하는 가야마에게 나나카가 태블릿을 꺼내 밀어붙이듯 보여 주었다. 엄청난 기세였다.

"네가 결투 때 푼 이 문제, 이게 바로 이치노세 10문이야."

기억난다. 맨 처음 결투 때 단지 풀고 싶어서 풀었던 문제였다. 어찌 잊으랴. 나나카의 설명으로는 이치노세란 이 사이트를 개설한 사람, 다시 말해 밤의 수학자 이름이며 그가 만든 문제가 이치노세 10문으로 불리는 모양이었다.

"E^2에 모이는 중고생을 대상으로 만든 그 10문 중에서 아직 누구도 풀지 못한 문제도 있어."

"몰랐어."

가야마가 솔직하게 말하자 나나카는 원래 모습으로 돌아와 대답했다.

"알았든 몰랐든 그건 상관없어. 풀었다는 게 중요하지."

다시금 태블릿을 조작하면서 나나카는 계속했다.

"가야마, 적어도 너는 나보다 수학적 재능이 있어. 그러니까 수학연구회가 얻은 교실을 이용해 줘. 결투할 때도 다른 때도."

가야마는 자신이 그런 공간을 필요로 한다는 것을 나나카가 어떻게 알았는지 의문이 떠올랐다. 그러나 곧 수학연구회에서 마주친 뒤로 가야마가 같은 층 교실을 사용하는 걸 봤을 거라는 데 생각이 미쳤다.

"그럼 내가 수학연구회에서 뭘 하면 되지?"

"아무것도 안 해도 돼. 그냥 하고 싶은 걸 해."

나나카는 이런 대사를 준비해 온 것처럼 술술 읊어 댔다.

"나는 그걸 보고 있을게."

수학적 재능이 무엇인지 알기 위해서. 가야마는 잠시 생각했다. 보고 있겠다는 말이 어떤 의미인지는 모르지만 수학연구회에 들어간다고 해서 뭐가 달라질 것 같지는 않았다. 그걸 들어간다고 할 수 있을지 그것도 잘 모르겠지만.

"들어간다는 말이 마음에 들지 않으면 꼭 연구회에 들어오지 않아도 돼."

가야마의 생각을 읽기라도 한 듯 나나카가 덧붙였다. 그 말을 듣자 무엇을 승낙하라고 요구하는지조차도 알 수 없게 되었다.

"저어, 나나카."

"응."

"무례한 말일 수도 있는데."

"말해 봐."

나나카는 냉정하게 재촉했다.

"그보다 스스로 하는 편이 빠르지 않을까?"

그렇게 말하는 가야마에게 나나카는 일깨워 주는 표정을 지어 보였다.

"누가 스스로 하지 않겠대?"

시선은 꿰뚫을 듯이 가야마를 향했다.

"네가 알기나 해? 아무리 해도 다다를 수 없는 사람의 마음을."

나나카 말 속에 가야마를 책망하는 느낌은 없었다.

"모르지."

가야마의 대답이 의외였던지 나나카는 조금 놀라는 표정을 보였다. 가야마는 말을 이었다.

"그게 말이야. 끝장을 봤다고 생각될 때가 올 것 같지 않아."

가야마 말에 나나카는 기가 꺾인 듯이 한숨을 내쉬었다.

"결투에서 전패해도?"

"상대방과 승부를 벌이긴 했지만, 그건 상대와 승부를 한 게 아냐."

그 말을 듣고 나나카는 태블릿에 눈길을 떨어뜨렸다.

"요즘 E^2 봤어?"

"아니."

"넌 상대와 승부를 벌인 게 아니라고 했지만."

나나카는 태블릿을 들어 올려 가야마의 눈앞에 보여 주었다.

"이래도?"

태블릿 화면에는 예의 그 가나도메의 글에 대한 폭발적인 반응이 올라와 있었고, 댓글 여기저기에 가야마의 이름이 보였다.

"가야마, 네가 지금 화제야."

가나도메가 가야마의 이름을 언급한 것으로 일단 주목을 끌었고, 이치노세 10문을 풀었다는 사실이 알려지자 결투장을 보내는 사람까지 나타났다. 그러나 가야마가 일절 반응이 없자 그에 대해 댓글이 들끓었다.

"도망친 거야. 이제 없는 건가. 가나도메는 왜 이 녀석 이름을 언급한 걸까."

나나카가 댓글을 읽어 나갔다. 그리고 "이대로 내버려 둘 거야?" 하고 덧붙였다.

"안 할 거야?"

결단을 촉구하는 나나카의 시선에 가야마는 말이 턱 막혔다. 소고는 문제집 세 권을 마칠 때까지 E^2에 접근하지 말라고 했다.

"해도 돼."

둘이서 돌아보니 소고가 가야마를 보고 있었다.

"지금 당장 해."

"뭘요?"

가야마는 일단 되물었지만 둘 모두에게서 대답은 없었다. 단지, 거침없는 시선만이 쏟아졌다.

"누구랑?"

나나카가 다시금 태블릿을 조작하자 화면에 이름이 떠올랐다.

"이 사람이랑 하는 건 어때?"

— 사라진 녀석은 이제 됐어.

가야마가 처음 대전했던 상대가 쓴 코멘트였다. 소고는 계속 말이 없었다. 누구든 상관없다는 의미인가. 태블릿을 받아 든 가야마는 잠깐 손을 멈췄다가 이렇게 입력했다.

— 사라지지 않았어.

밖에서는 밤바람이 불고 있었다. 멀리서 나뭇잎이 와사삭거리는 소리가 들려왔다. 그 소리 외에는 시계의 돌림노래뿐. 고풍스러운 오렌지색 불빛, 그에 물든 책들이 만들어 내는 그림자가 책장을 미로로 만들었다. 눈앞에서는 나나카가 책을 읽고 있다. 결투 준비를 하면서 가야마가 물었다.

"기다리려고?"

"기다릴게."

당연하다는 듯한 대답이 돌아왔다. 계속 같은 문제만 풀어 왔으니까 오랜만에 새로운 문제를 접해 보겠다는 마음으로 종이와 연필을 준비해 뒀다. 모르는 문제에, 전혀 새로운 문제에 뛰어드는 것이다.

이렇게 가슴 뛴 적이 있었던가.

마치 하얀 눈밭을 맨 처음 뛰어가는 것처럼.

살포시 미소가 어린 것 같기도 하다.

신호음이 울리자 곧장 뛰어들어 풀기 시작한다.

전과 같은 시간, 같은 출제 범위. 완전히 똑같은데.

뭔가가 다르다.

이따금 여태껏 문제를 풀면서 느껴 본 적 없는 이상한 감각에 사로잡힌다. 한 문제를 읽자 세 권의 문제집에서 외웠던 다른 문제가 머릿속에 떠올랐다. 일부러 떠올린 것도 아닌데, 왜지? 궁금히 여기는데 누군가가 비슷하다고 속삭인다. 아하, 그런 감각의 논리를 사용할 수 있는 거구나. 문제의 형태는 전혀 다르지만, 답이 숨어 있는 범위를 좁혀 나가기 위해 같은 논리를 사용할 수 있구나.

다음 문제로 넘어가 잠시 생각하자, 몇 가지 접근법이 저절로 떠올랐다. 이전에는 말 그대로 감각만으로 풀이를 더듬어 왔다면, 지금은 자신 안에 침전된 몇몇 논리의 감촉이 떠올랐다. 이 해법으로도 풀 수 있다. 저 해법으로도 풀 수 있다. 잠시 시간을 잊은 채 모든 해법을 시도해 봤다. 같은 문제를 다른 해법, 완전히 다른 논리로 풀 수 있음을 직접 경험하고 나자 그 새로운 감각에 현기증마저 일었다.

이전과는 다른 풍경 속에 있었다. 그동안 문제는 독립된 것이라고 생각해 왔다. 눈앞에 있는 문제는 외따로이 존재하는 것으로 여기고, 제시문에 어떤 단서가 있는지 생각하며 그 단서를 꼼꼼히 살피면서 길을 찾아갔다. 문제를 푼다는 것은 그런 거라고 생각했다. 그러나 지금 눈앞에 나타난 문제는 고독하지 않다. 세 권의 문제집에 있던 무수한 문제가 자신 안에서 와자하게 떠돌아다니며 새로운 문제를 접할 때마다 마치 큐브 퍼즐이 따각따각 돌아가며 맞춰지듯 몇 개의 문제가 저절로 주위에 나타난다. 혹은 머릿속에 새로이 자리 잡은 고유한 감촉을 지닌 해법 몇 가지가 떠올라 마치 별자리처럼 눈앞의 문제와 이어지고 에워싸며 하나의 광경을 그려 낸다. 아무도 모르는 심해와 같은 우주에 황금빛 소리가 익숙한 감촉으로 미지의 별자리를 그려 나간다.

여기는 어디일까.

분명 자신의 내부인데 처음으로 다다른 이 풍경은.

아무것도 없는 하얀 세계에서 눈앞의 문제라는 문을 억지로 열려고 했다, 언제나.

혼자서만. 그런데.

지금 이 공간은 넓고 자유롭다.

지금껏 자신이 있었던 공간이 그토록 자유롭다고 여겨 왔건만.

지금은 어디로도 갈 수 없는 좁고 아무것도 없는 공간이었음을 안다.

어디까지고 갈 수 있을 것 같다.

여기는 어디일까.

"수학 세계라는 말이 있어."

결투를 마치고 현실 세계로 돌아오자 고양이를 무릎에 앉히고 책을 읽고 있는 나나카가 눈앞에 있었다. 그 애는 결투가 종료된 걸 알고는 가운뎃손가락으로 안경을 밀어 올리며 책을 덮었다. 조용하다. 몇 시나 됐을까. 가야마는 카운터에 있는 소고에게 결투가 한창일 때 어떤 느낌이었는지 물어봤다. 소고는 커피를 마시면서 대답해 줬다.

"같은 문제를 본다고 모두가 같은 걸 보는 건 아니다. 어떤 것과 가깝다고 생각하는 사람도 있지만, 다른 것과 가깝다고 생각하는 사람도 있지. 같은 문제를 보더라도 접근하는 방식은 사람마다 제각각이라 떠오르는 것도 다 달라."

"왜 그런가요?"

그렇게 물은 건 나나카였다.

"어떤 순서로 수학을 배워 왔는지. 어떤 식으로 배워 왔는지. 어디에 재미를 느끼는지. 그건 사람마다 다 다르지. 그 차이가 사람들 머릿속에 저마다 다른 풍경을 만들어 낸다."

"다른 풍경."

"수학적 풍경이지. 저마다의 머릿속에는 저마다의 수학 세계가 있다. 그것은 숫자만으로 되어 있진 않아. 숫자와 논리로 돼 있지. 너는 너만의 수학적인 감각으로 문제와 씨름해 왔기 때문에 머릿속에 저장된 논리가 전혀 없었다. 문제집 세 권을 되풀이해 풀면서 손을 쓰지 않고도 저절로 암기될 때까지 계속하라고 한 건, 머릿속에 다양한 논리를 채우기 위해서였다."

소고의 이야기는 계속됐다.

"네 안에서 어떤 수학 세계가 만들어져 왔는지는 아무도 모른다, 너밖에 모르지. 하지만 적어도 뭔가의 풍경이 만들어져 왔다는 건 알 수 있지."

소고가 덧붙였다.

"꾀부리지 않았군."

"역시 의심했던 거예요?"

가야마는 여전히 멍한 얼굴로 물었다.

"피타고라스의 정리를 증명하는 방법이 몇 가지 있는지 알고 있나?"

직각삼각형의 세 변의 관계를 나타낸 정리.

$a^2 + b^2 = c^2$

그것을 증명하는 방법은 400가지 이상 있다. 같은 결론에 이르는 방법은 한 가지가 아니다.

"수학이란 말이야. 무기질인 데다 딱딱하고 차가워서 누가 봐도 똑같이 보일 것 같지만 그렇지 않다."

소고가 성가신 듯이 말했다. 나나카는 가야마의 태블릿에 손을 뻗어 결과를 확인했다.

"수학과 씨름할 때."

나나카의 입이 벌어졌다. 26대 24로 가야마의 승리였다. 그러나 가야마는 첫 승을 거둔 것도 잊은 듯 소고의 이야기에 귀를 기울였다.

"한 사람 한 사람은 보이지 않는 경치를 보고 있지."

하지만 저마다 다른 경치를 보고 있다. 가야마는 속으로 그렇게 중얼거렸다. 자신이 그것을 원했다는 것을 알고 난 뒤에야 깨닫게 된 사실이다. 가야마가 어떻게 고마움을 표현하면 좋을지 몰라 엉

거주춤 서 있자 소고가 흘끗 보았다.

"고맙다고 해. 그 한마디면 충분해."

"고맙습니다."

"아 참."

가야마가 돌아가려는데 생각난 듯이 소고가 불러 세웠다. 문을 열고 나가려던 가야마와 나나카가 돌아보았다.

"수학 서적은 쓰쿠모서점."

소고가 자신들을 쳐다보지 않고 그렇게 말하자 둘은 얼굴을 마주보았다.

"네 E^2 프로필에 그렇게 적어 둬."

"그게 무슨 말이에요?"

가야마가 묻자 소고는 당연하다는 듯이 덧붙였다.

"수업료다."

"고맙다는 말로 충분한 거 아니었어요?"

옛 학교 건물의 계단은 비 오는 날이면 평소보다 발소리가 더 울린다. 기분 탓일까. 사람이 없기 때문일까. 평소보다 어둑어둑하기 때문일까. 어디선가 앰프에 이어져 있지 않은 메마른 기타 소리가 들려왔다. 경음악부는 이 건물에 없을 텐데. 수학연구회 교실 문을 열자 나나카가 창가에서 의자에 발을 올려놓고 기타를 치고 있었다. 나나카는 가야마의 기척을 알아차리고 손가락 움직임을 확인하듯 계속 기타를 튕기면서 질문을 던졌다.

"지금 몇 승 몇 패야?"

"6승 3패."

손을 뒤로 돌려 문을 닫았다.

"뭐 하는 거냐?"

"기타 치고 있지."

"왜?"

"경음악부에서 밴드를 하고 있어."

"흐응."

"부탁받았거든."

"칠 줄 아는구나."

"응, 조금 연습했더니 어느 정도는."

나나카는 빗물이 떨어지는 창문을 등지고 그렇게 말했다. 그 손 놀림이 그럴듯해 보였다. 잡다한 물건으로 넘쳐 나는 창고 같은 교실. 가야마는 그 중앙에 딱 하나 놓인 책상과 의자에 앉아서 평소처럼 준비를 시작했다.

"방해돼?"

나나카가 물었다.

"괜찮아. 네 교실인데 뭐."

아마도 신경 쓰이지 않을 거다. 가야마는 E^2에 다시 드나들기 시작한 이후로 문제를 푸는 것이 무척이나 재미있었다. 새로운 풍경에 푹 빠졌다. 새로운 문제를 접할 때마다 나타나는 새로운 풍경에 감당이 안 될 정도로 가슴이 설레었다.

"100승 올리거든 다시 와라."

소고가 내린 다음 지시였다.

"말도 안 돼요."

함께 있던 나나카의 반발이 거셌다. 나중에 나나카가 책략가 같은 말투로 설명한 바에 따르면, E^2에서는 누구나 결투를 할 수 있는 게 아니라 상위에 랭크된 사람에게 편중돼 있는 모양이었다. 학습 보충이 목적인 사람도 많지만, 어려운 문제를 놓고 겨루는 것은 수학올림피아드에 출전할 정도로 자신 있는 능력자들이라고 했다. 결투를 되풀이해서 승률이 올라가면 그만큼 더 강한 사람밖에 상대가 되어 주지 않는다. 100승을 한다는 건, 결투를 받아들이는 집단 내에서 더는 올라갈 곳이 없다는 의미나 마찬가지 아닐까.

결투도 언제까지나 어디까지나 한없이 할 수 있는 건 아니다. 상대를 찾더라도 결투 시간을 정해야 한다. 대개는 방과 후부터 밤 사이가 된다. 오늘은 안 되니까 이틀 후에 하자는 경우도 있다. 가야마는 결투하지 않는 시간, 결투하기 전까지의 시간을 오로지 E^2에 있는 문제를 풀며 지냈다. E^2에는 은하계의 별만큼이나 문제가 많기 때문에 무차별적으로 잇따라 나타나는 문제에 그저 무심히 계속해서 뛰어들 뿐이었다.

어느새 장마철에 접어들었다. 하루 중 언젠가는 반드시 비가 내리는 날이 이어졌다. 시바사키와 하는 수학 보충 학습은 기말고사까지는 여유가 있었고, 그 애가 동아리 활동으로 바쁘기도 해서 주 1회 정도 페이스로 자리를 잡았다. 늘 메고 다니는 기다란 물건이 언월도이며, 그 검을 써서 하는 경기가 월도라는 걸 안 것은 한참이 지난 뒤였다. 큰비로 동아리 활동이 중지됐을 때, 집이 같은 방향이란 이유로 버스 정류장까지 함께 걸어가면서 들었다.

"월도란 게 어떤 경기야?"

가야마가 물었다. 천주머니 속에 든 것이 언월도라고 들었지만 정확한 형태는 도무지 상상되지 않았다. 옆에서 비닐우산을 쓰고 걷던 시바사키가 세상 모든 걸 다 안다는 얼굴로 돌아보았다.

"정말로 관심 있어서 묻는 거야?"

"무슨 말이라도 하는 게 좋을 거 같아서 묻긴 했지만, 약간은 관심 있을 수도 있지."

"정말?"

"미안. 없어."

시바사키는 승부에서 이긴 듯이 싱글벙글 웃었다.

"월도 경기는, 고등부는 단체전과 개인전이 있어."

설명을 시작하는 건가. 가야마는 마음속으로 중얼거렸다. 어디까지나 마음속에서였지만.

"뭐, 검도하고는 먹잇감이 다르다고 해야 하나."

먹잇감이 다르다는 말에, 막대기 같은 걸 들고 내리칠 자세를 취하는 시바사키 앞에서 바들바들 떠는 산토끼 모습이 절로 그려졌다. 하지만 이내 무기를 말하는 거구나, 하고 고쳐 생각했다.

"실은 검도하고는 전혀 달라."

다른가.

"중학교 때도 했어?"

"아니."

"그럼 검도부였어?"

"육상부였어."

"근데 왜 월도를 해?"

"왠지."

시바사키는 말을 끊고 갑자기 골똘히 생각에 잠겼다. 저 멀리 흐릿한 하늘 너머를 바라보는 눈으로. 아니, 그 너머의 뭔가를 바라보듯이.

"싸워 보고 싶었어."

시바사키는 그 뭔가를 계속 응시했다.

하지만 가야마의 승률은 장마가 본격화하는 것과 반비례라도 하듯 서서히 떨어지기 시작했다. 그리고 마침내.

"몇 승 몇 패야?"

"13승 13패."

"무승부가 된 거야?"

"꼭 그렇게 대놓고 물어야 되겠냐. E^2에서 확인할 수도 있잖아."

"직접 물어보면 그 결과에 대해 어떻게 생각하는지 알 수 있거든."

"그래서 어떻게 생각하는 것 같은데?"

"별로 신경 쓰지 않는달까. 고민은 다른 데 있다는 얼굴이야."

예리하다.

"그 스피드스타라는 사람."

"잘 봤어. 앞으로도 신경 안 쓸 거야."

"어지간히 들러붙던데. 가야마 널 좋아하는 거 아냐?"

"남자일걸."

"그건 또 그것대로 좋잖아."

그렇게 말하는 나나카는 수학연구회 교실에 이젤을 세워 놓고 캔버스에 유화물감을 칠하고 있다.

"그건 또 뭐냐?"

"그림 그리는 걸로 보이지 않아?"

"그래서 물은 거야."

"미술부에도 조력자로 들어갔거든."

"흐응."

더는 묻지 않고 가야마는 가방을 책상 위에 내려놓았다. 승률보다 신경 쓰이는 일이 있긴 하다. 풍경이 익숙해져 버렸다. 풍경이 안정되기 시작했다. 새로운 문제를 계속 풀어내면서 수학 세계의 형태가 만들어져 가는 것을 느꼈는데, 그러고 나니 반대로 그 이상의 움직임이 없어졌다. 모양이 똑같은 도기처럼. 늘 같은 생각을 한다고 느끼는 일이 많아졌다. 이것이 내 습관이며 내 고유한 생각인가. 하지만 풍경이 확실해진 만큼, 그만큼 자유가 손가락 사이사이로 빠져나가는 느낌이었다. 결투 시작 전까지 문제를 계속 풀어봐도 바로 얼마 전까지 맛보았던 가슴 뛰는 기분은 느낄 수가 없었다. 마치 거짓말처럼. 몇 문제나 풀었을까. 문득 무엇인가로부터 방치된 기분이 들어 고개를 들고 의자 등받이에 몸을 기댔다.

나나카는 어느새 교실에서 사라지고 없었다.

형광등이 켜진 교실은 어두운 비에 감싸인 채 부유하고 있었다.

왜 이러지.

뭔가 틀어지고 있는 거다.

홀로 남겨진 채 창밖의 비를 바라보았다.

결투 규칙은 상대와 의논해 정하게 돼 있지만 가야마는 어떤 규칙이든 받아들였다. 기하 문제만. 더 좁혀서 확률 문제만. 제한 시간 안에 많이 푼 쪽이 승리. 문제 수는 적게, 모두 푼 쪽이 승리. 상대는 그런 식으로 다양한 규칙을 제시해 왔는데, 그것은 저마다 어느 분야를, 어떤 풀이를 자신하는지 혹은 좋아하는지를 보여 주었다 수학 세계는 사람마다 다르다는 소고의 말을 증명이라도 하듯.

어느 한쪽이 100문제를 다 풀 때까지. 개중에는 이렇게 제정신이 아니라고 여겨질 정도의 규칙을 제시해 온 상대도 있었다. 이

때는 밤새 문제를 풀고, 다음 날 수업 시간에 미리 잠을 자 두고 방과 후에 다시 이어서 문제를 풀고, 마침내 다음 날 새벽에 승패가 결정되는 마라톤 같은 결투였다. 그것은 학교 축제와도 같아서 수학으로 채색된 비일상적인 시간이 즐거웠던 것도 사실이다. 재미있게 지켜본 관중이 있었던지 결투가 종료됐을 때는 축제 같은 분위기마저 감돌았다. 얼굴도 목소리도 어디에 사는지도 모르지만 수학이라는 공통항만으로 같은 공간에 모인 사람들이 있구나. 몽롱한 머리로 아침을 맞으며 그렇게 생각했다. 그날 수업은 전혀 기억나지 않지만.

몇 번이고 계속해서 결투장을 보내오는 상대도 있었다. 바로 스피드스타였다. 가야마가 처음 E^2에 입문하여 4전패를 당했을 때 상대한 사람 중 하나였다. 하지만 재결투에서 가야마에게 패하고 그 후로 가야마가 거듭 승리를 거뒀으나, 요즘 들어 다시 바짝 가야마를 따라붙고 있었다.

― 이제 4승 4패. 팽팽하군.

가야마는 결투 후에 받은 메시지를 확인했다. 그러고는 방금 치른 결투 내용을 잠시 돌이켜보고 답장을 보냈다.

― 이번 3전에서 규칙을 바꾼 건 왜지?

— 그건 영업 비밀. 제자리걸음이면 나 먼저 가 버린다.

그건 그렇고, 문제 13, 그걸 잘도 풀었더라.

스피드스타는 그 이름답게 스피드로 승부하는 규칙을 제시해 왔다. 그런데 지난 몇 차례는 스타일을 바꾸었다. 시간에 비해 문제 수가 적은 전투나, 단문 문제뿐이던 것을 장문도 포함시킨 지구전으로 바꿔 제시했다. 이상했다. 처음에는 가야마가 우세였던 전황이 어느 사이에 팽팽해진 걸 보면 속임수를 쓰는지도 몰랐다.

— 먼저라니, 어디에 갈 건데?

득달같이 답장이 왔다. 그야말로 빛의 속도였다.

— 갈 수 있는 데까지, 어디까지고.

아무것도 생각하지 않는 미련 없는 대답에, 만난 적도 없는 상대에게 불쑥 묻고 말았다.

— 왜 수학을 하는 거지?

바보 같은 질문이야. 메시지를 보내고 나서 그렇게 중얼거리며 머리를 긁적였다. 답이 오지 않을 줄 알았는데 곧바로 답장이 왔다.

— 뭐? 문제 푸는 게 바보처럼 재밌잖아.

그 엉뚱한 답에 가야마는 크하하하 소리 내어 웃고 말았다. 그렇다. 문제를 푸는 것만으로도 좋았다. 그런데 계속하다 보면 어느덧 그런 생각이 사라져 버린다. 언제나 그렇다. 내가 어떻게 돼 버린 건가.

그 후로도 가야마는 푹푹 찌는 수학연구회 교실에서 갈 곳을 잃은 듯 홀로 셔츠를 펄럭펄럭 부채질하면서 문제를 풀었다. 길을 잃은 기분이었다. 한동안 무심하게 연필을 움직이고 있자 꽤 오래 전부터 생각해 온 의문이 말이 되어 나왔다.

"결투 같은 걸 왜 만든 거지? E^2을 만든 밤의 수학자는 왜?"

문제를 다 같이 협력해서 푸는 방법도 있는데. 실제로 '가나도메의 수열'이라고 이름 붙은 그 수열은 지금 더더욱 화젯거리가 되어 수많은 추리와 억측이 난무한다. 조금 전에는 '알았다.'라고 말한 사람이 등장하자 한바탕 소동이 벌어지기까지 했다. 그러나 올라온 해답은 곧장 다른 사람이 발견한 허점으로 여지없이 깨지고 말았다. 하지만 하나의 물음에 서로 협력해서 도전하는 것은 사실이었다.

하지만, 하고 스스로 부정한다.

그렇지 않은 것 같기도 하다.

수학은 혼자서 푸는 거다.

어딘가에 그렇게 생각하는 자신이 있다.

아무리 다 같이 푼다 해도 결국 열쇠를 찾는 것은 한 사람의 두뇌다.

그래서 수학이 재미있는 거다.

그렇게 생각하는 자신도 있다.

재미있으니까 생각하게 되는 것이다.

왜 남과 싸우는 결투를 만든 것일까.

소고의 지시도 어쨌거나 결투를 계속하라는 거나 다름없다.

무슨 의미가 있는 걸까.

소고는 처음부터 수학이란 싸우는 것이라고 말했다. 하지만 가야마는 싸우는 것이 내키지 않았다. 수학에서 이기고 지는 것이 그렇게 중요한 걸까. 어느새 연필을 쥔 손이 멈췄다. 자꾸만 불필요한 생각을 하고 만다.

— 싸워 보고 싶었어.

불현듯 시바사키의 말이 되살아났다.

"왜 이런 형태로, 3을 남겨 두는 형태로 식을 변형하는 거지?"

"그렇게 하면 나머지가 $(x+2)^2$으로 정리되니까."

"애초에 그렇게 정리할 걸 생각하고 그 형태로 변형한다는 거야?"

"응. 문제의 조건을 생각하면 일반적으로 전개해 나가는 것보다 빨리 답이 나오거든."

"그 설명은 이해했어. 결국 이 변형을 떠올리는 게 열쇠란 거지?"

흐린 날, 살짝 어둑한 교실에서 기말고사를 대비해 시바사키와 보충 학습을 하고 있었다. 그런데 그 애가 등진 교실 입구에서 이쪽을 살피는 유니폼 차림의 빡빡머리 오지 모습이 눈에 들어왔다. 두고 간 물건을 가지러 왔나. 아, 야구부에 들어갔구나. 그래서 머리를 빡빡 밀었나. 혹시 중학교 때부터 해 왔나. 가야마 머릿속에 그런 생각이 스쳤다. 상대는 시바사키와 가야마를 보고 웃었다. 멀리서도 히죽거리는 걸 알 수 있었다.

"이야, 청춘인데."

대부분 동아리 활동하러 나가서 교실 안에는 애들이 거의 없었다. 목소리를 알아차리고 시바사키가 돌아보았다. 어떤 반응이 나올까. 가야마는 흥미롭게 지켜보았다.

"시끄러워, 대머리야."

"빡빡 민 거거든."

숨 쉴 틈도 없이 마치 말씨름 대회의 한 장면 같은 설전이 이어졌다. 싸우는 건가. 그렇게 생각하다가 이내 물론 아니겠지 하고 도리질을 했다.

"정규 선수도 못 되는 주제에."

"1학년이 어떻게 되냐."

"포기했구나."

"포기하긴!"

오지는 이렇게 대꾸하면서 로커에서 짐을 꺼내 교실 밖으로 향했다. 그 등에 대고 시바사키가 다시 말을 건넸다.

"고시엔에 데려가 주라."

"너는 못 데려가지."

시바사키는 눈이 가늘어지더니 이내 문제로 되돌아와서 변명하듯 말했다.

"월도부랑 야구부, 동아리방이 붙어 있어."

의문이 얼추 해소되자 가야마는 궁금했던 것을 물었다.

"왜 싸워 보고 싶었는데?"

고개를 든 시바사키는 무슨 말이냐는 듯 의아한 표정이었다. 그러나 잠시 후, 돌아갈 채비를 하면서 그제야 생각났는지 답을 찾는 얼굴을 했다. 이윽고 가방을 무릎 위에 올려놓고는 생각이 정리됐는지 입을 열었다.

"중학교 육상부 중거리 시합은, 함께 달리는 사람하고 승부를 겨루긴 해도 기본적으로는 나 자신과의 승부였어. 달리는 동안에 줄곧 나와 이야기해. 연습 때도 그렇고."

그때를 생각하는지 창밖으로 눈을 돌렸다.

"아마 질렸을 거야."

"질려? 뭐에?"

"나 자신하고 이야기하는 것에."

자신의 대답에 시바사키는 후후 하고 웃는다.

"근데 월도 경기는, 언월도로 찔러야 할 상대가 바로 앞에 있거든. 그럴 틈이 없지."

"그렇구나."

"언월도를 든 채로, 상대가 어떻게 나올까, 무슨 생각을 할까, 그런 생각을 하면 재미있어."

"그렇구나."

"나와 전혀 다른 생각을 하는 상대가 눈앞에 있다는 게."

"그렇구나."

시바사키가 고개를 갸웃했다.

"그렇구나가 새로운 말버릇이야?"

철컥. 가야마는 자신 안에서 무엇인가가 이어지는 소리를 들었다.

"설마 운동부까지 할 줄은 몰랐네."

가야마는 열린 문에 서서 중얼거렸다. 수학연구회 교실에서 지휘봉 돌리는 연습을 하던 나나카가 돌아보았다.

"치어리딩을 운동부라고 할 수가 있나."

가슴에 학교 이름이 로마자로 수놓인 상의와 미니스커트를 입은 나나카가 지휘봉을 돌리면서 대답한다.

"아무렴 어때."

가야마는 가방을 내려놓았다. 어지간히 연습했는지 교실 안은 약간 후덥지근했다.

"전부터 궁금했는데 말이야."

곁다리로 하는 걸로는 보이지 않을 정도로 완벽한 지휘봉 돌리기가 멈추었다.

"수학연구회 공간으로 빌린 교실인데, 수학과 관련된 걸 하지 않아도 괜찮은 거야?"

"네가 하고 있잖아."

"그게 목적이었군."

"나도 하고 있고."

나나카는 지휘봉으로 교실 앞에 있는 칠판을 가리켰다. 칠판엔 종이가 덕지덕지 붙어 있고, 그 하나하나에 난생처음 보는 말이 쓰여 있었다.

✓ 랭글런즈 프로그램
✓ P-NP 문제
✓ 밀레니엄 문제[3]

설명을 요구하듯 나나카에게 시선을 되돌리자 의아한 얼굴이 기다리고 있었다.

"몰라?"

"몰라."

"그래. 랭글런즈 프로그램은 수학의 통일 이론 같은 것이고, P-NP 문제는 수학의 한계에 대한 미해결 문제야. 그리고 밀레니엄 문제는."

"그렇구나."

적당한 부분에서 맞장구를 쳤다.

"어때, 수학연구회답지?"

"근데 그걸 왜 적어 놓은 거지?"

"위장하려고."

"그럼 수학연구회라고 할 수 없잖아?"

"그건 거짓말이고. 완벽하게 내가 좋아하는 것으로 채워진 곳이 필요했을 뿐이야."

그렇게 말하며 가슴을 젖히는 나나카를 보고 가야마는 대화를 포기했다. 요즘은 나나카가 수학연구회를 만들었다는 이야기마저 의심이 들기 시작한 터라, 방금 한 말이 새빨간 거짓말은 아닐 거라고 생각했다. 수학연구회 고문인 도시오카 선생님 얼굴도 본적 없다. 수학연구회를 위한 특별 강의도 없었다. 나나카와 도시오카 선생님 사이에 뭔가 담합이 있지 않았을까. 그렇게 지레짐작할 뿐이다.

"몇 승 몇 패야?"

나나카가 물었다.

"30승 16패."

"우아!"

나나카는 눈을 휘둥그레 떴다.

"실력이 늘었구나. 아니 그보다 결투를 꽤 많이 했네. 잠은 자?
근데 여긴 왜 온 거야?"

가야마는 요전에 시바사키의 말을 들은 뒤로 전에는 하지 않던
일을 하기 시작했다. 결투를 마치면 승패와 관계없이 상대의 해답
을 확인했다. 처음에는 그걸 해서 어쩔 건데 싶어 반신반의했지만
곧바로 그 재미를 알게 됐다. 상대가 어느 문제를 풀었는지 확인
한다. 자신이 포기하고 넘어간 문제를 상대가 푼 것도 있지만 그
반대도 있다. 상대가 푼 문제를 한눈에 보면 그 사람이 무슨 생각
을 하는지 알 것 같은 기분이 들었다.

가야마는 상대가 거부하지 않는 한 '풀이 과정도 기록한다'는
조건을 제시했다. 그것을 보면 상대가 무슨 생각을 하는지 더욱
잘 알 수 있기 때문이다. 그것은 자신의 사고가 아닌 미지의 사고
였다. 같은 문제도 다르게 접근했다. 비슷하게 접근하더라도 식을
쓰는 방식이 미묘하게 달랐다. 터치펜으로 휘갈겨 쓴, 혹은 사진
으로 올라온 버릇 하나하나가 자신의 수학 세계 외부에 있는 풍경
이며, 여기엔 딱딱하게 굳은 풍경이 흔들려 작게 바람구멍이 뚫리
는 신선함이 있었다. 그러한 작용을 이해하고 계속하니 자신의 수
학 세계 모습이 또 바뀌기 시작했다. 바람이 빠져나가는 듯한 자

유로움에 다시금 사고가 조금씩 해방되었다.

— 문13, 그걸 용케 풀었군.

생각해 보면 답은 늘 눈앞에 있었다. 스피드스타가 규칙을 바꾼 이유도 분명 가야마의 버릇을 연구했기 때문이라는 생각에 이르렀다. 결투란 승패를 위한 것이 아니라 '자신과 다른 사고가 있다'는 것을 알기 위한 게 아닐까 싶었다.

잠자코 가야마 말에 귀를 기울이던 나나카는 흥미진진한 이야기라도 듣는 듯 신묘한 얼굴이었다. 치어리더 복장 그대로. 그 정적을 깨고 드르륵 문 열리는 소리가 났다. 얼굴을 들이민 남학생은 가야마를 보자 화들짝 놀랐다.

"여기서 뭐 하냐?

다데마루가 교실 안으로 들어왔다.

"그리고 그 꼴은 또 뭐고."

이건 나나카를 향해.

"연습."

"왜?"

"왜라니."

"회의 시작됐고, 회장 열 받았다고."

"회의?"

"학생회 정기회의 말이야."

설마 잊은 거냐, 하고 다데마루는 눈짓으로 호소했다.

"앗."

나나카는 목소리와 달리 딱히 당황하는 기색 없이 지휘봉을 가방에 넣었다.

"옷 갈아입고 갈게."

"1학년 연대 책임이라 나까지 피해 본다고."

다데마루는 입술을 일그러뜨리고 나가려다 가야마와 나나카를 번갈아 보았다.

"너희."

"수학연구회."

둘의 목소리가 동시에 나왔다. 납득하지 못하겠는지 다데마루는 체셔고양이 같은 눈빛을 남기고 교실을 떠났다. 나나카는 교실 구석에 해묵은 로커로 막아 만들어 놓은 간이 탈의실로 교복을 들고 들어갔다.

"부럽다."

로커 너머에서 나나카의 목소리가 와 닿았다.

"그런 걸 다 알고."

"이건 수학적 재능하고는 관계없는 것 같은데."

"나는 남의 해답을 봐도 그런 건 안 보이더라."

자신에게는 보이는 것이 나나카한텐 보이지 않는다는 말을 들자, 가야마는 딱히 대답할 말이 없었다. 어떻게 보면 되는지, 어떻게 하면 보이는지 자신도 알지 못하기 때문이다.

자신에게는 왜 보이는가. 왜 나나카에게는 보이지 않는가.

거기에 어떤 차이가 있는가. 그건 모른다.

자신은 나나카처럼 기타도 치지 못하고, 그림도 그리지 못하고, 아마 지휘봉도 돌리지 못할 것이다. 그것을 재능이 없다는 한마디로 치부할 수 있을까. 그렇게 치부해 버리는 것에 어쩐지 자신 안의 누군가가 저항하는 기분이 들었다.

"그 정도로 할 줄 아는 게 많으면, 수학 아닌 다른 것에서 수학처럼 좋아하는 것을 찾으면 되지 않나?"

로커 너머로 물음을 던지자 대답 없이 옷 스치는 소리만이 빗소리에 섞였다.

"가야마, 넌 좋아한다는 게 어떤 건지도 모르는구나."

나나카가 치어리더 의상을 들고 나와, 의미를 알 수 없는 말이 늘어선 칠판 앞에서 그렇게 말했다. 밖에서 내리는 비처럼 조용한 말투였다.

"오일러를 알아?"

"수학자?"

세상에서 가장 아름다운 등식. 자연스레 그 식이 떠올랐다.

$$e^{i\pi} = -1$$

"말년에 눈이 먼 건 알고 있고?"

"몰라."

가야마가 고개를 갸우뚱하자 나나카는 계속했다. 빗방울로 아무것도 보이지 않는 유리창을 빤히 보면서.

"오일러는 잠도 안 자고 쉬지도 않고 계속 수학만 파고들다 결국 한쪽 눈이 보이지 않게 됐어."

"그래서 수학을 그만뒀대?"

"아니. 그런데도 계속 수학 공부를 하다가 남은 한쪽 눈마저 안 보이게 됐지."

"말도 안 돼!"

가야마는 어이가 없었다. 그런 인물이었단 말인가.

"그때 오일러는 이런 말을 했대. 덕분에 마음이 흐트러지지 않게 됐다고. 인간을 대표할 만한 지성을 가진 천재가 두 눈을 내놓고도 계속하고 싶어 했던 것, 그게 수학이야."

거기까지 말하고 나나카는 입을 다물었다. 중요한 뭔가를 고백한 후처럼. 가야마를 보는 눈빛이 온화했다. 뭔가를 억누르는 눈빛이었다.

"난 수학을 좋아해. 재능도 그렇지만 좋아하는 것도 내 뜻대로 안 돼."

나나카는 조용히 계속했다.

"나는 잔재주가 많아서 뭐든지 금세 어느 정도는 할 수 있지만, 똑 부러지게 잘하는 건 없어. 중간고사 성적만 해도 그래. 전 과목 전교에서 5등이야. 가야마 너보다 위지."

마지막 말은 하지 않아도 되는데. 가야마는 마음속으로 중얼거렸다.

"그래도 난 수학이 좋아. 좋은 걸 어떡해. 그래서 수학 책을 읽는 거야. 아는 범위에서만 이해하지만, 그래도 조금 아는 것만으로도 즐거워. E^2에서 문제도 풀고 이따금 결투도 해. 내 성적, 본 적 있니?"

나나카는 꿰뚫어보는 말투로 "없지?"라고 덧붙였다.

"뭐든 다 선택할 수 있지만 내가 좋아하는 건 수학이야."

그렇게 선언하는 나나카에게는 망설임이 없었다.

"그래서 더 잘 아는 거야. 내가 다다를 수 없다는 걸. 그게 얼마나 괴로운지 알기나 해? 내가 무능하단 걸 순간순간 통감한다고. 아무리 최선을 다해 봤자 헛일이란 걸, 계속 뼈저리게 느끼는 거지."

나나카의 말투가 조금 강해졌다.

"가야마 넌, 진심으로 수학을 좋아하지 않아? 재능이 있는데 수학자가 되지 않을 거냐고?"

"생각해 본 적 없는데."

"정말로 이유도 없이 계속하는 거야?"

가야마는 자신에게 수학을 가르쳐 준 사람의 얼굴을 떠올렸다.

"약속했으니까."

나나카는 잠자코 치어리딩 의상을 가방에 넣었다.

"꼭 저주 같다."

"그런가."

"하지만."

나나카는 한숨처럼 말을 이었다.

"저주라도 상관없어. 저주로 인해 구원받기도 하니까."

"무슨 소린지 잘 이해가 안 된다."

나나카는 말했다.

"나도 잘은 모르겠어. 하지만 다다르지 못한다는 걸 알면서도 계속하는 것보다는 나을 것 같은데."

그 말에서 평소 드러나지 않는 나나카의 뭔가가 배어 나오는 게 느껴졌다.

빗소리가 그 말을 어디론가 떠밀고 갔다.

사이를 두고 가야마의 태블릿에서 신호음이 울렸다.

잠시 대화를 중단했던 둘은 동시에 그것을 들여다봤다.

메시지가 도착해 있었다.

— 가야마, 가나도메의 수열, 답 알고 있어?

결투에서 내가 이기면 답을 가르쳐 주지 않을래?

오일러클럽 노이만.

오일러클럽 노이만? 이상야릇한 이름이라고 생각하는 가야마

옆에서 놀라 숨을 삼키는 소리가 났다. 손으로 안경을 밀어 올린 채 나나카가 눈을 휘둥그레 떴다.

"와, 대박! 오일러클럽이야."

나나카가 중얼거렸다.

"그게 뭔데?"

"그 수열, 답 알아?"

나나카는 가야마의 질문에는 대답하지 않고 되물었다.

"생각도 안 해 봤는데."

"가나도메를 직접 만난 거지?"

"딱 한 번."

"그때 무슨 소리를 들은 거 아냐?"

"못 들은 거 같은데."

"흐응."

나나카는 숨을 내뱉고는 재차 확인하듯이 태블릿 화면에 얼굴을 바짝 들이대고는 믿을 수 없다는 말투로 중얼거렸다.

"진짜 오일러클럽이네."

"그러니까 그게 뭐냐고?"

"저주지."

나나카는 엷게 미소 지으며 그 말을 남기고는 가방을 들고 드르륵 문을 열고 나갔다. 그 미소의 의미를 헤아려 보려는데 다시 신호음이 울렸다.

― 너에게 손님이 찾아왔다. 여긴 만남의 장소가 아니다.

　소고.

　손님? 쓰쿠모서점에 누가 와 있나? 먼저 떠오른 사람은 다데마루와 고치타니였다. 둘은 쓰쿠모서점을 잘 안다. 하지만 다데마루는 방금 만났고, 고치타니는 가야마에게 볼일이 있어도 일부러 쓰쿠모서점을 찾아가진 않을 것이다. 머릿속에는 시바사키도 떠올랐지만, 그 애라면 소고가 손님이라고 표현하지는 않았을 텐데, 하고 지워 버렸다.

　"아무튼."

　돌아갈 준비를 하고 가야마는 자리에서 일어났다.

　문을 열자 빗소리가 거세졌다. 게다가.

　뭔가가 쓰러지는 날카로운 소리가 긴 복도에 울려 퍼졌다.

　소리는 출구를 찾듯이 난반사하면서 여운을 남기고 사라져 갔다.

　복도 끝이었다. 맨 끝 교실 입구에 나나카가 서 있었다. 안에 있는 누군가를 향해 무슨 말인가를 하는 것 같았다. 멀리서도 느껴지는 서슬에 절로 발길이 그쪽으로 향했다. 나나카와 나란히 안을 들여다보았다. 그리고 가야마는 중얼거렸다.

　"괴롭히는 건가."

　그 말에 빈 교실에 있던 네 명의 남학생과 그들에 둘러싸여 얼굴을 눌린 남학생 하나가 일제히 가야마를 돌아보았다. 그 가운데 키가 훤칠한 한 명이 얇은 입술에 미소를 띤 채로 말했다.

"아니거든."

그 얼굴을 기억한다. 이 교실은 이전에 E^2 결투 때 썼던 곳이고, 저 남학생은 그때 안을 들여다봤던 녀석이다.

"그냥 노는 거라고."

"동아리에 안 들어간 거야?"

나나카가 엄한 말투를 숨기지 않고 물었다.

"그건 개인의 자유잖아?"

비난 섞인 날카로운 공격에도 남학생은 그대로 얇은 웃음을 머금은 채 꿈쩍하지 않았다. 옆에 있는 애들에게 "안 그러냐?"라고 동의를 구하는 여유까지 보였다.

"시간이 남아도나 보다?"

"고등학교 생활이란 게, 따분하잖냐."

"동아리에 들어가면 되잖아."

"하고 싶은 게 있어야 말이지."

"찾으면 되지."

"남들처럼 땀 뻘뻘 흘리면서 열정을 쏟을 정도로 좋아하는 게 없걸랑."

그러고는 옆에 있는 남자애와 얼굴을 마주 보고 킥킥거렸다.

"남이사."

덩치 큰 남학생이 주머니에 한 손을 찔러 넣은 채 몇 발짝 다가 왔다. 나나카는 미동도 하지 않았다. 기죽지 않네. 속으로 그렇게 중얼거리고 가야마는 나나카의 이미지를 수정했다.

"노는 것치고는 즐거워 보이지 않는데."

가야마가 슬쩍 주의를 환기시키듯 입을 열었다.

"너희가 와서 그런 거라고."

중심에 있는 남학생의 말투는 온화함을 잃지 않았다.

"괴롭히네, 어쩌네 하니까 그렇지. 생각해 봐, 쟤가 얼마나 쪽팔리겠냐."

조금 떨어져서 손으로 볼을 누르고 있는 얼굴이 하얀 남학생을 가리켰다. 그 남학생은 긴 앞머리에 가린 눈으로 주위를 살피면서도 반응은 하지 않았다.

"일방적으로 단정 짓는 건 좋지 않다고."

말투는 담담했지만 중심에 선 남학생의 웃음 속에는 또 다른 뭔가가 어른거렸다.

"그러는 너야말로 뭘 하고 있었지?"

"수학연구회."

"수학 따위가 무슨 도움이 돼?"

"그러는 넌 무슨 도움이 되는데?"

나나카가 즉각 되받아쳤다.

"흐음, 수학이라."

남학생이 눈을 가늘게 뜨며 말했다.

"아무도 없는 교실에서, 그것도 단둘이서 말이지."

갑자기 말투를 확 바꾸어 통통 튀는 목소리로 말했다. 확연히 이죽거리는 웃음으로 바뀌었다.

"아무리 고등학생이라도 말이지. 학교에서는 좀 그렇지."

남학생의 말에 다른 애들이 소리 내 웃었다. 그리고 "와, 대박이다!"라며 요란하게 떠들어 댔다. 덩치 큰 남학생이 다시 몇 발짝 다가가더니 나나카 가방 안에 든 치어리더 의상을 보고 이죽거렸다.

"야야, 코스프레하는 거냐."

다시금 교실에 남학생들 웃음소리가 왁자해졌다. 그것을 지우듯 짝 하고 기분 좋은 소리가 울렸다. 나나카가 거구의 따귀를 갈긴 것이다. 거짓말처럼 왁자함이 사라지고 교실은 고요함에 감싸였다. 빗소리가 들렸다. 가야마는 이 상황을 조용히 지켜보았다. 눈치를 보아하니 리더 격인 남학생이 머릿속으로 열심히 계산하는 듯했다. 거구는 그 정도 생각의 깊이는 없어 보였다. 그 앤 입을 꽉 다문 채로 나나카 앞을 턱 가로막고 있었다. 나나카는 한 발짝도 물러서지 않고 거구를 매섭게 노려보았다. 공기에 긴장감이 감돌았다. 조금 전보다 낮고 강한 소리가 다시 한번 짝 하고 조용함을 찢어 놓았다. 그리고 문에 뭔가가 부딪혀 유리가 흔들리는 요란한 소리가 이어졌다.

"아얏."

그렇게 중얼거린 것은 가야마였다. 왼쪽 눈을 손으로 누르고 자세를 고쳤다. 그러고는 "에이 씨, 눈을 맞았네." 하고 혼잣말을 했다.

"먼저 손을 댄 건 그쪽이니까, 오해하지 말았으면 좋겠다."

중앙에 있던 남학생이 낭독하듯이 말했다. 가야마는 얼떨결에 피식 웃었다. 예상했던 대사라고 생각했다.

"뭐냐?"

남학생의 얼굴에서 웃음기가 가셨다.

"하고 싶은 게 없다니, 어린애냐?"

그 자리에 선 채로 기우뚱거리면서 가야마가 말했다. 한쪽 눈으로는 균형을 잡기 힘들었다.

"아무것도 해 보지 않으면 좋아하는 걸 찾을 수 없지. 아마 평생 못 찾을걸."

모두가 잠자코 있었다. 남학생의 상큼한 얼굴에는 이미 표정이 없었다. 나 초조해하고 있는 것 같은데. 가야마는 자신의 목소리를 들으면서 생각했다.

"누가 턱 안겨 주기라도 할 것 같아? 뭐든 일단 해 보면 될 거 아냐."

설마 피는 안 나겠지. 가야마는 손으로 눈두덩이를 확인하고 누구에게랄 것도 없이 말했다

"동아리에 들어가 봐야 정규 멤버가 못되면, 그냥 노는 거나 마찬가지라고."

"해 보지도 않고 그걸 어떻게 알지?"

"그런 걸 꼭 해 봐야 아냐. 시간 낭비일 뿐이지."

"해 보지 않으면 몰라."

"안 해 봐도 알아."

"그렇게 생각한다면."

가야마는 그제야 안정적으로 서 있을 수 있게 됐다.

"너는 평생 아무것도 할 수 없어. 나하고는 상관없는 일이지만. 역시 넌 그냥 떼쓰는 어린애에 불과해."

아니다.

나는 화내고 있다, 라고 가야마는 깨닫는다.

무엇에? 누구에게?

가야마의 비웃음에, 저도 모르게 가야마의 눈을 때린 충격에서 벗어난 거구가 한 발짝 다가왔다.

"뭐든 좋으니까 하면 되는 거야. 하지도 않으면서 꿍얼꿍얼 불평하지 말라고."

왜, 왜? 라고 물으면서 계속 찾기만 하는 모든 사람에게인가.

왜 수학을 하는가. 그 답을 모르는 자신에게인가.

주위 남학생들에 에워싸인 피부가 하얀 남자애도 가야마를 쳐다보았다. 더는 참을 수 없었던지 거구가 가야마에게 손을 뻗었다.

"야, 너!"

복도에서 다데마루가 큰 소리로 끼어들었다.

"뭐 하냐, 지금?"

다데마루는 교실 안을 들여다보고는 눈을 지그시 누르는 가야마에게 말을 건넸다.

"야, 치고받고 싸운 거냐?"

가야마는 중앙의 남학생에게서 눈을 떼지 않고 대답했다.

"그냥 놀고 있었어."

"그 얼굴은 뭐냐?"

불빛이 새어 나오는 쓰쿠모서점의 유리문을 열고 들어가자 카운터에서 얼굴을 든 소고가 낯빛을 바꾸지 않고 물었다. 가야마의 왼쪽 눈두덩이 벌겋게 부어올랐다. 얼얼하게 아프고 그 때문인지 무기력해지는 것 같았다.

"아무것도 아니에요."

대답하면서 안을 살피자 한 남자애가 책에 둘러싸인 탁자에 앉아 있었다. 가야마와 또래로 보였지만 역시 모르는 얼굴이었다. 처음 보는 갈색 교복 재킷을 입고 있었다. 태블릿에 정신이 팔려 아직 가야마가 온 걸 모르는 눈치였다.

"여긴 약속 장소가 아니다."

"내가 지정한 거 아닌데요."

바닥에서 졸고 있는 고양이를 밟지 않으려고 카운터 앞을 피해서 안쪽으로 갔다. 발소리를 듣고 남학생이 얼굴을 들었다. 그제야 체구가 꽤 왜소하다는 걸 알았다. 중학생쯤으로도 보이는 앳된 얼굴에 미소를 띤 채 찬찬히 가야마를 관찰했다. 가야마가 누구지? 하는 얼굴을 하자 눈치챘는지 상대가 입을 열었다.

"노이만이야."

설마 아까 결투를 신청해 온 상대가 찾아올 줄이야. 아니 그보다 E^{2}에서 상대한 사람과 실제로 만나는 건 처음이군. 내가 결투하는 상대가 인간이었구나. 당연한 것을 눈으로 직접 확인한 가야마는 그렇게 살짝 감동했다. 그래서 더욱 당연하다는 데에 생각이 미치기까지는 시간이 걸렸다. 여길 어떻게 알았을까. 아, 그렇지. 프로필에 이곳을 써 넣었기 때문이다. 소고가 광고하라고 해서. 가야마는 노이만 맞은편에 앉았다. 그리고 들고 있던 사이다 페트병을 탁자에 탁 내려놓았다. 눈앞의 동안 소년이 페트병에 눈을 돌렸다.

"그거 맛있어?"

"맛있어."

가야마는 퉁명스럽게 대답했다.

"그 눈."

동안 소년은 얼굴을 쑥 내밀어 관찰하듯이 가야마를 쳐다봤다.

"싸운 거야?"

"일방적으로 맞았어."

"공립은 역시 위험하구나."

왜 온 거지. 마침내 그 생각에 이르렀다.

"결투 신청한 거 봤어?"

"봤어."

빙그레 웃으며 묻는 동안 소년은 가야마가 의심 어린 시선을 던져도 아랑곳하지 않았다.

"결투를 수락하기 전에 확인해 둘 게 있어서 찾아온 거야."

마치 여자처럼 말한다. 들어 본 적은 없지만. 점점 동안 소년의 미소가 뻔뻔스러워 보였다.

"중학생?"

가야마는 그렇게 물었다. 상대는 놀랐는지 순간 눈이 휘둥그레졌다. 마치 아역 연기자처럼.

"같은 1학년이야. 무례하네."

"아, 오일러클럽."

동안 소년은 이 상황이 만화라면 '히죽' 하고 말풍선이 들어갈 만한 웃음을 지었다. 배경은 아마 검게 칠해져 있을 터이다.

"멤버한테 결투를 신청했지. 이겼어. 그래서 들어가게 됐지."

분명 대단한 상대였겠지. 나나카의 말을 떠올렸다. 오일러클럽. 전국 최고의 명문인 사립 가이세이고등학교 수학연구회. 특징은 정원이 다섯 명으로 제한돼 있다는 것. 멤버가 새로 들어오거나 대체되면서 지금까지 이어져 내려온 전통 있는 클럽으로 수학올림피아드에 단골로 출전한다고 한다. 나나카는 만약 이 노이만이

1학년이라면 실력이 대단할 거라고 귀띔해 주었다. 눈앞에 있는 녀석을 본다. 순진함을 가장한 앳된 얼굴 이면에 뭔가가 도사리고 있는 듯했다.

"가나도메의 수열."

동안 소년은 천천히 입을 열었다. 그리고 한동안 긴 여운을 남긴 채로 잠자코 있었다.

"답, 알고 있어?"

일부러 직접 찾아온 의도를 그제야 알아차렸다.

"모른다고 한다면?"

"바로 돌아갈게."

"안다고 하면?"

"결투하자."

"해서 어쩔 건데?"

"만약 내가 이기면 답을 알려 줘."

"내가 이기면?"

동안 소년은 어리둥절한 표정이었다. 자신이 질 가능성 따위 전혀 고려하지 않은 모양이었다.

"뭐든 말해."

"그럼 너 대신 오일러클럽에 들어가는 걸로."

가야마가 그렇게 제안하자 동안 소년의 얼굴에 서서히 미소가 깊어졌다.

"오일러클럽 가입 첫 번째 조건은, 가이세이고등학교 재학생이 아니면 못 들어온다는 거야."

"그 정도야 어떻게든 되겠지. 우선은 이기면 되는 거고. 그 문제는 내가 이기고 나서 클럽에 물어봐. 그럼 해결되겠지."

"재밌겠는데."

"다행이다."

가야마는 사이다 뚜껑을 열었다. 푸슈 하는 탄산 빠지는 소리가 둘 사이로 빠져나갔다. 가야마는 남은 사이다를 단숨에 벌컥벌컥 들이켰다. 그리고 빈 병을 눈앞에 탁 소리 나게 내려놓았다. 자신에게 이런 호전적인 면이 있는 줄은 몰랐다고 생각하면서.

"좋아. 그럼 해 볼까."

동안으로 둔갑했던 악마가 본성을 드러내듯 노이만은 그렇게 입을 열었다.

"규칙은?"

가야마가 묻자 노이만은 다시금 태블릿을 켰다.

"레벨 E 이상의 문제, 모든 장르, 많이 푸는 쪽이 승리."

"제한 시간은?"

"72시간."

"뭐?"

가야마는 잘못 들었나 싶어 되물었다. 하마터면 사레들린 것처럼 캑캑거릴 뻔했다. 노이만은 안쪽 벽에 가득 걸린 시계를 올려다보았다.

"오늘 20시부터 72시간. 그러니까 사흘 뒤 20시까지."

"오늘은 화요일인데. 그럼 수업은?"

"받으면 되지."

뭐, 말이 돼? 문제 풀이에 시간을 얼마나 할애할지도 자기 하기 나름이란 건가. 무기력 상태에 빠진 듯했던 가야마는 입꼬리를 올렸다. 흐음, 재미있을 것 같은데. 가방에서 태블릿을 꺼내 켰다. E^2을 띄우자 메시지가 도착해 있었다. 스피드스타가 보낸 것이었다.

— 노이만을 조심해.

좀 더 빨리 알았으면 좋았을걸. 순간 그런 생각이 머리를 스쳤지만 이미 늦었다. 눈앞에 있는 동안 소년을 바라보았다.

스스로도 알 수 있었다.

자신의 얼굴에 방금 전과는 다른 미소가 떠올라 있음을.

이런 곳에 있었구나.

자신처럼 수학에 몰두하는 녀석이.

수학에 열을 올리는 상대가.

"알았어. 하자."

승리 조건과 규칙을 입력하자 금세 E^2이 들끓기 시작했다. '오일러클럽 멤버가 그 자리를 걸고 타교 학생과 결투한다.' 그것만으로도 전대미문의 사건인데 다른 한쪽은 가나도메의 수열의 해답을 걸었다. 입력을 마치고 노이만이 얼굴을 들었다. 둘은 밑에서 올라오는 태블릿의 불빛을 받으며 탁자를 사이에 두고 대치했다. 비 그친 밤은 여름날의 어둠을 가득 담고 있었다. 그리하여 사흘간의 결투가 시작됐다.

이불을 걷어차고 잤구나. 잠에서 깨어나자마자 그런 생각을 하며 손을 뻗어 태블릿을 집어 들었다. 꼬박 밤을 새우지 않았을까 싶을 정도로 노이만의 정답 수는 부쩍 늘어나 있었다. 가야마는 깊은 밤부터 새벽녘까지, 거리에 사람들이 사라져 고요한 가운데 문제 풀이에 몰두하다가 저도 모르게 쓰러지듯 잠이 들었다. 덕분에 잠이 깬 뒤에도 눈앞에서 여전히 숫자와 수식이 춤을 추었다.

수업 시간에도 더는 숨기려 애쓰지 않고 드러내 놓고 계속 문제에 대해 생각했다. 그렇게 머릿속으로 푼 것을 쉬는 시간에 입력하고, 또 문제를 읽고 다시금 다음 수업 시간에 생각하기를 계속했다. 조금씩 나아갔지만 걸음은 더디기만 했다. 머릿속은 어제부터 풀기 시작한 문제와 지금 눈앞에 있는 문제로 가득 차서 두둥실 부풀어 오른 빵 반죽 같았다. 다른 일을 생각할 여지는 털끝만큼도 남아 있지 않았다. 머릿속 계산과 전개를 토해 내듯 종이에 계속 써 내려갔지만 아무리 그 작업을 계속해도 머릿속에서는 수식만이 춤을 추었다.

"부었는데."

카레를 그러모으는 가야마 앞에 종이봉지를 손에 든 고치타니가 와서 앉았다. 가야마의 왼쪽 눈두덩이가 불룩하게 부어오른 탓에 눈꼬리가 처졌다.

"보는 건 문제없어, 괜찮아."

가야마는 흡입하듯 카레를 입안에 그러넣었다. 고치타니는 종이봉지에서 피자빵을 꺼내 베어 물었다.

"머릿속이 꽉 찼다는 얼굴인데?"

"어엉."

"넌 옛날부터 자주 그랬어."

"그랬던가."

"주위에 있는 게 아무것도 눈에 들어오지 않게 되는 거지. 그런 널 볼 때마다 다데마루랑 얘기했는데. 쟤 혹시, 우리 눈엔 안 보이는 걸 보고 있는 거 아냐? 하고 말야."

"산악부는?"

거기까지 듣고는, 자신이 여전히 어린애라는 것 같아서 가야마는 억지로 화제를 돌렸다. 고치타니는 그것도 다 눈치챘다는 듯이 피식 웃었다.

"여름을 향해 꾸준히 훈련하고 있다, 변함없이."

"여름 방학에 산에 오르는 거냐?"

"그게 없다면 단순한 근육 훈련부나 등산 도구 동호회겠지."

일찌감치 갈아입은 반팔 교복 위로 다부진 체격이 드러났다.

"팔뚝, 대단한데."

"훈련이 장난 아니거든."

언젠가 다데마루가 산악부 연습 광경을 본 적이 있는지 "지독하더라." 하면서 혀를 내두르던 모습을 떠올렸다. 고치타니는 확실히 같은 점심밥이라도 먹는 양이 다르고 더욱이 먹는 방법도 다르다. 먹지 않으면 죽기라도 할 듯이 기백이 감돌았다. 아마도 그 정도로 훈련이 고될 것이다.

"그렇게 혹독한데도 계속해?"

"그래도 해야지."

"너도 안 변했다."

고치타니가 턱을 끌어당긴다. 가야마는 적의 꼬리를 잡은 듯이 웃었다.

"너 말이야. '그래도'란 말 많이 해."

"좋은 말이니까."

"'그래도'가?"

"모르냐?"

"모르겠는데."

가야마는 마지막 한 입을 먹고 나자 벌써부터 마음이 들썩들썩했다.

"고작 1분이라……."

"뭐가."

"아니, 성장했다고."

"너 지금 날 놀리는 거지?"

"놀리긴."

고치타니는 커다란 입으로 피자빵을 볼이 미어지게 먹었다.

"부럽다."

"뭔 소리래."

가야마가 자리에서 일어나며 대꾸했다.

"어떤 수가 소수인지 아닌지 어떻게 확인하지?"

쓰쿠모서점 안쪽 탁자에서 히이라기가 질문을 던졌다. 상대는 세 명의 개구쟁이였다.

"그 수를 1로 나누기 시작해서 나누는 수가 그 수가 될 때까지 계속 나눠요. 어떤 수로도 나눠지지 않으면 소수예요."

소년 중 한 명은 혀가 약간 짧았다.

"2부터 나눠야지."

그중 한 명은 그때부터 이미 다른 둘보다 머리 하나가 더 컸다.

"그 수까지 나눠 볼 필요는 없고, 그 수의 제곱근에 가까운 수까지면 돼."

"에잇, 무슨 말인지 이해가 안 가."

"으응."

가장 얌전해 보이는 소년이 잠깐 생각하고는 연필을 움직였다.

"예를 들어 그 수가 140이라면 루트 140에 가까운 12까지 나눠보면 돼."

"너 바보냐? 그렇게 해서 될 거 같으면 누가 고생하겠냐."

마치 지금껏 고생해 왔다는 듯 혀 짧은 소년이 날카롭게 몰아세웠다.

"잘 들어 봐. 예를 들어 140이 20으로 나누어떨어지면 그 몫은 12보다 작아져. 이 경우는 7이야."

"아, 그렇구나. 12까지의 수를 나눠 보는 거니까 12보다 작은 수에서 나눠떨어지는 수가 나올 거라는 말인가." 하고 말하는 덩치 큰 소년.

"그래그래."

"야아. 너희 둘만 이해하고 진도 나가지 마."

"그럼 말이다, 엄청나게 큰 수라면?"

히이라기가 끼어들자 셋은 이야기를 멈추고 일제히 그를 쳐다보았다. 여섯 개의 눈동자가 쳐다보는 가운데 히이라기는 손에 든 종이에 숫자를 적었다.

$2^{67}-1$.

"이 수가 소수인지 아닌지 알 수 있겠느냐?"

셋은 다투어 탁자 위로 몸을 내밀어 그 수를 가까이서 보려고 했다. 도무지 모르겠는지 세 명 모두 굳어 버린 듯 반응하지 않았다. 상상이 안 되는 모양이었다.

"이게 원래 몇 자리 수였던 거 같으냐?"

혀짤배기가 눈앞에 손을 올리고 손가락을 꼽아 가며 헤아리기 시작했다. 중얼중얼 말하는 소리가 들린다. 뭘 헤아리는 거지. 히이라기는 그렇게 생각하면서도 소년이 몰두하는 모습이 매우 바람직해 보였다. 얌전해 보이는 소년은 종이에 2의 거듭제곱을 써 나가기 시작했다. 한참을 쓰고는 지금 몇 개째인지 처음부터 다시 세고 있다. 이대로 가다가는 해가 져 버릴지도 모른다. 덩치 큰 소년은 의자에 고쳐 앉으며 다른 둘의 작업이 끝나기를 기다리고 있다.

"21자릿수다. 그 말은."

히이라기가 입을 열자 세 소년이 다시금 주목했다.

"조금 전에 가야마가 말한 방법으로 제곱근에 가까운 수까지 나눠 보면 그 수는 11자릿수, 다시 말해 100억이지. 그 정도 되는 수까지 하나하나 나눠 봐야 한단다."

"대충 컴퓨터로 계산해 보면 되잖아요."

혀짤배기가 퉁명스럽게 말한다.

"컴퓨터를 쓸 수 없다면?"

그 물음에 셋은 입을 다물었다. 그 작업을 상상하고 있으리라. 상상하게 하고 싶었으므로 히이라기는 커피를 마시며 기다린다. 이윽고 혀짤배기 소년의 얼굴이 질렸다는 표정으로 바뀐다. 얌전한 소년의 얼굴이 침울한 듯이 살짝 흐려진다. 덩치 소년은 엷게 미소를 띠고 있다. 이렇듯 뭔가를 꾸준히 계속하는 인내력은 의외로 이 소년이 가장 강해 보였다.

"프랭크 넬슨 콜이라는 수학자가 말이다."

히이라기가 입을 열었다.

"어느 수학 학회에 참석해서 연구 발표를 하게 됐단다."

커피를 한 모금 마시고 마치 자신이 본 것처럼 말을 꺼냈다. 그 수학자는 자신이 발표할 시간이 되자 청중 앞에 서서 천천히 칠판에 숫자를 쓰기 시작했다. 틀리지 않도록 숫자 하나하나를 신중하게 써 나갔고, 다음에서 일단 손을 멈췄다.

147,573,952,589,676,412,927

다시 칠판의 다른 부분에 마찬가지로 신중한 손놀림으로 이렇게 썼다.

$193,707,721 \times 761,838,257,287$

그러고는 칠판 위에서 손 계산을 했다. 그 자리에서 9자릿수와 12자릿수를 곱하는 모습을 보여 줬다. 답은 처음에 쓴 숫자였다. 147,573,952,589,676,412,927. 이것이 $2^{67}-1$이 나타내는 수였다. 이 수는 소수가 아니었던 것이다. 사실 이 수가 소수가 아니라는 것은 이미 알려져 있었다. 하지만 어떻게 인수분해를 할 수 있고,

어떤 수로 나누는지는 아무도 몰랐다.

콜은 그것을 증명해 보였다. 그는 분필을 내려놓고 가볍게 인사하고는 발표를 마쳤다. 단상에는 한 시간 정도 서 있었다. 그는 그동안 한마디도 하지 않았다. 단지, $2^{67}-1$을 인수분해한 답을 보여 줬을 뿐이다. 단상을 내려가는 그에게 우레와 같은 박수가 일었다고 한다. 그가 그 인수분해를 발견하기 위해 얼마만큼의 시간을 들였을까? 일요일마다 매달려서 푼 결과 3년이 걸렸다고 한다.

"3년 동안."

히이라기는 선잠에서 막 깨어난 듯이 말했다.

"그는 어떤 기분으로 그 수와 씨름했겠느냐."

돌발 질문을 받은 세 소년은 어리둥절했다.

"어떻게 3년 동안이나 꾸준히 계속할 수 있었던 것 같으냐?"

"시간이 있었으니까요."

곧바로 혀짤배기 소년이 퉁명스럽게 대답했다.

"그걸 풀면 모두가 놀랄 테니까요."

덩치 소년이 당연하지 않느냐는 듯이 대답했다. 얌전한 소년은 잠시 침묵하더니 자신에게 모이는 시선을 느끼고는 입을 열었다.

"즐거웠으니까요."

히이라기는 입을 한일자로 꾹 다물고 고개를 몇 번 끄덕끄덕했다.

"너희 말이 맞는 것 같구나. 하지만 내 생각엔 말이다."

수염을 쓰다듬으며 계속했다.

"그는 아무 생각도 하지 않았을 것 같구나."

"에이, 뭐예요."

혀짤배기 소년이 투정하듯 말했다.

방과 후가 되자 노이만과 차이가 꽤 벌어져 있었다. 수업에 빠지는 게 아닌지 의심스러울 정도였다. 가야마는 그걸 불평할 마음은 없었다. 자신이 규칙을 받아들였으니까. 그 앤 어째서 그런 규칙을 내건 걸까. 수학연구회 교실에 틀어박혀 몇 문제를 풀고 다음 문제를 시작하기 전, 잠깐 사이에 그런 의문이 뇌리를 스쳤다. 왜 이렇게 시간을 길게 잡은 걸까. 더구나 정답 수가 '많음'을 다투게 되면 잠시도 마음이 편치 않은 것은 자신만이 아닐 터. 초반에 기선을 제압하고 나중에 유리하게 나가려는 작전인가. 상대가 정답을 몇 문제 맞혔는지는 실시간으로 표시된다. 어떤 문제를 풀었는지는 알 수 없다. 관객도 몇 대 몇인지 전황은 볼 수 있다. 적지 않은 구경꾼이 이 결투를 지켜보고 있다. 스피드스타에게서 또 메시지가 도착했다.

— 노이만은 상대를 연구해.

  그러고 나서 약점을 찌르는 규칙을 제시해 오지.

물론 그것만은 아니었다. 수학의 힘도 있었다. 카운트를 계속 늘려 나가는 상대방의 정답 수에서 이 정도 수준의 문제를, 이런 속도로 계속 풀 수 있는 실력이 있음을 피부로 느낄 수 있었다. 게다가 그 지구력. 이제 곧 꼬박 하루가 돼 가는데도 눈에 보이는 한 페이스에 변함이 없었다. 이런 게 진정한 재능이란 건가. 머릿속 한 귀퉁이에서 그런 사고의 소용돌이가 작게 용솟음치는데도 가야마는 문제를 계속 풀어 나갔다. 중압감을 떨쳐 버리려는 듯이. 처음 접하는 그 진정한 재능이란 것에 위압적인 힘마저 느껴졌다. 지금 눈앞에 있는 것도 아닌데.

정신이 들고 보니 자신의 방에서 계속 문제를 풀고 있었다. 학교에서 돌아온 것도 밥을 먹은 것도 기억나지 않았다. 그 일들이 통째로 기억에서 빠져 있었다. 머릿속에는 풀었던 문제의 잔상과 눈앞에 있는 문제뿐이었다. 아무리 문제를 풀어도 머릿속은 빈틈 하나 없이 가득 찬 상태였다. 풀면 풀수록 오히려 지금까지 풀어 온 문제와 논리가 두서없이 밀치락달치락 뒤엉켜 혼돈 속으로 빠져드는 것 같았다.

여태껏 이렇게 머릿속이 포화 상태가 된 일이 있었던가.

지금까지 그런 일은 전혀 없었던 것 같다.

머릿속이 쥐가 나는 것 같았다. 그러나 고속으로 어지러이 날아다니는 숫자를, 수식을, 논리를, 움켜쥐듯 부여잡고 수식을 적어 나갔다. 자신이 제대로 숨을 쉬고 있기나 한 건지 그마저도 가늠이 안 됐다. 무슨 소리가 난 것 같아서 얼굴을 들었다. 아무런 소리도 들리지 않았다. 창밖은 깜깜했다. 여기는 어디일까. 순간 당황스러웠다. 깊은 밤이었다. 모두가 잠들어 있었다. 혼자서 뭘 하고 있단 말인가. 책상 위 형광등 불빛을 벌레처럼 바라보는데 갑자기 정지된 두뇌가 오늘은 더는 움직이지 않겠노라고 알려 왔다.

의자를 뒤로 밀고 일어나 곧장 침대에 쓰러져 얼굴을 묻었다.

습기 찬 밤의 고요에 감싸인 채.

중력 같은 잠이 찾아왔다.

약점.

내 약점이 뭘까.

혼자서 뭘 하고 있는 걸까.

왜 이런 짓을 하는 거지?

이튿날은 아슬아슬하게 지각을 면했다. 싫어도 인정할 수밖에 없는 불리한 전황은 변함없었고, 상대는 지금도 정답 수를 계속 늘려 나갔다. 몇 명이서 교대로 풀고 있는 게 아닐까 의심스러울 정도의 페이스였다. 앞자리에 앉은 오지가 뒤돌아보고 놀랐는지 "야, 괜찮은 거야?" 하고 눈을 동그랗게 떴다. 대각선 앞자리의 시바사키도 프린트를 뒤로 돌릴 때 가야마의 얼굴을 잠시 바라보았다. 점심시간에는 수학연구회 교실에서 교내 매점에서 사 온 빵을 먹으면서 문제를 풀었다. 때마침 들어온 나나카는 가야마의 몰골이 완전히 달라진 걸 보고 얼떨결에 걸음을 멈췄다.

"괜찮은 거야?"

얼굴을 든 가야마에게 나나카는 정중히 고개를 숙였다.

"그제는 미안했어."

무슨 일이지, 하고 의아한 얼굴을 하고는 이내 "아하." 하고 왼쪽 눈두덩을 어루만졌다.

"괜찮아. 보는 덴 지장 없어."

"괜찮은 거야?"

"괜찮아."

"아니, 결투 말이야."

가야마는 빵을 입속에 욱여넣었다.

"그쪽은 괜찮지 않아."

"좀 따라잡은 거야?"

나나카도 역시 이 결투 상황을 하나하나 확인하고 있었다.

"몇 문제. 그래도 여전히 벌어진 상태야."

나나카는 가야마의 말투가 평소와 다른 걸 느꼈다. 아니다, 이 것이 가야마의 본래 말투다. 그렇게 생각하며 눈을 가늘게 떴다. 지금 타인을 배려할 여유도 없이 두뇌를 풀회전하고 있는 거다. 이게 가야마의 본모습이란 말인가.

"따라잡을 것 같아?"

챙기러 온 짐을 발견하자 나나카는 무심함을 가장하고 물었다. 그사이 문제의 세계로 돌아갔는지 가야마에게서는 대답이 없었다.

더는 말을 걸면 안 된다. 오히려 자신이 겁먹은 듯 신경 쓰는 것에
놀라면서도 나나카는 마음먹고 입을 열었다.

"아 참, 넌 가나도메의 수열, 답 알아?"

"몰라."

"모른다고? 그럼."

지면 어떡할 건데? 도저히 그 말까지는 할 수 없었다. 그런데도
이 승부를 한단 말인가.

"가나도메의 수열을 풀 순 없는 거야?"

대신 그렇게 던졌다. 연필을 쥔 가야마의 손이 멈추었다.

"소고 씨가 손대지 말래."

소고는 태블릿을 손에 들고 한동안 그 수열을 보더니, 잠시 뒤
에 흥미를 잃었는지 태블릿을 가야마에게 돌려주면서 그렇게 말
했었다.

"왜요?"

"수상한 냄새가 나."

"냄새?"

"너 수학적 감각은 예리하면서 그런 건 몰라?"

"그런 건?"

가야마는 앵무새처럼 되풀이했다. 이미 귀찮은 가면을 써 버린
소고는 카운터에 쌓인 책 중에서 한 권을 집어 들면서 혼잣말을

했다.

"경험에서 우러나온 거라고 해야 하나."

말뜻을 이해하지 못한 가야마가 설명을 요구하며 카운터 앞에 계속 서 있자, 소고는 귀찮다는 듯이 입을 열었다.

"골드바흐의 추측은 알고 있나?"

"모르는데요."

"그래."

뱉어 내듯이 말하고 소고는 천천히 암송했다.

"2보다 큰 모든 짝수는 두 소수의 합으로 나타낼 수 있다."

그 지극히 단순한 내용에 가야마는 소름이 돋는 것 같았다. 그 것을 눈치챈 소고가 물었다.

"너 지금 재미있다고 생각했지?"

가야마는 솔직히 대답했다.

"네."

"나는 이 추측으로 수학자로서의 인생을 망친 사람을 알고 있 다."

"망쳐요?"

소고는 점검한 책을 다시 책 더미 위에 올려놓고 다른 책을 집 어 들었다.

"골드바흐는 이 추측을 증명하는 걸 평생의 주제로 정하고 씨 름했지만 결국은 증명하지 못했다. 그뿐이 아니다. 수학자로서 재

능을 꽃피울 시기를 몽땅 거기에만 써 버린 탓에 주위에서는 부쩍
부쩍 업적을 올려 나간 반면, 그는 아무런 결과도 남기지 못한 채
마침내 설 자리를 잃었지."

마치 소고 자신의 일처럼 이야기한다고 가야마는 생각했지만,
아마 아닐 거라고 느꼈다. 회한이 아닌 연민이 엿보였기 때문이
다. 아마도 자신과 가까웠던 사람을 떠올리는 모양이다.

"아직 증명되지 않았어요?"

"그러니까 추측이지."

"하지만 언젠가는 누군가 증명할지도 모르잖아요."

"그런 생각으로 내가 바로 그 누군가라고 믿는 사람이 도전하
는 거다. 하지만 수학에는 그런 사람들을 모조리 삼켜 버리는 문
제가 있지. 바닥의 깊이를 가늠할 수 없는 늪처럼, 맞서는 이들을
전부 다 삼켜 버리는 문제 말이다."

소고는 떠올리듯 허공을 보았다. 가령, 에르되시-스트라우스
추측.

2이상의 임의의 자연수 N에 대해

$\frac{4}{N} = \frac{1}{l} + \frac{1}{m} + \frac{1}{n}$을 만족시키는 자연수$(l, m, n)$가 존재한다.

혹은 쌍둥이 소수의 문제.

차가 2인 소수의 조합(예를 들면, 11과 13)을 쌍둥이 소수라고 한다. 쌍둥이 소수는 무한히 존재하는가?

둘 다 지금도 여전히 미해결 문제.

"하지만 아무도 도전하지 않는다면 풀리지 않은 채로 남게 될 거예요."

소고는 귀에 못이 박히도록 들었던 말인지 무반응이었다.

"페르마의 마지막 정리[4]. 푸앵카레의 추측[5]. 이것들도 난공불락으로 여겨졌지. 그러나 페르마의 마지막 정리는 수많은 수학자의 성과가 누적된 결과 360년 후에 증명됐다. 푸앵카레의 추측도 100년이 지난 뒤에 한 고독한 수학자에 의해 증명됐고."

소고는 계속해서 말을 이었다.

"골드바흐의 추측도 모든 짝수는 6개의 소수의 합으로 나타낼 수 있다는 부분까지는 증명됐다. 쌍둥이 소수 문제도 차가 2에는 아직 멀지만, 차가 적어도 246이하의 소수의 조합은 무한히 존재하는 것까지는 증명됐지."

"그렇다면."

"그런데도 바닥의 깊이를 가늠할 수 없는 늪이라는 데에는 변함이 없다. 상상해 봐."

소고의 어조는 평소와 다름없이 담담했다. 그래서 더욱 느껴 본 적 없는 미지의 공포가 느껴졌다.

"자신이 정한 문제를 하루 종일, 평일은 물론 일요일이나 공휴일까지, 몇 년이고 몇 십 년이고 계속 붙들고 있는 거지. 하지만 성과는 전혀 나오지 않아. 단서를 잡았나 싶으면 사흘 후에는 단지 환상에 불과했다는 걸 알게 돼. 그걸 끝없이 되풀이해 가는 날들. 애초에 그 문제가 해결 가능한지 불가능한지 그마저도 모르고 말이지. 모든 수학적 명제가 칼같이 증명 가능하지 않다는 걸 증명하는 거다. 자신이 붙들고 씨름하는 문제가 만약 그런 류의 문제라면? 더 나가 봐야 아무것도 없는데도 계속 나아가겠지. 수학자에게 제한된 소중한 시간을 낭비해 가면서 말이야."

30분을 알리는 시계 종소리가 울렸다. 딱 한 번의 제창.

"필즈상을 알고 있나?"

"수학의 노벨상이죠."

가야마가 대답했다.

"필즈상 대상이 왜 40세까지인지는 아나?"

알고 있었다. 하지만 가야마는 대꾸하지 않았다. 소고는 두 번째로 집은 책을 점검하고 커피 잔을 들었다.

"수학적 재능은 최고 전성기가 일찍 온다고 알려져 있기 때문이다. 마흔이 넘으면 위대한 영감이나 발견을 남기긴 어렵지. 결국 젊을 때 꽃피우지 않으면 애초부터 재능이 없는 셈이 돼 버려."

제한된 황금 시기를 깊이를 가늠할 수 없는 늪에서 낭비해 버린다. 그것은 자신의 재능을 시궁창에 버리는 거나 마찬가지다.

"그만한 각오가 있다면 해도 돼. 난 분명히 충고했다."

소고는 가야마에게 눈길을 돌렸다.

"그 수열에는 손대지 마라."

"그렇다면."

나나카는 짐을 든 손에 힘을 주었다.

"이길 생각인 거네."

대답이 없다. 당연하다.

이길 생각인 거다.

하지만 어떻게? 목까지 차오른 비명과도 비슷한 그 말을, 그러나 나나카는 꾹 눌렀다. 입 밖에 낼 수 없었다. 지난 이틀 동안 이전과는 확연히 달라진 가야마를 눈앞에서 봐 왔다. 부어오른 눈두덩이 때문만은 아니었다. 40시간이 지났으므로 결투는 이미 시간상으로는 절반이 지났다. 아니다, 아직 반 가까이 남았다고 할 수도 있다. 그러나 상대의 속도는, 현재의 차이는, 옆에서 지켜보는 나나카에게마저 앞으로 나아갈 의지를 꺾어 버리기에 충분했다. E^2에서 관전하는 수많은 관중에게서도 같은 분위기가 흐르기 시작했다. 그러나 정작 당사자인 가야마의 등을 보자 아무 말도 할 수가 없었다. 혼자서 책상에 엎드리듯 몸을 구부린 채로 연필을 움직이는 그 등에 대고는 차마. 조용히 교실을 나가는 수밖에 없다. 그렇게 생각하고 소리 내지 않으려고 살그머니 문을 열었다. 그러자.

"내 약점이 뭐지?"

뒤에서 가야마가 물어왔다. 돌아보니 가야마는 태블릿에서 눈을 떼지 않고 있었다.

"대답하면 도움이 돼?"

나나카는 가야마의 등에 대고 물었다.

"그건 모르지."

그런 대답이 돌아왔다. 나나카는 그 자리에 선 채로 눈을 감았다. 가야마는 지금 뭔가를 붙잡으려 하고 있다. 그것이 무엇인지도 모르고. 나나카는 잠시 생각했다. 그리고 눈을 떴다.

"전에 네가 저주란 말을 했어."

오도카니 앉아 있는 등에 내던지듯 말했다.

"넌 수학을 왜 하는지 모르고 있어. 그냥 갈팡질팡하면서 수학을 계속하는 것처럼 보여."

밤늦은 시간까지 문을 여는 공립도서관도 밤에는 사람이 거의 없다. 높다란 천장과 커다란 창문이 나 있는 널찍한 열람실의 한쪽 구석. 가야마는 커다란 책상 끝자리에 앉아 계속 문제를 풀었다. 열람실 안에는 아무도 없었고, 이따금 어디선가 들려오는 소리도 아득했다. 풀어도 풀어도 벌어진 차이는 좁혀지지 않았다. 마치 영원히 쫓아갈 수 없는 신기루처럼. 누가 몰아붙이기라도 하는 듯, 누군가에게 협박이라도 당하는 듯, 계속 문제를 마주하면서도 왠지 부질없는 짓을 하는 것 같았다. 그 생각을 떨쳐 버리기 위해서

라도 더더욱 재촉하고 가속해야 한다는 초조함이 가야마를 궁지에 내몰았다. 전력으로 달리지 않으면 따라잡지 못한다. 전력으로 달린다 해도 따라잡을 수 있을지 모를 일이다. 그럼에도 달리는 걸 멈춘다면 거기서 끝이다. 몸을 전혀 움직이지 않는데도 호흡이 거칠어지고, 산소가 부족하여 숨이 가빠진다. 몸이 굳고, 나른하기까지 하다.

궁지에 몰리고 있었다.

이런 걸 궁지에 내몰린다고 하나.

피로도 한계에 다다르고 있다.

포기하고 걸음을 늦추는 순간 끝나 버린다. 알고 있다. 하지만 이대로 전속력으로 계속 뛰는 데에도 한계가 있다. 따라잡지 못할 수도 있음에도 계속 달리는 괴로움을 가야마는 그제야 알았다.

수학을 계속해 나가다 보면 언젠가는 이런 생각을 품게 되는 걸까.

문제만 풀면 된다. 그렇게 마음을 다잡아 보지만 부질없는 생각은 악마같이 침입해 왔다.

혼자서 계속 계산을 했다는, 얼굴도 모르는 수학자 콜에 대해 생각했다.

— 노이만은 단순히 결투를 하는 게 아냐. 마음을 꺾어
  놓으려고 달려들지. 스피드에는 스피드로 승부.

압박에 약하다면 그런 상황으로 몰아넣어.

자신 있는 분야로 눌러 버리고 약점을 가차 없이 공격해.

놈에게 지고 E²에서 모습을 감춘 사람도 있어.

스피드스타가 보낸 메시지가 머리에 떠올랐다.

이 규칙도 내 마음을 꺾기 위한 것이었나.

왜 이런 규칙을 내걸었지?

다시금 그 물음이 머리를 스친다. 그 물음으로 되돌아가길 벌써 몇 번째. 거기에 뭔가가 있는 것 같다. 자신 안의 뭔가가 그렇게 알렸다. 또 한 문제를 풀고는 해답을 입력하면서 생각을 이어 나갔다.

만약.

그 애가 내 마음을 꺾으려 했고, 그것이 성공하고 있다면.

그래!

가야마는 얼굴을 들었다. 눈앞의 경치를 보면서 오랜만에 자신이 어디에 있는지를 떠올렸다. 그러나 그 풍경은 잠시 눈에 들어왔다가 휘익 스쳐 지나가 버렸다. 지금 자신이 생각하는 것 그 자체가, 빠져든 상황 그 자체가 답일 터이다. 무엇인가에 다다른 기분이었다.

포기하게 하려는 것인가.

이 승부를.

아니.

수학을.

쓰쿠모서점에서 만난 동안 소년의 미소를 떠올렸다.

— 그냥 갈팡질팡하면서 수학을 계속하는 것처럼 보여.

수학을 왜 계속하고 있지? 기후유와의 약속이니까. 나나카처럼 수학을 좋아한다고 확실하게 말할 정도로 좋아하는지 그것도 잘 모르겠다. 나나카는 가야마에게 갈팡질팡한다고 했다. 저주라고 말했다. 가야마는 그 말이 맞다고 생각했다.

— 왜 가는데?

눈 속의 카페에서 붉은 입술을 통해 나온 말을 떠올린다.

— 그럼 왜 수학을 하는 거야?

어째서 하나같이 왜? 라고 묻는 거지.

속에서 뭔가가 부글부글 끓어오른다. 그것은 몹시 뜨겁다.

텅 빈 채로 나아가기에는 너무 힘든 길이라고? 텅 빈 채로 나아갈 정도로 만만치 않다고?

꼭 이유가 있어야 하는 건가. 이유가 없으면 안 된단 말인가.

이유가 없으면 계속할 수 없다고 생각하는 건가.

뜨거운 뭔가가 가슴을 가득 채운다. 거기서 멈추지 않는다. 다시 치솟아 오른다.

앞으로 나아가 봐야 아무것도 없을 수도 있다.

이대로 계속 문제를 풀어도 영원히 따라잡을 수 없을지도 모른다. 그렇게 생각하게 만들면 포기할 줄 알았던 거야?

수학을 계속하는 것, 그 자체까지 포기해 버릴 거라고?

이런 식으로 괴롭히면 수학을 계속하는 것 그 자체를 포기할 거라고?

그렇게 생각하는 건가.

뜨거운 뭔가는 부글부글 끓어오르는 딱 한마디로 응축돼 나왔다.

"웃기지 마."

7월 첫날. 결전의 날은 쾌청했다. 점심시간에 나나카는 수학연구회 교실로 뛰어갔지만 거기에 가야마는 없었다.

"어디서 하고 있지?"

들고 있던 태블릿을 펼치자 가야마의 정답 수가 또 늘어나 있었다. E^2의 게시판이 다시 열기를 띠기 시작했다. 어젯밤부터 둘의 차가 좁혀지고 있었다. 스피드스타는 노이만이 해답 올리는 속도가 조금씩 떨어진다는 코멘트와 함께 결투 시작 시점부터 여섯 시간 단위로 해답 수를 계산해서 올려놓았다. 노이만이 앞서 나가며 기선 제압 작전을 펼친 건 초반에 승부를 걸었다는 의미였다. 모두 노이만이 마라톤 선수처럼 계속 페이스를 유지하며 잠도 안 자고 쉬지도 않고 사흘 내내 그대로 이어 갈 수 있을 거라고 생각했다. 하지만 노이만도 인간이기에 체력의 한계가 나타나기 시작했다고 관객은 술렁였다.

열기가 더욱 뜨거워진 원인은 시간이 지날수록 빨라지는 가야마의 속도 때문이었다. 벌어진 차이에 헐떡이던 이 결투자는 어제 낮에만 해도 결투 자체에 대한 관심조차 버렸나 싶을 정도로 형편없이 속도가 떨어졌다. 그래서 지켜보는 관객은 언젠가는 가야마가 결투를 중단할 것으로 예상했다. 이 정도로 차가 벌어진 상황에서는 노이만의 페이스를 따라잡을 수 없을 거라고 여겼다. 그러나 반전이 일어났다. 심야에도 속속 가야마의 해답이 올라온 것이다. 오늘 아침에 눈을 뜨자마자 결투 상황을 확인한 관객은 잠이 확 달아날 정도로 놀랐다. 고속 질주하던 노이만도 마지막 날 밤에는 현저히 속도가 떨어져 차가 거의 메워졌던 것이다.

오후가 되고, 방과 후가 지나고, 바람이 멈춘 해 질 녘이 가까워지면서 E^2에는 갑자기 이용자가 구름떼처럼 몰려들었다. 최근 들어 처음 있는 일이었다. 돌아가는 상황을 간파한 노이만이 속도를 내는 듯했지만, 가야마는 메워 놓은 차를 더는 벌어지게 두지 않았다. 오히려 차근차근 한 문제씩 풀어 가며 조금씩 차를 좁혀 나갔다. E^2은 마치 경기장 같은 열기에 감싸였다.

왜 기가 죽지 않는 거지? 가이세이고등학교 도서관 한 귀퉁이에 죽 늘어선 자습용 칸막이 책상. 노이만은 그곳에 앉아 문제를 풀며 끊임없이 그 물음을 붙들고 있었다. 존재감 없는 그 동갑내기가 이 정도로 끈질긴 모습을 보여 주리라고는 예상치 못했다.

헌책방에서 처음 대면했을 때의 그 앤 뿌리 없는 풀처럼 보였다. 지금 태블릿 너머에서 해답 수를 점점 늘려 가는 상대가 동일 인물이라는 사실이 도무지 믿기지 않았다.

질 수는 없다. 질 리 없다고 믿고 구두로 내건 오일러클럽 멤버 자리. 오일러클럽에는 타교 학생이 들어올 수도 없거니와 그보다 그 자리를 내건 만큼 절대 질 수 없다.

우연히 공부를 잘하게 됐다. 남보다 뛰어나게. 특히 수학을 잘했다. 잘하는 걸 내세워 우쭐대는 것은 당연하다고 여겼다. 우월감을 가장 잘 맛볼 수 있는 곳에서 살아왔다. 탁월한 재능을 지니지 못한 사람도 있지만 자신은 운 좋게도 그것을 타고났다. 그렇다면 그 재능을 활용하지 않는 건 죄악이다. 수학이 재미있다거나 재미없다거나, 도움이 된다거나 되지 않는다거나, 그런 건 아무래도 상관없다. 잘하니까 하는 것이다. 단지, 그뿐이다. 그리고 두각을 나타내야 한다. 누구보다 위로 올라가야 한다. 그것이 유일한 목표이며 게임의 목적이다.

그 목적을 위해서 필요하다면 무엇이든 다 할 것이다. 어떤 수단이라도 쓸 것이다. 수학을 공부하는 사람 중에는 아무래도 단순한 녀석이 많다. 그들은 수학을 한없이 단순한 것이라고 믿고 거기에 매혹당한다. 쉽게 꿈을 꾸는 녀석들뿐이다. 그 무리에서 머리 하나쯤 더 두드러질 방법을 생각하고 실천하는 것은 식은 죽 먹기나 다름없었다.

문제에 전략적으로 접근하는 건 당연한 일. 치명적인 실수는 모두가 결투 전략을 생각하지 않는다는 점이다. 단순히 문제만 풀면 이기는 줄로 안다. 그렇지 않다. 결투란, 벌거벗고 전장에 나가는 것이나 다름없다. 자신이 어떻게 하면 이길 수 있는지 생각하는 것은 당연하다. 특히 언젠가 자신을 위협할 만한 상대라면 그 게임에서 이기는 것만이 목표가 아니다. 다시는 일어설 수 없도록 상대를 완전히 꺾어 놓는 것까지 생각해야 한다. 그런 식으로 해서 오일러클럽에 들어왔다. 자신에게 패해 자리를 내준 선배는 E^2을 떠났다. 오일러클럽에는 선배가 네 명 있다. 그들도 따라잡을 것이다. 언젠가는 클럽 부장인 스메라기까지도. 지금은 엄두가 나지 않지만 언젠가는 그를 앞지를 것이다.

그런데.

가야마가 또 한 문제를 풀었다. 이젠 동점이다.

자신의 의심을, 쫓아오는 발소리에 솟구치는 감정을 억누르려고 문제로 향했다. 물론 결투에서 패한 적은 있다. 그러나 이제까지는 머릿속에 그린 대로 전개되어 왔다. 자신이 의도한 결말에 이르지 않는 경우는 이번이 처음이다. 초침이 새기는 덧없는 소리를 들으며 다시 한번 그날 마주했던 상대의 모습을, 얼굴을 떠올렸다. 사이다를 마시던 호리호리한 동갑내기 남학생.

대체 넌, 누구냐.

그렇게 물었을 때 사흘간에 걸친 결투를 종료하는 신호음이 울렸다. 휴우, 한숨을 내쉬며 얼굴을 들었다. 도서관은 조용했다. 자그마한 소리도 울려 퍼져 나가는 고요하고 평안한 곳.

온몸의 힘이 소진됐다. 그저 멍청히 앉아 있었다.

얼마나 그렇게 있었을까.

이윽고 폐관을 알리는 안내 방송이 흘러나왔다.

어디선가 의자 삐걱거리는 소리가 났다. 안내 방송에 떠밀려 출구로 향하는 발소리가 들린다. 이 늦은 시간까지 또 누가 있었단 말인가. 소리가 가까워지더니 파티션 너머에서 발소리의 주인이 나타났다. 사흘 내리 머리를 풀회전시킨 탓에 이미 아무것도 생각할 수 없었다. 반사적으로 쳐다보자 깊은 호수 같은 눈이 자신을 내려다보았다. 오일러클럽의 리더 스메라기 다이가였다.

"훌륭한 경기였다."

그는 작지만 날카로운 목소리로 한마디 내뱉고는 그대로 가 버렸다.

"사흘 동안이나 결투하고도 결국은 동점이야?"

쓰쿠모서점에서 나나카는 무릎 위에 올려놓은 고양이를 쓰다듬으며 아쉬워했다.

"딱 한 문제만 더 풀었으면."

어느덧 해가 길어져 이 시간에도 밖은 아직 환하다. 여름날의 해 질 녘은 이별이 아쉬운 듯 계속 떠돌고 있다.

"비겼으니까 오일러클럽 가입도, 가나도메의 수열 답도 없는 거네."

"어떻게 됐어도 상관없었어."

가야마는 사이다를 마시면서 중얼거렸다.

"얼마나 화제가 됐는지 몰라서 그런 말을 하는 거야? 모두가 실망했다고. 야유하고 있다니까."

"그래서 뭐?"

"어떻게 따라잡을 수 있었던 거지?"

나나카가 물었다.

"다들 절대로 따라잡지 못할 거라고 생각했거든."

"상대가 속도를 떨어뜨려서 그래."

"그런 여인산(빠르기, 시간, 이동한 거리의 관계에서 서로 만나거나, 따라잡거나, 헤어지거나 하는 경우에 관한 문제) 같은 얘기나 듣자고 물어본 게 아니거든."

나나카가 눈을 가늘게 떴다.

"거기서 어떻게 포기하지 않고 계속 문제를 풀 수 있었어?"

그걸 물어보려고 불러냈나 싶을 만큼 진지한 눈빛이었다. 어떻게 대답해야 좋을지 몰라서 가야마는 망설였다. 제대로 설명할 수 없을 것 같았다.

"이유는 없어."

"이유가 없어?

대충 얼버무리기야? 라는 눈빛으로 나나카가 흘겨봤다.

"없어. 왜 없으면 안 돼?"

"안 된다고 생각해."

"왜?"

"이유가 없다면 이해할 수 없으니까."

"그럼 이해하지 않으면 돼."

"수학을 공부하는 사람이 할 말은 아닌 것 같은데."

"난 무슨 말이든 해."

"논리적이지 않아."

가야마는 잠시 생각해 봤다.

"수학은 특별히 논리만 가지고 할 수 있는 건 아니라고 생각해."

"그럼 또 뭐가 있단 거야?"

"몰라."

"지금 장난해?"

고양이를 쓰다듬는 나나카의 손에 힘이 들어갔던지, 고양이가 슬그머니 나나카의 무릎 위에서 빠져나가려고 했다. 하지만 나나카는 가야마에게 시선을 고정한 채 그걸 허락하지 않았다.

"다들 왜, 왜 그렇게 성가시게 구는지 모르겠군."

가야마가 그렇게 거칠게 내뱉자 나나카는 입을 다물어 버렸다. 가야마는 오해를 풀려는 듯이 계속했다.

"그런 생각을 하니까 화가 나더라. 그래서 따라잡을 수 있었어."

"화가 난 나머지 따라잡았단 거야?"

"거기에 문제가 있어서 풀었을 뿐이야."

나나카는 잠시 잠자코 있었다. 그 말의 의미를 생각하고 있을 것이다. 그때 태블릿에서 신호음이 났다. 가야마는 생각에 잠긴 나나카를 아랑곳하지 않고 태블릿을 확인했다. 메시지가 도착해 있었다. 보낸 이를 보고 저도 모르게 고개를 갸웃하고 말았다. 메시지를 열자 거기에는 생각지도 못한 내용이 적혀 있었다.

"왜 그래?"

나나카가 가야마의 표정을 살피고 물었다.

"잘 모르겠는데."

가야마는 태블릿에 시선을 고정한 채로 대답했다.

"합숙이래."

"합숙?"

나나카가 되물은 잠깐 사이에 마침내 고양이는 바닥으로 도망치는 데 성공했다.

"기운 좀 났니?"

보충 학습이 일단락되자 시바사키가 물었다. 무슨 말인지 어리둥절해하는 가야마를 보며 시바사키는 말을 이었다.

"지난 며칠 동안 너 평소랑 달랐거든."

"아아."

가야마는 느리게 반응했다.

"근데 오늘은 산뜻해 보인다."

"푹 잤거든."

어젯밤에 뭘 먹었는지도 기억나지 않았다. 목욕도 못했다. 어느 결에 잠이 들었는지 눈을 떴을 때는 아직 새벽이었다. 창밖이 희뿌옇게 밝아 왔고 멀리서 새소리가 들려왔다.

"기말고사 준비하느라고?"

"아니, 다른 거."

"수학?"

"응."

"여유 있네."

"것도 아냐. 다른 과목 성적은 별로 안 좋아."

나나카와는 달리.

"그 마음 나도 알아. 아마 수학 이외에는 내 성적이 더 좋을걸."

"아, 그러셔."

가야마가 그렇게 내뱉었다.

"덕분에 이번에는 수학도 꽤 좋은 점수 받을 수 있을 거 같아."

전보다 그렇다는 거지만, 하고 시바사키는 덧붙였다.

"오오! 질주하는 청춘이군."

끼어든 목소리에 돌아보자 복도 쪽 열린 창문으로 빡빡머리 오지가 야구팀 유니폼 차림으로 들여다보고 있다.

"시바사키, 미안한데 내 책상에 부적 없는지 좀 봐 주라."

그 말에 시바사키는 오지에게서 눈을 떼지 않은 채 책상 속을 더듬었다. 책상 안에서 나온 손에는 잡지가 쥐어져 있었다.

"아니, 그거 말고."

오지는 당황하는 기색도 없이 그렇게 말했다. 시바사키는 손에 든 잡지의, 여자들이 거의 옷을 걸치지 않은 모습으로 찍힌 표지를 잠깐 보고는 그것을 창밖으로 휙 던져 버렸다.

"야!"

째지는 소리를 내지르며 오지가 몸을 내밀었다.

"너 미쳤냐?"

"미친 건 너겠지."

시바사키는 눈도 맞추지 않고 벌써 돌아갈 채비를 하고 있었다.

"무슨 짓이야."

오지가 리놀륨 바닥이 마찰하는 소리를 내며 복도를 뛰어갔다.

"4층인데."

일단 말해 보았다.

"응."

"밑에 사람이 있으면."

"이 밑은 현관 위 지붕이야."

"아."

거기까지 생각하고 던진 건가. 야무지다고 해야 하나, 배짱이 두둑하다고 해야 하나. 그렇다면 잡지를 구출하긴 어렵겠군.

"저래 봬도 출전 선수 명단에는 들었나 봐."

"1학년이?"

가야마가 놀라자 시바사키가 고개를 끄덕였다.

"그거 꽤 대단한 건가 보던데."

"그럴 테지."

"경기에 얼마나 나올진 모르지만."

"대단한 녀석이었구나."

가야마는 오지에 대해 처음 알았다는 듯 그렇게 중얼거렸다.

"뭐야, 별 볼일 없는 앤 줄 알았단 거야?"

시바사키가 담담하게 말한다.

"어어. 그래 보이지는 않잖아."

가야마는 잡지가 창밖으로 던져졌을 때 날뛰던 오지의 표정을 떠올렸다.

"하긴 난 지금도 대단하다고 생각하진 않아."

시바사키 말이 끝나자마자 창밖에서 떠들썩한 소리가 들려왔다. 오지 목소린 듯 요란한 소리와 주위의 웃음소리. 굳이 내다볼 필요는 없었지만 둘은 이끌리듯이 창밖의 교정을, 거기에 펼쳐진 동아리 활동에 열중인 아이들의 모습을 바라보았다. 커튼이 흔들리고, 교실 안으로 바람이 들어왔다. 후덥지근한 햇살을 머금었는데도 땀이 슬그머니 들어갈 것 같은 여름 바람이었다. 겨우 사흘이 지났을 뿐인데 어느새 계절이 바뀌어 버린 것 같았다. 가야마는 오랜만에 학교에 있는 기분이 들었다. 밑에서는 아직도 왁자한 소리가 들려왔다.

"이제 곧 여름 대회인데. 뭐 하는 거야 지금."

시바사키가 무덤덤하게 중얼거렸다.

"가야마, 넌 여름에 뭐 할 거야?"

"지금처럼 지내려고."

"정말로 머릿속에 수학밖에 없는 거야?"

"그럼 네 머릿속에는 뭐가 있는데?"

가야마가 되물었다. 예상치 않은 질문이었던지 시바사키는 잠시 허공을 올려다보고 생각했다. 눈이 부신 듯 눈을 가늘게 뜨고서.

"이번 시합에 대한 거."

"월도 시합?"

"여름에 있는데, 기대돼."

"월도 시합은 어떤 식으로 하는데?"

"싸우는 거지. 당연히."

"검도처럼?"

"그래."

"재밌어?"

나는 결투할 때 즐거웠던가. 그런 물음이 가야마의 머릿속에 퍼뜩 떠올랐다. 시바사키는 다시금 생각에 빠졌다. 자신이 납득하지 못한 건 말하지 않겠다는 듯이.

"중학교 때 육상 경기는, 혼자서 하는 씨름 같았거든."

"육상인데?"

"응, 육상인데. 2프로 부족해."

시바사키는 코웃음을 치고는 "왜지?" 하고 자신 안에서 답을 찾았다.

"싸우는 건 대화하는 느낌이 들어. 그것도 엄청 진지한 대화. 쉬는 시간에 얘기하는 것보다 더 진지한 대화."

'진지한 대화'라는 말이 가야마의 마음속 어딘가를 때렸다.

"물론 그냥 수다 떠는 것도 즐겁지. 하지만 진지한 대화는 무척 즐거워. 그래서 좋아."

"그렇구나."

가야마가 맞장구치자 시바사키는 조용히 말했다.

"처음 치르는 큰 시합이야."

마음이 담긴 목소리였다.

"기대돼?"

맑게 갠 하늘을 등지고 시바사키가 대답했다.

"무지무지."

그 얼굴은 난생처음 여름을 맞이하는 소녀 같아 보였다.

하교 준비를 마치고 학교 건물을 나가자 별안간 하늘이 어두워

지기 시작했다. 조금 전의 맑은 하늘을 떠올릴 겨를도 없이, 하늘
이 뚫린 듯 갑자기 큰비가 쏟아졌다. 둘은 교문을 나오자마자 쏜
살같이 셔터가 내려간 처마 밑으로 뛰어 들어갔다. 거리에는 이미
사람 그림자도 없었고, 장대비가 길바닥을 때리는 소리만 요란했
다. 여름의 시작을 알리는 게릴라성 호우였다. 둘은 젖은 몸을 닦
으면서 처마에서 쉴 새 없이 떨어지는 낙숫물과 아스팔트 바닥에
서 튀는 빗방울을 바라보고 있었다. 가야마는 시바사키에게 빌린
수건으로 쓱쓱 머리를 닦았다. 수건에서는 자신과는 다른 냄새가
났다. 보아하니 금세 그칠 비는 아니었다. 옆에서 시바사키의 나
직한 목소리가 들렸다.

"한 가지 다짐한 게 있어."

가야마가 옆을 돌아보니, 시바사키는 젖은 교복과 머리카락은
아랑곳하지 않고, 메고 있던 천주머니를 풀어 정성스레 언월도를
닦기 시작했다. 가야마는 언월도에 시선을 떨어뜨린 채로 물었다.

"다짐?"

"월도 시합 때."

길바닥은 어느새 물웅덩이들이 서로서로 이어져 작은 강을 이
루었다. 여기저기 처마는 이미 작은 폭포였다.

"육상 시합 때는 할 수 없었지만 월도 시합에선 할 수 있단 걸
깨달았거든."

"뭘?"

"난 이제 막 월도를 시작했어. 그래서 아직 약해."

시바사키는 언월도를 닦는 손을 멈추지 않았다. 비가 내린다는 사실조차 잊은 것 같았다.

"아직은 선배를 이길 수 없어. 계속 얻어맞기만 해."

'아직은'이라는 말을 가야마는 놓치지 않았다.

"단체전에서는 내가 우리 팀 발목을 잡을지도 몰라. 나 때문에 팀이 질지도 모른다고. 그래도 말이야."

"그래도?"

시바사키는 손을 멈췄다. 언월도를 다 닦은 모양이다.

"상대가 누구든 어떤 상황이든."

검사하듯 언월도를 눈앞에 들어 올렸다. 그러고는 언월도를 올려다보면서 말을 이었다.

"도망치지 않기로 다짐했어. 혹 그래서 시합에서 지더라도, 그래서 팀의 발목을 잡게 되더라도."

언월도가 닦인 걸 확인하고는 다시 천주머니에 넣었다. 끈을 꽉 묶고는 어깨에 도로 멨다. 그러고는 옆에 있는 가야마 쪽을 돌아보았다.

"그렇지?"

그렇게 물었다. 뭘 묻는 건지 알 듯 알 수 없었다. 그래서 포기하지 않았잖아? 그래서 계속 푼 거잖아? 뭘 묻는지 알 수 없었지만 알 것 같은 기분이 들었다.

"글쎄."

가야마의 대답에 시바사키가 살짝 미소 지었다. 작게 고개를 끄덕인 것도 같았다. 둘은 비에 지배당한 거리와 처마 밑을 한동안 바라보았다. 비 냄새가 났다. 숨 막힐 듯 냄새가 피어올랐다. 오로지 폭력적인 빗소리뿐이었다.

"우리."

시바사키의 목소리가 들린 것 같았다.

아무리 귀를 기울여도 이야기가 이어지지 않았다.

말할 필요 없다는 건가.

그렇다면 들을 필요도 없다.

가야마는 생각했다.

"마치 등산하는 것 같은데."

팩에 든 멜론오레를 마시면서 고치타니가 웃었다. 기말고사 성적표만 받고 끝난 방과 후. 학교 건물 4층을 잇는 연결 복도의 낡은 벤치에 자비심 없는 햇살이 내리쏟아졌다. 눈앞에 펼쳐진 학교 건물 벽이 눈부시게 빛났다.

"뭐가?"

"산을 오르지 않는 사람이 산을 오르는 사람한테 묻지. 왜 산에 오르느냐고."

고치타니는 쯔롭쯔롭 소리 내며 빨대를 빨고는 덧붙였다.

"왜 일부러 그런 힘든 짓을 하느냐는 거지."

"난 말이야, 네가 그렇게 힘든 훈련을 즐겁게 하는 이유를 모르겠더라."

가야마 말에 고치타니는 그건 피차일반이라고 되받아쳤다.

"그 질문에 대한 가장 유명하고, 아마 지금으로서는 가장 딱 들어맞는 대답이."

고치타니는 거기까지 말하고 손가락을 치켜들었다.

"거기에 산이 있기 때문이라는 거야."

가야마도 들어 본 적이 있다.

고치타니가 웃었다.

"대답이 안 됐지?"

"안 된 건가."

"당연하지. 그런 말을 들으면 '산이 있는 건 압니다. 하지만 나는 올라가지 않습니다. 그러니까, 당신은 왜 올라가느냐고요?' 이렇게 되물을 거 아냐."

"맞아, 그래."

"그래도 그게 답이지."

어느 쪽이냐고 묻지는 않았다. 고치타니가 하고 싶은 말이 뭔지 대충 알 것 같았다. 고치타니는 빈 음료 팩을 산에 오르는 데 딱 어울리는 큼직하고 거친 손으로 짓뭉개고는 별안간 중얼거렸다.

"아무 생각도 안 했다."

"무슨 소리야?"

가야마가 물었다.

"기후유가 말했잖아. 웬일인지 그 말만 기억나."

"아무 생각도 안 했다."

가야마도 똑같이 따라해 보았다.

"그런 말을 했던가."

어디선가 서툰 취주악기 소리가 들려온다. 아, 에, 이, 오, 우를 뽑아내는 발성 연습 소리도 또 다른 어디선가 울린다. 점점 셔츠 안에 땀이 차는 게 느껴졌다. 1학기가 순식간에 끝나고 내일이면 종업식이다. 성미 급한 매미 한 마리가 벌써 부정 출발을 했다. 고치타니가 물었다.

"수학 합숙이라……. 그런 것도 있구나. 밤의 수학자라는 사람을 만날 수 있는 거냐?"

"글쎄."

가야마가 받은 메시지에는 '수학올림피아드를 대비한 강화 합숙'이라는 짤막한 소개뿐이었다.

"뭘 하는 건지 도무지 상상이 안 되는데."

"동감."

아하하하 하고 둘은 웃음을 터뜨렸다.

"넌 여름에 산 탈 거지?"

"기다리다 목 빠질 지경이다."

"왜 오르는 거냐?"

고치타니가 일어섰다. 산 같다, 키가 이렇게 컸던가. 가야마는 고치타니를 올려다보며 생각했다. 얼마만큼 훈련해 왔을까. 산에 오르기만을 고대하면서.

"거기에 산이 있으니까."

"그보다 좋은 답을 찾으면 말해 줘."

가야마도 일어났다. 움직이자마자 몸을 훅 감싸는 더위에 갑자기 머리가 핑 돌았다.

"이건 옛날부터 이상하다고 생각했던 건데."

고치타니는 연결 복도 끝에 있는 쓰레기통에 음료 팩을 던져 넣었다. 가야마는 얼굴에 따갑게 내리쬐는 햇볕을 손차양을 만들어 가리고, 다음 말이 이어지기를 기다렸다.

"청춘(靑春)이라고들 하잖아, 푸른 봄. 근데 아무리 생각해도 나한텐 푸른 봄보다 푸른 여름이 더 어울리는 것 같거든."

하얀 반팔 셔츠도 눈부시게, 고치타니가 이해할 수 없다는 듯이 말했다. 둘은 땡볕을 피해 도망치듯 나란히 학교 건물 안으로 들어갔다.

"그런 것도 같다."

가야마도 맞장구쳤다. 다가오는 계절의 햇살 아래 낮잠 자는 학교 건물. 거기에 통통 뛰는 둘의 발소리가 울려 퍼졌다.

여름의 발소리였다.

2.

여름의 집합

여름 방학이 시작되었다. 가야마는 아침에 일어나 밥을 먹고는 주야장천 E^2 접속해 문제만 풀었다. 노이만과 대결한 뒤로 눈에 띄게 결투 신청이 줄어서 혼자 문제를 풀 수밖에 없었다. 자신의 방에서, 도서관에서, 쓰쿠모서점에서. 문제를 풀다가 막히거나 몸을 움직이고 싶으면 장소를 옮겨 가며 오로지 수학 생각만 했다. 여름 거리를 배회하는 것처럼도 보였다. 매미의 대합창 소리를 들으며 자전거로 마을을 순회하다가, 방금 전까지 고심하던 문제의 돌파구를 찾자 속도를 올렸다.

소나기구름을 올려다보며 녹음이 짙은 언덕 위에 자전거를 세웠다. 태양열이 안장을 달궜다. 쓰쿠모서점 유리문을 열자 차가운 공기와 함께 라디오에서 흘러나오는 고교 야구 실황 중계가 귀에 들어왔다. 통쾌한 금속 배트 소리가 나자 관중석에서 환호성이

터져 나왔다. 그러거나 말거나 소고는 컴퓨터 자판을 두드리는 데 여념이 없다. 서점 안쪽 탁자에 나나카와 다데마루가 앉아 있었다. 왜 다데마루까지? 그 표정을 눈치챘던지, 서프보드가 그려진 티셔츠를 입은 다데마루가 못마땅한 얼굴로 먹던 아이스바를 흔들었다.

"학생회 숙제 때문에 호출당했다."

"그렇게 할 일이 많아?"

"가을엔 축제랑 체육대회, 학생회장 선거까지 행사가 많단 말이야."

민소매 차림의 나나카가 쌀쌀맞게 말한다. 파랑과 하양 줄무늬가 아주 시원스러워 보였다. 고양이는 어디론가 외출한 모양이다.

"아무리 그래도 그렇지. 꼭 그렇게 여름 방학 시작하자마자 하지 않아도 되잖소."

다데마루가 항의한다.

"할 일도 없으면서."

"아무것도 하지 않는 사치를 누리고 싶다고. 넌 그런 걸 잊고 살더라."

"그건 노후에나 누려."

가야마는 아이스바 이상으로 녹아내릴 듯한 다데마루를 곁눈질하며 나나카에게 방학 전에 빌렸던 책을 건넸다.

"벌써 다 읽은 거야?"

나나카가 묻자 가야마는 고개를 끄덕이며 빈 의자에 앉아 사이다를 마셨다. 자전거를 너무 오래 타서 그런지 목이 말랐다. 티셔츠 안에서 땀이 주르륵 흘러내렸다. 카운터 위 라디오에서 아나운서 목소리가 들려왔다.

"우리 학교는 계속 이기고 있나 봐."

나나카가 가방에 책을 넣으며 말했다.

"아, 그래."

가야마는 빡빡머리 오지를 떠올렸다. 오지의 이미지는 완벽하게 그 빡빡머리로 저장돼 있다고 생각하자 피식 웃음이 나왔다.

"오지, 나왔어?"

"글쎄."

"아직 안 나왔어. 벤치에 있어."

여전히 부루퉁한 얼굴로 다데마루가 입을 열었다.

"잘 아네."

"학생회를 우습게 보지 마라."

다데마루는 나나카에게 의미심장한 눈길을 보내며 말했다.

"대단해, 대단해."

나나카는 다데마루에게 눈길도 주지 않고 뭔가를 쓰고 있다.

"까칠한 취급에 항의한다."

"까칠한 게 아니라 스스럼없는 거야. 같은 1학년이니까."

"그렇게 슬쩍 말을 바꾼다고 누가 속아 넘어갈 줄 알고?"

절로 미소 짓게 하는 둘의 응대를 들으며 가야마는 태블릿을 켜고 문제를 풀기 시작했다. 자전거를 타면서 떠오른 해법으로 시도해 보았다. 가볍게 종이에 써 나가자 잘될 것 같은 느낌이 들었다. 바람이 분다. 그대로 문제를 계속 풀어 나간다. 이따금 라디오에서 야구장의 환호성과 높아지는 아나운서 목소리가 귀에 들어온다. 하지만 곧바로 다시금 문제로 되돌아간다. 그러한 집중력에 자신의 안에서 재미있군, 하고 생각하는 또 다른 자신이 있음을 느낀다. 전개되는 식이 서서히 바람직한 형태로 자리 잡혀 간다. 이윽고 산뜻한 답이 모습을 드러낸다. 예쁘다. 만족스럽다. 연필을 놓고 얼굴을 들자 다데마루와 나나카가 가을 행사에 대해 시끄럽게 의견을 나누고 있다. 턱 밑으로 천천히 땀이 흐르는 게 느껴진다. 티셔츠가 몸에 들러붙었다. 가야마는 잠시 더위를 식히고 일어났다. 라디오 속 구장은 소리만으로도 더울 것 같았다.

"합숙은 언제부터야?

나나카가 가야마를 올려다보았다.

"야, 화제 바꾸지 마."

"내일부터."

"수학 합숙은 어차피 남자들만 득실대겠지 뭐."

다데마루가 오기 부리듯 말하는데, 뭣 때문에 그러는지는 알 수 없었다. 자신을 올려다보는 나나카의 시선을 느끼고 가야마는 고개를 돌려 물었다.

"아직 할 말이 더 있어?"

"수열은 풀렸어?"

"아니."

가나도메의 수열이라고 정확히 말하지 않는 이유는 소고 때문일 거라고 짐작했다.

"아, 그래."

이렇게 대답하고는 나나카는 입을 다물었다. 가야마가 잠자코 다음 말이 이어지기를 기다리자 잠시 후 지금까지와는 다른 나직한 목소리가 돌아왔다.

"혹시 쿼크쿼크를 만나거든 조심해."

"쿼크쿼크?"

그 이상한 이름에 다데마루가 끼어들었다. 가야마는 E^2의 닉네임일 거라고 짐작했다.

"조심하면 되는 거지?"

"가능하면."

나나카는 말을 한 번 끊었다.

"복수해 줘."

무슨 일이 있었는데? 라고는 묻지 않았다. 묻지 말라는 말을 들은 기분이 들었다. 대신 한마디로 응답했다.

"알았어."

이튿날 아침, 아직 매미 소리도 울리지 않는 플랫폼에서 가야마는 스포츠 백을 들고 전철을 기다렸다. 이른 여름 아침이라 승객이 거의 없다. 하늘을 올려다보니 구름을 배경 삼아 새가 날아간다. 선로 너머 반대쪽 플랫폼 벤치에 낚시 도구를 든 노인이 앉아 있다. 태블릿을 켜고 이제부터 찾아갈 장소를 확인했다. 노이만과 결투를 마치고 나서 받은 메시지에는 보낸 이가 'E² 사무국'이라고 되어 있었다. 소리가 났다. 얼굴을 들었다. 아직 모르는 어디론가 자신을 데려다 줄 전철이 아침 해를 받으며 들어왔다.

전철을 여러 번 갈아타고 여름의 도시에서 도시로 여행을 계속하면서 가야마는 처음으로 가나도메의 수열을 차분히 바라보게 됐다. 자신이 그동안 마주하지 않았을 뿐이지, E²에서는 그것을 둘러싼 발언이 여전히 줄을 잇고 있다.

— 하지만 이것이 바로 수학.

1 2 6 25 45 57 299 372 764 1189 2968 14622……

이 수열의 법칙성은 뭘까. 온갖 추측이 수열 주변에 떠올랐다가 사라지곤 했다. 수가 서서히 극단적으로 증가하는 것, 증가분이 계속 커지지 않는다는 점, 세 번째 수 이후로는 소수가 하나도 없다는 점……. 관찰해서 얻을 수 있는 사실이 사방에서 솟아올라 이 수열을 벽처럼 에워쌌다. 하지만 그 이상 다가오는 모습은 전혀 없다. 12개의 수를 지나는 곡선이나 수식을 만드는 건 물론 가능하다. 하지만 그런 답을 요구하는 문제로는 보이지 않았다. 그럼 다음에 오는 수는 무엇인가? 모두가 납득할 수 있는 답은 나오지 않았다. 수학적 법칙이 아닌, 이를테면 어디론가 들어가는 입구나 자연계의 수가 아닐까, 등등의 추측도 속속 등장했다. 종종 알아냈다는 의견도 올라왔지만 그때마다 술렁이다가 곧바로 논파당하곤 했다. 그런 되풀이의 연속이었다.

"가장 아름다운 수열을 아느냐?"

스쳐 가는 차창 밖으로 보이는 저 멀리 소나기구름에 자극을 받았는지 불현듯 기후유의 말이 떠올랐다. 선생님은 그렇게 말하고 쓰쿠모서점 안쪽 탁자 위에서 종이에 써 나갔다.

1 1 2 3 5 8 13 21 34 55 89 144 233 377 ⋯⋯

"법칙을 알겠느냐?"

히이라기 선생님이 묻는 말에 세 소년은 그것을 구멍이 뚫릴 정도로 빤히 들여다보았다. 잠시 뒤에 덩치 큰 고치타니가 입을 열었다.

"한 칸 앞의 숫자."

"거의 맞히긴 했는데, 좀 더 간단한 표현이 있단다."

"나란한 두 수를 더한 값이 다음 수가 돼요."

가야마가 대답했다.

"바로 그거야."

"치, 이게 어디가 예쁘다고."

다데마루가 헤살을 놓았다.

"그럼."

히이라기 선생님이 손가락을 치켜세웠다.

"이 세상에서 가장 아름다운 직사각형을 그려 봐."

세 소년은 눈앞에 있는 종이에 저마다 직사각형을 그렸다. 히이라기 선생님은 그것을 보고는 "이 중에서는 이게 가장 가깝겠구나." 하고 가야마가 그린 직사각형을 소년들 한가운데로 밀어 놓았다. 그러고는 자신도 종이를 한 장 집어 들고 자를 사용해 정사각형을 그리고 나서 컴퍼스를 꺼냈다. 변 하나를 지정해 그 중앙에 컴퍼스 바늘을 고정하고, 떠 있는 연필 부분을 정사각형의 먼 꼭짓점에 맞춰 거기서부터 정사각형 바깥으로 원의 일부를 그렸다. 그러고는 방금 그린 호를 감싸듯이 직사각형을 그렸다. 그 직사각형은 정사각형에 딱 붙어 있다. 결국, 원래 있던 정사각형과 그 직사각형이 합해져 커다란 직사각형 하나가 생긴 것이다.

"어떻게 그리든 상관없단다."

"상관없단 거예요?"

다데마루가 껌을 씹으면서 말을 내뱉었다.

"가장 아름다운 직사각형은 변의 비가 1 : 1.618이지."

"왜요?"

다데마루는 반사 신경이 좋다. 어쩌면 무신경한 건지도 모른다.

"아름다움이 느껴지지 않느냐?"

히이라기 선생님은 소년들이 그린 직사각형과 방금 자신이 그린 직사각형을 견줘 보라고 재촉했다. 가야마는 그것이 가장 아름다운 모양이라는 말에 자욱한 연기에 싸여 빠져나가지 못하는 것도 같았고, 사기당한 게 아닌가 의심이 들기도 했다. 왜 이 직사각형이 아름다운가.

"이 직사각형에서 정사각형을 잘라 내 봐. 그럼 남는 부분이 있겠지?"

"이 작은 직사각형 부분인가."

"그렇지."

히이라기 선생님이 고개를 끄덕였다.

"그 작은 직사각형은 원래 있던 직사각형과 가로세로의 비가 같단다."

그 말을 듣고 셋은 물끄러미 두 개의 직사각형을 견줘 보았다.

"그러니까 가장 아름다운 이 직사각형에서 정사각형을 잘라 내면, 조금 작아진 똑같은 모양의 직사각형이 남아. 그리고 그 작은 직사각형에서 다시 정사각형을 잘라 내면, 더 작아진 똑같은 모양의 직사각형이 남고. 그렇게 점점 작아지면서 영원히 계속된단다."

그것이 신기한지 아닌지 이해했는지 못했는지, 세 소년은 멍하니 듣는 것 같기도, 듣지 않는 것 같기도 했다.

"그것은 이 1:1.618이라는 종횡비로 이루어진 직사각형으로만 실현된단다. 이 비율을 황금비라고 해."

"황금비."

고치타니가 중얼거린다.

"오오!"

보물을 발견한 보물 사냥꾼 같은 감탄사와 함께 다데마루가 입을 삐죽인다.

"실은 정확히 1.618이 아니고 무리수지."

히이라기 선생님이 중얼거리고는 이렇게 덧붙였다.

"이 황금비를 처음으로 발견한 사람이 유클리드란다."

유클리드라는 이름에 반응한 건 가야마였다.

"황금비는 가장 아름다운 비율로 고대 그리스 때부터 조각과 건축에도 쓰여 왔지. 황금비를 나타내는 식도 마법처럼 아름답단다."

신이 난 히이라기 선생님은 수식을 쓰기 시작했다.

$$1+\cfrac{1}{1+\cfrac{1}{1+\cfrac{1}{1+\cfrac{1}{1+\cdots}}}}$$

"이렇게 쓸 수도 있고."

$$\sqrt{1+\sqrt{1+\sqrt{1+\sqrt{\cdots}}}}$$

"이렇게도 쓸 수 있단다. 어때, 아름답지?"

"이 기호, 뭐예요?"

다데마루가 √를 가리키며 마뜩찮은 얼굴을 했다.

"아까 그 수열이랑 무슨 관계가 있어요?"

가야마가 따지듯이 목소리를 높였다.

"좋은 질문이구나."

히이라기 선생님이 싱글벙글 웃으며 말했다.

"아까 그 수열이 어디 있더라."

그러자 가야마가 책상 위 어지러이 흩어져 있는 종이 가운데 한 장을 집어 들고는 다른 것들은 옆으로 밀어 놓았다.

1 1 2 3 5 8 13 21 34 55 89 144 233 377 ……

"뒤의 수, 나누다, 앞의 수, 이걸 처음부터 해 봐."

히이라기 선생님이 암호 같은 지령을 내렸다. 가야마는 그것을 일반적인 사칙연산으로 이해하고 초스피드로 잇따라 나눗셈을 전개해 나갔다. 금세 "아." 하고 중얼거렸지만 그래도 한동안 손을 움직이고는 마침내 관계가 명확해진 것을 알아차리고 나서야 손을 멈췄다.

$$\frac{1}{1}=1 \quad \frac{2}{1}=2 \quad \frac{3}{2}=1.5 \quad \frac{5}{3}=1.666\cdots \quad \frac{377}{233}=1.618\cdots$$

"이 피보나치수열은 점점 황금비에 가까워지지."

신기한 마술을 보는 듯이 가야마는 자신이 쓴 숫자에서 눈을 떼지 못했다.

"그렇게 되는 건 알겠는데, 뭐가 뭔지 모르겠어."

다데마루는 그렇게 툴툴거리고 풍선껌으로 풍선을 불었다.

"그래, 뭐가 뭔지 모르겠지? 이 수열과 이 숫자는 말이다, 왜 그런지는 모르지만 이 세계에 아주 중요한 숫자인 모양이더구나. 왜냐하면."

히이라기 선생님이 말을 끊자 세 소년이 얼굴을 들고 쳐다보았다.

"황금비와 피보나치수열은 자연계의 모든 곳에서 볼 수 있기 때문이지. 앵무조개의 나선, 초목에서 갈라져 나온 나뭇가지, 해바라기 씨앗, 장미꽃, 인간의 신체에서도 말이다."

"왜요?"

고치타니가 분재를 감상하는 모습으로 팔짱을 끼고 중얼거렸다. 히이라기 선생님은 "글쎄다." 하고는 말을 이었다.

"이 수학이 왜 자연계에 나타나느냐고? 참 재미있는 물음이다만 위험한 물음이기도 해. 어쩌면, 묻는 방법이 잘못된 건지도 모르지."

"무슨 말인지 모르겠어요."

다데마루는 슬슬 지겨워지는 모양이었다.

"만약 말할 수 있다면."

"있다면요?"

가야마가 재촉했다.

"신이 좋아하겠지."

'왜'라는 물음은 사람을 당혹스럽게 한다. 낯선 차창 밖의 흔한 산촌 풍경을 바라보면서, 가야마는 자신의 사고가 가나도메의 수열에서 멀찍이 떨어져 있음을 깨닫는다. 다시금 가나도메의 수열을 본다. 사람들은 이 수열의 법칙을 찾으려 하지 않는다. 단지, 가나도메가 왜 가야마에게 이 수열을 제시했는지, 이 수열을 E^2에 올린 의미는 무엇인지, 그런 추리만 무성하다. 하지만 그것은 사람의 마음을, 더구나 천재로 알려진 사람의 의도를 읽으려는 것이기 때문에 본인에게 묻지 않는 한 수학의 답만큼이나 명확하게 정답과 오답을 알 수가 없다. 결국은 이 수열의 답을 모르는 채로 추측을 계속하는 건 단순한 촌평에 지나지 않으며, 언제까지나 정돈 상태에서 벗어나지 못할 것이다. 한동안 가나도메의 수열을 응시했지만 역시나 안갯속이었다. 이것저것 떠오르긴 했지만 그 모두가 순식간에 나가 떨어져 버렸다.

1 4 7 10 13 16 19 22 …… 등차수열.

1 4 16 64 256 …… 등비수열.

1 2 4 7 11 16 22 29 …… 차가 등차수열이 된다.

그렇다면.

2 4 6 30 32 34 36 40 42 44 46 50 52 54 56 60 62 64

다음에 오는 수는?

예를 들면, 그런 수학적이지 않은 법칙을 가진 수열도 있다. 그런 수열일까. 자신이 가나도메에게 제시한 수열처럼. 그러한 특수한 수열일 가능성도 충분히 있다.

모르겠다.

창틀에 괴고 있던 팔꿈치에 자국이 났다. 그걸 문지르면서 차창 밖을 보았다.

신은 가나도메의 수열을 좋아할까.

합숙 장소와 가장 가까운 역에서 내린 가야마는, 매미 소리가 샤워처럼 쏟아지는 역 앞 터미널로 가서 버스 노선을 확인했다. 인적 없는 널찍한 터미널이 아지랑이에 흔들리는 풍경을 홀로 바라보는데, 맞은편에서 작은 버스 한 대가 들어왔다. 버스에 올라타고 잠시 산으로 들어가자 갑자기 광대한 대학 캠퍼스가 보이기 시작했다. 콘크리트와 유리로 된 건물이 인적 없는 잔디밭과 보도블록 위에 여기저기 흩어져 있었다. 여름 햇볕 속에서 빛과 그림자로 또렷이 나뉜 그곳은 버려진 천문대나 우주기지처럼 보이기도 했다.

지정된 건물로 들어가자 시원한 공기와 더불어 사람이 가득 차 있었다. 가야마는 비슷한 또래로 보이는 학생들에게 눈길을 빼앗기면서 접수처로 갔다. '수학의 본질은 자유에 있다.'라는 글귀가 박힌 티셔츠 차림의 상냥한 누나가 응대해 주었다. 이름을 물어 가야마라고 대답하자 데스크에 있는 참석자 명단을 확인하고는 "아." 하고 들뜬 목소리로 말했다.

"가나도메가 지명한 그 가야마구나."

'소마'라고 쓰인 명찰을 단 그녀의 목소리는 천장이 높고 좁은 통로에 필요 이상으로 크게 울려 퍼졌다. 힘이 넘치는 사람이구나 싶었다. 문득 시선을 느끼고 돌아보니 주위에 있는 또래들이 자신을 쳐다보고 있었다. 느낌이 썩 좋지 않아서 빨리 수속을 마치려고 소마를 재촉하는데 "야!" 하고 가야마를 부르는 소리가 났다. 목소리의 울림이 별로 좋지 않다고 생각하면서 하는 수 없이 뒤돌아보았다. 아니나 다를까, 처음 만나는 여학생이 째리듯 가야마를 쳐다보았다. 붕어빵 같은 얼굴이 둘이었다.

"너, 가나도메랑 어떤 관계야?"

오른쪽이 물었다. 둘 다 생각했던 것보다 가야마 뒤에 바짝 붙어 있었다. 가늘고 긴 눈썹도 여우 눈도 호리호리한 등도 둘이 꼭 닮았다. 가느다란 분홍색 안경테까지도 똑같았다. 긴 머리 모양만 달랐는데, 오른쪽이 양 갈래로 땋아 내렸고 왼쪽은 양 갈래로 묶었다. 식별을 위한 배려일까.

"듣고 있는 거야?"

왼쪽이 한 발짝 다가왔다. 아무튼 거리가 너무 가까웠다.

"한 번 만났을 뿐이야."

가야마가 대답했다. 둘 다 믿지 않는 얼굴이었다. 그마저도 똑같았다.

"그런데, 그 수열은 뭐야?"

"몰라."

"답도?"

"물론."

"그렇다면 왜 노이만의 결투를 받아들인 거지?"

유도신문인가. 초대면인데. "저기 말이야." 하고 가야마가 말을 잘랐다.

"용건이 뭐야?"

"가나도메가 왜 E^2에 처음 나타나서 너를 지명한 거지?"

"본인한테 물어봐."

"얘기해 본 적 없어."

왼쪽인지 오른쪽인지가 대답했다. 말이 빨라서 어느 쪽이 얘기했는지 알 수 없었다.

"잘은 모르겠는데."

가야마는 둘에게 말한다.

"질투하냐?"

순간 둘의 얼굴이 말 그대로 가야마 코앞으로 다가왔다. 시야에 들어오는 건 두 개의 똑같은 얼굴뿐. 입체시인가. 아니, 그보다 너무 가깝다. 아무리 절친이라도 이 정도 거리는 이상하다. 기본적으로 사람과 사람이 대화하는 거리가 아니다.

"죽는다."

둘의 목소리가 그렇게 제창했다. 목소리가 겹쳐지자 미묘한 $1/f^6$의 진동이 호러와 같은 박력을 빚어냈다.

"직접 그 수열을 풀어 봐."

그럼 얘기해 볼 수 있잖아? 거기까지 말하려 했지만 둘은 저주 걸기를 마쳤는지 동시에 뒤돌아서서 그대로 자리를 떠나 버렸다. 헐, 뭐지? 가야마는 어이없어 하며 수속을 끝내기 위해 다시 접수대로 돌아섰다. 여전히 누군가의 시선이 온몸으로 느껴졌다. 서류에 필요한 사항을 적고 몸을 펴자 소마의 생글생글 웃는 얼굴이 눈앞에 있었다.

"재밌어지겠는걸."

"뭐가요?"

"여기엔 오로지 수학 생각뿐인 사람만 오거든."

당신도 그런가요? 가야마는 마음속으로 대꾸했다. 하긴, 티셔츠만 봐도 알겠네요. 그런데 그 티셔츠는 대체 뭐지?

"수학 나라에 온 걸 환영합니다."

소마가 말했다. 수학 나라는 여름 햇살과 시원함 속에 있었다. 전면이 유리인 왼쪽으로는 바깥 경치가 고스란히 들어왔고, 오른쪽에는 노출 콘크리트 벽과 문, 규칙적으로 어긋나 있는 거대한 콘크리트 원주, 머리 위를 지나는 연결 복도가 있었다. 가야마는 열린 공간 여기저기에 또래로 보이는 학생들이 이야기를 나누거나 홀로 있는 모습을 먼 풍경인 듯 지나쳤다. 그리고 건물과 건물을 잇는 유리로 둘러쳐진 미로 같은 복도를 더듬거리며 배정된 방을 찾아가자, 남학생 하나가 벌써 짐을 풀고 있었다. 그 애는 가야마가 온 걸 알고는 돌아서서 짐을 가뿐히 넘어 다가왔다. 탄탄한 체격에 얼굴도 바위 같아서 유도부가 아닐까 생각될 정도였다.

"내가 누군지 알아?"

그 애는 의미심장하게 웃으며 묻고는 애초부터 가야마의 대답 따위 기대하지 않았던지 곧바로 다시 입을 열었다.

"스피드스타야."

스피드와는 거리가 먼 외모인걸. 순간적으로 머리에 스친 생각을 입 밖에 내진 않고 "아, 그래." 하고 가야마는 짤막하게 대답했다. 남학생이 고개를 끄덕이며 "본명은 신카이야."라며 악수를 청해 와서 그에 응했다. 신카이는 다시 짐을 풀면서 자랑스레 말했다.

"내가 부탁해서 방을 바꿨지."

"왜 바꿨는데?"

가야마는 방 안으로 들어가 짊어지고 있던 스포츠 백을 자신의 자리인 빈 침대에 내려놓았다.

"야, 왜라니."

신카이가 매정하다는 듯이 짐 정리하던 손을 멈추고 돌아보았다.

"나와 너 사이니까 바꾼 거지."

어떤 사인데.

"너랑 있으면 재미있을 것 같아서."

가야마도 스포츠 백에서 태블릿을 꺼내던 손을 멈추고 돌아봤다. 신카이는 소박한 미소를 지으며 말을 이었다.

"그게 말이야, 처음에는 웬만큼 비슷한 수준일 줄 알았지. 근데 가나도메한테 지명받질 않나, 오일러클럽에 싸움을 걸지를 않나. 당연히 어떤 앤지 궁금하지 않겠냐?"

단단히 오해하고 있는 듯했다.

"그리고 입시 명문고 애들이 많이 왔거든. 우리처럼 일반 학교에서 온 애들은 서로서로 알고 지내는 게 좋아."

알고 지낸다고? 오늘 처음 만났으니 그렇다고 할 수는 없지만, E^2에서 몇 차례 결투도 했고 메시지도 주고받은 만큼 초대면이라는 느낌보다는 '아, 이런 인물이었구나.' 하는 생각이 강하게 들었다.

— 갈 수 있는 데까지 어디까지고.

외모는 의외였지만 예상했던 것과 크게 다르지도 않았다.

"슬슬 갈까."

준비를 마쳤는지 신카이가 일어났다. 가야마는 태블릿을 보는 중이었다. 오지의 야구부는 오늘 시합도 이겼는지 지역 대회 준결승에 진출했다. 구장은 덥겠구나. 태블릿을 끄고 필통을 집어 들자 신카이는 벌써 문 앞에서 기다리고 있었다.

"자, 괴물들을 알현하러 가자고."

왼쪽으로 완만하게 호를 그리는 벽을 따라 걸어가자, 이윽고 목적지에 도착했는지 사람들이 좌우로 열리는 문 안으로 속속 들어가고 있었다. 가야마도 신카이를 따라 들어가려다 문득 걸음을 멈추었다. 문 주위의 넓고 하얀 벽이 휘갈겨 쓴 수식으로 빽빽이 메워져 있었다. 자세히 보니 종이에 쓴 걸 크게 확대해 벽지로 만든 듯했다. 수식은 전부 같은 필적이었고, 가까이서 보니 정돈된 일련의 증명 같았다.

"'월'이라고들 해."

뒤에서 문 앞의 넓은 공간을 울리는 목소리가 났다. 돌아보니 아까 접수를 받았던 소마였다.

"밤의 수학자가 필즈상을 수상했던 증명의 초고 중 일부야."

다시 올려다본다. 빽빽이 적힌 내용은, 숫자는 적고 오히려 대부분 기호로 구성되어 있었다. 가야마가 모르는 기호도 많았다. 약간 굽은 하얀 벽 한 면이 그 초고로 덮여 있었다. 이래서 일부인 건가. 가야마는 잠자코 벽을 올려다보았다. 그렇게 얼마나 몰두했을까. 글자는 질주하는 필적으로 엮여 있었다. 하지만 절로 옷깃을 여미게 하는 냉엄함도 있었다. 기호가, 문자가 마치 미지의 축문(제사 때 소리 내어 읽어서 신명께 고하는 글)처럼도 보였다. 고요한 종

여름의 집합 • 183

교화 앞에 서 있는 느낌도 들었다. 기척을 느끼고 돌아보니 문 앞에서 같이 월을 올려다보는 여학생이 있었다. 부수수한 긴 머리칼이 곱슬머리인지 펌을 한 건지 분간이 안 됐다. 앞머리 아래 살짝 갈색기가 도는 길쭉한 눈으로 꿈꾸듯 그것을 바라보았다. 마치 무당처럼.

"이스즈도 이 월이 마음에 드니?"

소마가 뒤에서 말을 걸어도 이스즈라는 여학생은 월과 자신밖에 없다는 듯 매우 동경하는 눈빛으로 그것을 올려다보았다. 하지만 넘치는 생각이 새어 나왔던지 나직이 중얼거렸다.

"하얀 짐승 같아."

무슨 말인지 이해하지 못한 가야마는 얼떨결에 여학생의 얼굴을 응시했다.

"아무도 필요로 하지 않는, 하지만 누구에게나 손을 내미는 하얀 짐승."

그렇게 중얼거리고는 누군가에게 조종당한 듯이 가야마를 돌아보았다.

"이쪽은 가야마."

소마가 소개해 주었다. 이스즈의 길게 찢어진 눈이 가야마를 꿰뚫어 보았다.

"왜 결투를 하는 거지?"

여학생이 가야마를 향해 물었다. 하도 갑작스러워서 가야마가

184

대답할 말을 찾지 못하자, 여학생은 다시 월을 올려다보았다.

"저렇게 멀고 쓸쓸하고 아름다운 장소가 있는데."

여자애는 누구에게랄 것도 없이 그렇게 말하고, 신발 소리를 또각또각 울리며 열린 문 안으로 들어갔다. 남겨진 가야마는 그 여자애가 남기고 간 말에 붙들린 채 걸음을 떼지 못했다.

"음악가 가운데는 소리에서 색을 보는 사람이 있나 보던데."

옆에 서 있던 소마가 말했다.

"수학자가 아니어도 숫자에서 색이나 촉감을 느끼는 사람이 있어. 형태와 감정과 정경까지 느끼는 사람도 있고. 숫자의 촉각으로 계산하는 사람도 있다나."

소마는 이어서 "사실일까." 하며 웃었다. 이스즈는 숫자에서 무엇을 보았을까.

"우리가 같은 수식을 보더라도, 머릿속엔 저마다 다른 게 그려지겠지."

'수학 세계'라는 말을 떠올린다. 한 번 본 숫자를 기억하는 자신의 힘이 아직은 별 도움이 되지 않지만 어딘지 깊은 곳에서 뭔가가 작용하는 것일까. 언젠가는 새로운 뭔가를 보여 줄까. 언젠가는 새로운 경치를 보여 줄까. 그렇게 생각하면서 문 안으로 들어가자 계단식 강의실 뒤쪽 맨 위 단이 나왔다. 아래를 내려다보니 펼쳐진 부채꼴 모양 좌석에 저마다 다른 옷차림을 한 비슷한 또래로 가득 차 있었다. 이들이 괴물인가. 가야마는 마음속으로 중얼거렸다.

"수학 나라에 오신 걸 환영합니다."

계단식 강의실은 정면을 중심점으로 하는 부채꼴이고 그 반경 부분, 다시 말해 계단식 좌석에 앉은 학생 양 옆은 온통 유리벽이었다. 정면에는 가로로 나란히 거대한 화이트보드가 두 개 놓여 있었다. 그 화이트보드를 등지고 강단에 선 양복 차림의 장년 남성이 마이크를 들고 말했다.

"이것이 이 합숙의 전통적인 개회사다. 말하자면 증명 끝에 쓰는 Q. E. D.[7] 같은 거라고나 할까."

청중 사이에서 그다지 웃음이 일지 않는 것을 알아차리고 남자는 팔짱을 낀 채로 고개를 갸웃거렸다. 예상이 빗나간 게 의아한 모양이었다. 청중은 하나같이 '그 머리 위 실크해트는 뭐람?' 하는 표정이었다.

"나는 에르되시 수[8] 6, 기무라다."

남자가 자기소개를 했다. 이번 유머도 미묘하게 불발됐다. 기무라는 체념하고 설명을 이어 나갔다.

이 합숙은 일본 수학올림피아드 재단과 E^2 창시자가 공동으로 운영한다는 것. 그리고 4박 5일 동안의 프로그램 개요. 이 시간 이후로는 몇 개의 수학 강의와 저녁 식사를 겸한 파티뿐이니 안심하라고 이르고 "오늘은 일단 그렇단 말이지."라고 의미심장한 말을 덧붙였다. 남자의 독일인 같은 수염 밑에 미소가 떠올랐다. 가야마는 주위를 둘러보았다. 이미 그 의미를 아는지 그 남자와 같은 미소를 지으며 옆 사람과 눈빛을 주고받는 학생들도 있었다.

"그럼."

기무라는 다시 입을 열었다.

"주최자가 여러분에게 한 말씀 하실 거다."

오른쪽 화이트보드 뒷문에서 소마가 휠체어를 밀고 나왔다. 휠체어에는 선글라스를 쓴 남자가 타고 있었다.

강의실이 물을 끼얹은 듯이 조용해졌다.

남자의 눈은 검은 선글라스에 감춰져 보이지 않았다.

누구지? 호기심에 고개를 쳐들어 보지만 생각하는 것보다 먼저 몸이 대답을 속삭였다. 남자를 휘감은 공기가 방금 전 윌을 볼 때 떠다니던 것과 닮은 느낌이었다. 설마 진짜를 만날 수 있으리라고는 생각하지 않았던 가야마는 강의실을 감싸는 정적에 삼켜지듯이 잠자코 있었다. 강단 앞까지 휠체어를 밀고 나온 소마는 남자 어깨에 가볍게 손을 얹었다. 남자는 미소와 작게 고개를 끄덕이는 것으로 응답했다. 그리고 계단식 좌석을 올려다보듯 얼굴을 들었다.

그 동작만으로도 가야마는 직감했다.

밤의 수학자는. 혹시.

반사적으로 옆에 있는 신카이를 보고 말았다. 신카이는 가야마의 생각을 눈치채고 작게 고개를 끄덕였다.

"앞을 못 봐."

— 두 눈을 내놓고도 계속하고 싶어 했던 것, 그게 수학이야.

나나카가 했던 말을 떠올렸다. 휠체어에 앉은 남자에게서는 그 정도의 광기와 귀기는 느껴지지 않았다. 남자에게서는 누구도 헤아릴 수 없는 호수처럼 온화한 고요함이 묻어났다.

"수학 나라에 온 것을 환영합니다."

밤의 수학자가 마이크도 사용하지 않고 말했다. 온화함이 깃든 목소리였다.

"수학 나라를 방문해 줘서 정말로 기쁘군요."

눈앞의 풍경을 둘러보듯 천천히 얼굴을 움직였다. 자신의 목소리가 강의실 안을 어지러이 날아다니다 사라져 가는 것을 지켜보는 듯도 했다.

"지금 여기 있는 모두가 계속 이 수학 나라에 있을 수 있으면 좋겠는데, 그리 되지는 않을 거예요. 언젠가는 수학을 떠나는 사람도 분명 있겠지요. 꼭 떠나야 할 사람도 있을 거예요."

거기서 말을 끊었을 때 이변이 일어났다. 강의실 안의 모두가 그 이변을 감지했는지 파문처럼 잔물결이 퍼져 나갔다. 한 명을 제외하고 모두가 같은 곳을 바라보았다. 모두의 시선 끝에는 똑바로 손을 든 한 여학생이 있었다. 가야마와 나란히 서서 월을 올려다보던 이스즈였다. 가느다란 팔에서 손톱 끝까지를 똑바로 뻗은 채로 눈은 밤의 수학자를 향했다.

그걸 알지 못한 단 한 명, 밤의 수학자 귓가에 소마가 속삭였다.

그는 작은 입에 미소를 띠고 고개를 끄덕였다. 소마가 그의 말을 대변했다.

"얘기해 보세요."

이스즈는 벌떡 일어나더니 늠름한 목소리를 교실에 울렸다.

"왜 E^2에 결투가 있는 겁니까?"

그렇게 밤의 수학자에게 물었다. 모두 잠자코 상황을 지켜보았다. 밤의 수학자에게서 어떤 대답이 되돌아올지 주시했다. 그 시선을 느꼈는지 못 느꼈는지 그는 목소리가 난 쪽으로 움직이더니 그대로 멈췄다. 이스즈가 다시 물었다.

"수학에 싸우는 게 필요합니까?"

"왜 필요하지 않다고 생각하지?"

밤의 수학자가 되물었다. 조용한 목소리였다. 마치 밤의 속삼임 같은.

"수학은 아름다운 것입니다."

"싸우는 건 추한가?"

"그렇게 생각합니다."

이스즈는 위축되지 않고 또박또박 대답했다.

"수학의 아름다움은 그 정도로는 더럽혀지지 않아. 게다가 수학은 혼자 해서는 안 되지."

밤의 수학자가 짧게 말했다. 이스즈는 숨이 멈춘 듯 몸이 약간 흔들렸다. 밤의 수학자 말투가 날카로웠던 건 아니다. 오히려 부드러웠다. 그러나 그 목소리에는 약간의 의문으로는 흔들리지 않는 강인함이 배어 있었다.

"그래도 싸울 필요는 없다고 생각합니다."

"학생 이름은?"

"이스즈라고 합니다."

허를 찔린 이스즈가 곧장 대답했다. 빠른데, 하고 가야마는 생각한다.

"싸운다는 말은 네 주관이 선택한 단어야."

이스즈는 입을 다문 채 그대로 서 있었다. 그 말에 담긴 의미를 절절하게 이해하는 것이 느껴졌다. 잠시 뒤에 그 앤 말없이 자리에 앉았다. 그 틈을 뚫고 나가듯 다른 손이 올라갔다. 뒷머리를 강아지 꼬리처럼 작게 묶은 남학생이었다.

"밤의 수학자라고 부르는 건 무슨 까닭입니까?"

"밤에만 깨어 있기 때문이야."

옆에 있던 기무라가 재미있다는 듯이 대변했다.

"저분이 이 시간에 깨어 있는 모습을 보는 건 아주 드문 일이지."라며 웃었다.

"왜 밤에만 깨어 있는 건가요?"

꽁지머리 남학생이 다시 묻는다.

"밤에는 인간들이 다 잠들어 조용하지. 그래서 좋아."

앞쪽 자리에서 다른 학생이 손을 들고 일어났다. 뒷모습만으로도 누군지 알 수 있었다. 노이만이었다. 왔구나. 하지만 가야마는 곧바로 생각을 바꾸었다. 당연히 왔겠지. 그렇다면 그 주위 애들이 오일러클럽 멤버인가.

"저는 니와세라고 합니다. 이 대회장에 있는 누구보다도 수학에서 뛰어나려면 어떻게 해야 합니까?"

아, 여전하군. 하지만 금세 생각이 바뀌었다. 지금은 저 노골적인 호전적 자세가 알기 쉬워서 좋다고. 자신이 바라는 것이 무엇인지를 자각하기란 의외로 쉽지 않다.

"누구보다 뛰어날 필요는 없다네."

그 느긋한 답변에 청중은 맥이 빠져 쿡쿡 웃었다.

"사람은 저마다 장점이 있다는 겁니까?"

"뛰어나다는 말의 정의가 애매해."

"누구보다 많은 문제를 해결하는 것입니다."

"왜 누구보다 뛰어나고 싶은 거지?"

"여기 있는 모두가 그것 때문에 모인 것 아닙니까?"

"그런가."

니와세가 "그런가, 라니." 하고 작게 중얼거렸다. 밤의 수학자는 가까이에 있을 질문자를 향해 미소를 보냈다.

"뛰어나다는 것은 목적이 아니야."

그러자 니와세 옆자리에 앉은 남학생이 손을 들었다. 니와세는 얌전히 자리에 앉았다. 무슨 일인지 주위 학생들도 잠잠해졌다.

손을 든 남학생이 일어나는 소리가 희미하게 교실을 울렸다. 강의실의 집중도가 분명하게 한 단계 올라갔음을 느끼면서 가야마는 그 남학생을 자세히 보려고 몸을 앞으로 내밀었다. 옆에 앉은 신카이가 귀엣말을 해 왔다.

"스메라기야."

"스메라기?"

것도 모르냐? 라고 비난하듯 신카이가 눈을 가늘게 떴다.

"오일러클럽 부장이야."

그 말을 듣고 가야마는 그 호리호리한 등을 바라봤다.

"그레고리 페렐만은 혼자서 푸앵카레 추측을 생각하면서 계속 풀었습니다."

밤의 수학자는 목소리가 나는 쪽으로 얼굴을 조금 움직이고는 고개를 끄덕여 계속하라고 재촉했다.

"어떤 증명도 최초에는 단 한 사람의 머릿속에서 나온다고 생각합니다. 비록 공동 연구를 했다고 해도 말입니다."

밤의 수학자는 그렇게 낭랑한 목소리로 말하는 스메라기에게 귀를 기울였다.

"자네 의견에 동의하네."

"그렇다면, 결국 수학은 혼자서 하는 게 아닐까요?"

"동의하네."

스메라기는 잠깐 말을 멈추었다.

"선생님은 조금 전에, 수학은 혼자 해서는 안 된다고 말씀하셨습니다."

"나는 자네 선생이 아니네. 자네 진짜 선생한테 실례야."

밤의 수학자는 그렇게 지적하고는 다시 입을 열었다.

"모순된 건 아니지."

"수학은 혼자서 하는 겁니까, 그렇지 않은 겁니까?"

"어째서 그 두 가지가 이율배반이 돼야 하지?"

"상반되는 말입니다."

"말이 엄밀하지 않을 뿐이야."

침묵이 내려왔다. 이윽고 스메라기가 "아하." 하고 중얼거리는 소리가 들렸다. 그리고 곧바로 강의실이 술렁였다. 무슨 일이지? 순간 어리둥절했던 가야마는 이내 자신이 손을 들었기 때문이란 걸 알아차렸다. 소마가 밤의 수학자에게 귀엣말을 하고, 그가 고개를 끄덕였다. 질문해. 소마가 눈짓으로 신호했다. 가야마는 자리에서 일어섰다. 교실 안의 시선이 집중돼 피가 살짝 머리로 올라가는 게 느껴졌다. 니와세가 노려보듯 이쪽을 응시했다.

가야마는 앞에 있는 밤의 수학자에게 눈을 돌리고 물었다.

"수학이란 무엇입니까?"

가야마의 질문에 여기저기서 웅성거리는 소리가 났다. 웃음소리도 뒤섞였다. 조소에 가까운 목소리도 섞인 듯한 기분이 들었다. 하지만 가야마는 아랑곳하지 않고 밤의 수학자의 대답을 기다렸다. 때마침 태양의 각도가 바뀌었는지 강의실 왼쪽 창문으로 노을빛이 섞인 햇빛이 비쳐 들어왔다. 햇빛이라기보다 황금색을 띤 빛의 카펫 같았다. 그 빛을 우반신에 받고 있는 밤의 수학자가 입을 열었다.

"인간의 병이지."

빛의 강의실 안에 있는 학생들은 반짝반짝 황금 알갱이처럼 쏟아져 내리는 그 대답을 들었다. 빛의 변화 때문인지 밤의 수학자는 연한 미소를 머금고 있는 듯이도 보였다. 충격을 받았는지도 모른다고 가야마는 생각했다. 수학자를 만난 건 두 번째지만 그 둘이 전혀 다르게 느껴졌다. 하지만 아마도. 비록 상대에게 전해지지 않더라도 거짓말을 하지 않는 점은 같을지도 모른다. 왠지 그런 느낌이 들었다.

저녁 식사는 바비큐 파티였다. 숙소 건물 앞 잔디밭에 야외 바비큐 세트가 마련돼 있었다. 네 개의 검은 철판 밑에서 불꽃이 너울너울 춤추었다. 주위가 온통 숲이어서 불빛이 도드라져 보일 만도 했지만 그렇지 않다. 광장을 가로지르도록 매 놓은 전깃줄에 알록달록한 전구가 불을 밝히고 있는 탓이었다. 빨강, 노랑, 초록, 파랑 마치 축제처럼 알록달록 빛났다. 채소와 소시지와 고기는 철판 위로 올라가는 족족 사라졌다. 마치 붐비는 포장마차처럼 그것을 굽는 어른은 땀범벅이 된 채 연신 "다 익었다." 하고 소리쳤다.

"내가 점심때부터 계속 생각해 봤는데."

소시지를 볼이 미어지게 먹으며 말을 꺼낸 신카이를 가야마가 돌아본다.

"이 합숙은 왠지 에너지를 주입하는 방법이 잘못된 것 같아."

"동감."

뭐가 그리 즐거운 거지? 그렇게 의문이 들 정도로 어른 진행자들은 즐거워 보였다. 왜 그렇게 즐거운 거지? 하고 고개를 갸웃할 정도로 들떠 있었다. 합숙에 참가한 다른 아이들은 어떤지 궁금해서 둘러보니, 어둠에 싸인 잔디 위에서 삼삼오오 무리 지어 이야기를 나누거나 음식을 먹고 있다. 몇 명이 함께 참여한 학교는 자기네끼리 뭉쳐 있다. 숫자가 많은 그룹은 분명 유명한 입시 명문 학교일 터이다. 교복 차림이 아니어도 그 정도는 단박에 알 수 있었다. 그 애들은 잔디밭에 흩어져 있는 하얀 테이블과 의자 주위에서 이야기꽃을 피웠다. 자연히 혼자서 참여한 학생들이 모여 그룹을 만들었다.

"쟤들은 가이세이, 저쪽은 아사노미야."

"스메라기는 역시 좀 다르다."

"맞아, 맞아. 질문하는데 공기가 다 달라지더라. 또래 같지가 않다니까."

"3학년이잖아."

"난 내년에도 저렇게 돼 있진 않을 거 같다."

"와아, 안구 정화!"

분홍 테 안경을 쓴 여자 쌍둥이는 감상하는 눈빛으로 스메라기 쪽을 보았다. 둘이서 나란히.

"스메라기는 올해 국제 수학올림피아드에서 동메달 땄잖아."

"근데 왜 이 합숙에 온 거지."

"이 합숙은 3학년도 참가하는 게 관례인가 보던데."

"뭘 위해서 그러냐고."

"모두에게 동기 부여를 하기 위해서겠지."

"빼앗기 위해 온 거네."

가야마는 그런 대화를 가까이서 들으면서 그렇구나, 하고 납득했다. 스메라기를 처음 봤을 때 기억을 콕콕 찌르는 것이 있었다. 곰곰 생각해 보니 가나도메가 실린 잡지의 단체 사진에 찍힌 얼굴이었다. 그 밖에도 그 사진에 찍힌 사람이 있는지 주위를 둘러보니, 둥그렇게 둘러서서 이야기하는 무리 주위에서 홀로 철판 옆 의자를 차지하고 앉아 한눈팔지 않고 먹고 있는 여학생이 눈에 들어왔다. 접시 가득 고기며 채소를 담아서 제대로 삼키지도 않고 계속 먹었다. 체구가 몹시 작은데도 당차게 먹어 댔다. 마치 화재 현장이 소란스러운 틈을 타서 몰래 먹고 도망치는 도둑 같았다. 빙하기를 대비하는 작은 동물처럼도 보였다. 자세히 보니 옆에 숨기듯이 바나나 몇 개를 이미 챙겨 두었다. 시선을 느꼈는지 여학생은 젓가락질을 멈추지 않은 채 가야마를 올려다보고 작은 소리로 말했다.

"챙겨 두는 게 좋을 거야."

"빙하기라도 오나?"

"내일을 위해서야."

재해 대비라도 하는 듯한 여자애 말에 가야마는 이해하기 어렵다는 얼굴을 했다. 지난해에도 왔단 말인가, 그렇다면 선배인가. 헉, 아무리 봐도 나보다 위로는 보이지 않는데. 아니면 누가 미리 귀띔해 준 건가.

"난 가야마야."

일단 이름을 말했다.

"이세하라야."

상대방은 고기를 뜯으면서 작게 고개를 숙였다. 어쨌든 첫 대면은 성공한 듯했다.

"혹시 쿼크쿼크라고 알아?

가야마가 물었다. 그러자 이세하라는 조금 놀란 표정으로 계속 먹으면서 고개를 두 번 끄덕끄덕했다. 어쨌거나 대답할 마음은 있는 듯해 가야마는 작은 동물이 영양 공급하는 걸 가만히 바라보면서 기다렸다. 꿀꺽! 평범한 여고생 목에서 날까 싶을 만큼 요란한 소리가 울렸다. 곧바로 "하아." 하고 어깨로 심호흡을 하더니, 가야마를 올려다봤다.

"저기에 있는 사람이야."

플라스틱 포크가 똑바로 가리키는 방향을 보았다. 어느 무리에서도 멀찍이 떨어져 아무것에도 흥미 없는 듯이 정원수 주위의 하얀 의자에 혼자 앉아 있는 여학생이 있었다. 이스즈였다.

"왜?"

밑에서 이세하라가 살피듯이 올려다봤다.

"복수해 달라는 부탁을 받았거든."

"무슨 일을 당했는데?"

"어어."

가야마는 머리를 긁적였다.

"그건 안 물어봤어."

"아, 그래."

애초부터 관심 없었다는 듯이 이세하라는 자신의 생존 활동으로 되돌아갔다. 대체 내일부터 무슨 일이 일어난다는 말인가. 시원한 바람이 잔디 위를 지나갔다. 어두워진 숲이 수런거렸다. 어둠이 내리기 직전 서쪽 하늘에 별 하나가 떴다. 내일도 더울 것 같은데. 바나나라도 하나 챙겨 둘까. 가야마는 식재료 탁자 앞을 가로질러 사람들로부터 벗어났다. 불에서 멀어지자 조금 시원했다. 지대가 높아서일까. 무심한 얼굴로 의자 끝에 앉아 다리를 쭉 뻗고 있던 이스즈가 자신에게 다가오는 가야마를 쳐다보았다.

"혹시 쿼크쿼크인가요?"

가야마가 물었다.

"바나나는 왜?"

이스즈는 가야마의 손을 보았다.

"내일 재해가 닥칠 것 같아서요."

이스즈는 아무런 대꾸도 하지 않았다.

"나나카를 알아요?"

이스즈는 잠시 생각했다.

"몰라. 내가 아는 사람이야?"

나나카도 E^2에 다른 이름으로 등록한 건가. 그제야 생각이 거기에 미쳤다. 뭐, 할 수 없다. 그렇다면 더는 할 말이 없어진다. 혼자 있다는 건 혼자 왔다는 건가. 같은 나이일까, 선배일까. 아마도 선배일 거라고 생각해서 가벼운 경어를 썼다. "와아!" 하고 갑자기 등 뒤에서 오르는 소리에 돌아보니, 철판 하나에서 캠프파이어 같은 기세로 불이 피어올랐다. 주위 사람들은 깩깩거리면서 거리를 두고 불길이 가라앉기를 기다렸다. 괜찮을까.

"아까 했던 질문 말이에요."

가야마 자신이 생각해도 뜻밖의 말이었다. 짙은 군청색에 하얀 잉크가 튄 듯이 퍼져 가는, 마치 은하수처럼 보이는 티셔츠 차림의 이스즈가 얼굴에 불빛을 받으며 말없이 가야마에게로 시선을 되돌렸다.

"나도 계속 생각했던 거예요. 왜 수학으로 결투를 하는지."

이스즈는 눈을 가늘게 뜨고 들었다. 들리지 않는 것까지 듣고 있는 것처럼 보였다.

"하지만 질문이 잘못된 게 아닌가 하는 생각도."

"잘못되다니?"

"결투를 하면 자신을 알 수 있어요."

"자신?"

"자신이 남과 다르다는 것을 알고, 스스로를 알게 돼요. 수학은 혼자 하는 게 아니라는 말은 그런 의미가 아닐까 생각해 봤어요."

"혼자서는 계속하지 못하니까 그런 생각을 하는 거 아닌가."

아, 그럴지도 모르겠다. 또 다른 자신이 그렇게 납득했다. 그러나 곧바로 그 말을 부정하는 생각이 삐죽이 올라왔지만 이스즈를 보자 깨끗이 설득당하고 말았다.

그 분위기에.

그 시선에.

곧이어 이런 생각을 한 것은 왜일까.

"그럼 저랑 결투해요."

이스즈는 뜻밖이라는 듯이 천천히 얼굴을 들었다.

"왜?"

이 사람에 대해 알고 싶으니까. 그렇다면 왜 결투를? 싸워 보지 않고는 사람을 알 수 없으니까. 이상한 이야기처럼 들리지만 왠지 맞는 것 같기도 하다.

"받아들일걸. 틀림없이."

소리가 나서 돌아보니 한 남학생이 손에 플라스틱 컵을 들고 가까이 와 있었다. 불을 등지고 있어서 얼굴을 알아볼 수는 없었다.

"쿼크쿼크는 오는 사람 막지 않거든."

드디어 얼굴이 보였다. 아까 강의실에서 질문했던 꽁지머리 남학생이었다. 전부터 아는 사인지 이스즈에 대해 잘 알고 있는 듯한 말투였다.

"쟤는 결투 신청은 전부 받아들여. 그리고 진 적이 없어."

"진 적이 없다고?"

가야마는 놀라웠다.

"하지만 절대 먼저 결투 신청은 안 해."

"하고 싶지 않으니까."

이스즈는 담담하게 말했지만 진심으로 그렇게 생각한다는 게 느껴졌다.

"나도 4패를 당했지."

에헤헤 웃으며 남학생은 자신의 꽁지머리를 만지작거렸다.

"진 적이 없는데, 그런데도 결투를 싫어해요?"

가야마가 묻자 이스즈는 별 하늘 티셔츠를 어둠에 녹아들게 하려는 듯이 등받이에 몸을 맡기고 하늘을 올려다보았다.

"혼자서 할 때가 제일 아름답거든."

누구에게도 동의를 구하지 않는 듯한 중얼거림이었다. 실제로 구하지 않았으리라. 그것이 이스즈의 결론이다. 자신의 머릿속이 가장 아름답다. 그 감각을 모르는 건 아니다. 하지만 그렇게 단정적으로 말하는 태도가 대단하게 여겨졌다. 부럽다는 생각이 들었다. 꽁지머리 남학생이 고백하듯 말했다.

"그건 나도 동감. 아름다우니까 수학을 하는 거지."

"아름답다."

가야마는 혀로 굴리듯 그 말을 중얼거려 보았다.

"어째서 수학이 아름답다고 하는 거죠?"

"수학은 확실해. 풀렸는지 안 풀렸는지, 증명이 됐는지 안 됐는지 확실하지. 현실과 다르게 말이야. 그래서 난 결투도 좋아해."

꽁지머리 남학생은 계속했다.

"결투는 승패가 분명해. 심플하고, 끝난 뒤에도 애매한 게 하나도 없거든."

시원시원하게 말하고는 컵에 든 콜라를 단숨에 들이켰다.

"수학은 모든 학문의 왕이야. 안 그래?"

꽁지머리가 이스즈를 보았다.

"쟤랑 내 이름이 같아."

"이름?"

"쟤는 쿼크쿼크. 난 제6정다면체 경."

가야마는 무슨 뜻인지 이해가 되지 않았다.

"뭐가 같은데요?"

"쿼크(양성자, 중성자와 같은 소립자를 구성하고 있다고 생각되는 6가지 종류

202

의 기본적인 입자)는 수학에서 그 존재가 예언되었지. 있을 거라고 말이야. 누구도 본 적도 들은 적도 없지만 순수하게 수학이 그것의 존재를 예언했고, 그리고 실제로 있었어. 반대로 여섯 개째의 정다면체는 수학에 의해 결코 존재하지 않는다는 게 증명됐거든."

앞에 있는 두 사람은 닮은 듯도 했다. 순수한 것을 믿는 수정 같은 강인함이.

"사에구사 넌 아름다운 문제만 좋아하잖아."

이스즈가 이의를 제기했다.

"아름답지 않은 문제는 풀어 봐야 시간 낭비니까."

"그 꽁지머리는 아름다운 거예요?"

가야마가 끼어들었다.

"겉모습이야 아무렴 어때."

"그런가요."

"아무렴 어떻지 않을 것 같은데."

이스즈가 가야마 편에 섰다.

"무슨 소리야, 인간의 모습은 아름답지 않아. 정다면체 쪽이 아름답지."

"그런가요."

"당연하지."

아, 의견이 갈렸어, 하고 가야마는 생각한다. 잠깐의 동맹이었다.

"그렇다면 정다면체와 사귈 거예요?"

"이미 사귀고 있지."

어디까지가 진심인지 가늠이 안 됐다. 나나카는 복수해 달라고 말했다. 그렇다면 이스즈와 결투를 했단 말인가. 하지만 단지 졌다는 사실 하나만으로 복수를 부탁했다고 생각할 수는 없었다. 대체 무슨 일이 있었던 걸까.

"그럼 왜 결투를 받아들이는 거죠?"

의문을 던져 보았다.

이스즈는 사에구사와 하던 이야기를 멈추고 가야마를 올려다보았다.

가야마는 그 강렬한 눈빛을 고스란히 받아냈다.

"도망치지 않을 뿐이야."

어떻게 된 건지, 가야마는 어느 집 부엌에 있다. 부엌? 왜? 아, 이것은 그러니까, 그거구나.

"네 머리는 영업 중이냐?"

소리가 나서 돌아보자 한 노인이 부엌 입구에 서 있다. 노인은 답을 기다리지 않고 식탁 의자 중 하나에 앉는다. 그가 누군지 곧바로 알아챈다. 앞으로 에르되시 수 1을 얻을 수 있을까. 그렇게 상상하자 메달을 받은 것처럼 가슴이 뛴다. 하지만 하루에 19시간 동안을 계속해서 생각할 수가 있을까. 따라가지 못하고 금세 뛰쳐나가 버릴지도 모른다.

"영업 중입니다."

싱크대 앞에 선 채 노인에게 물어본다.

"무엇에 대해 생각합니까?"

"글쎄. 역시 소수가 좋다는 생각을 하지."

에르되시는 적절한 문제를 적절한 사람에게 제시했다는 일화를 떠올린다.

"그 전에 커피 좀 마실 수 있겠나. 되도록 진한 게 좋아."

커피? 그런 걸 준비할 수 있을까. 주위를 둘러보니 오래됐지만 말끔히 청소된 부엌 수납장 끝에 커피를 추출하는 사이폰이 보글보글 끓고 있다. 엎어져 있던 잔을 집어 들고 갓 추출한 커피를 따른다. 그것을 노인 앞에 놓고 자신은 맞은편에 앉는다. 노인은 손으로 예를 표하고 맛있는 듯이 홀짝 한 모금 마신다.

"소수는 고독하다고 생각하기 쉽지만 그렇지도 않다네."

"그런가요?"

"그리 생각하지 않나? 아직 우리가 모를 뿐이지 분명 비밀스런 연관이 있을 게야."

그리 생각하지 않나. 노인은 다시금 덧붙인다.

"소수정리[9]인가요? 리만 가설[10]인가요?"

"분명 아름다울 게야."

"수학은 아름답습니까?"

이렇게 말하고는 그걸 묻고 싶었던가, 하고 생각한다. 노인은 다시 커피를 마신다.

"베토벤 교향곡 9번이 아름답다는 걸 모르는 사람에게 그 아름다움을 설명할 수는 없다네. 수가 아름답다는 걸 나는 알고 있지. 수가 아름답지 않다면 이 세상에는 아름다운 게 없네."

그래서 19시간 동안 계속 생각할 수 있는 건가요? 주거지도 가족도 재산도 없이, 보잘것없는 슈트케이스 하나 달랑 들고 연구자들 사이를 떠돌며, 485명의 공저자와 역사상 2위에 올라설 정도로 많은 논문을 써 낸 건가요? 그보다 많은 논문을 쓴 사람은 단 한 명, 오일러.

"선생님은 수학을 왜 혼자서 하지 않은 거죠?"

노인은 커피를 다 마시고는 소리 나게 컵을 내려놓고 천천히 일어난다.

"왜 혼자서 해야 하지?"

그렇게 말하고 테이블 밑에 숨겨 둔 슈트케이스를 손에 든다.

"모두 함께하는 쪽이 빠르지 않겠나."

"하지만 누군가가 앞질러 갈지도 모르잖아요?"

노인은 질문의 의미를 모르겠다는 듯 눈을 가늘게 뜬다.

"문제는 얼마든지 있네."

그런 생각을 할 틈이 있다면 수학을 하게, 라는 말을 들은 기분이다. 노인은 문을 향해 걸어간다. 어, 지금 나가는 건가? 놀라서 말을 건넨다.

"어디로 갑니까?"

"서쪽 바다로."

"지금은 새벽 5시인데요."

내가 어떻게 그걸 알고 있지? 노인은 "흐음 그런가." 하고는 고개를 끄덕인다.

"그렇다면 틀림없이 집에 있겠군."

"어떻게 하면 그렇게까지 수학만 할 수 있습니까?"

노인은 부엌문을 열고는 뒤돌아보고 말한다.

"쉴 수 있는 시간이야 무덤 안에 들어가면 얼마든지 있잖나."

그 말에 걷어차인 듯이 가야마는 잠에서 깼다. 기다란 창문으로 아침 햇살이 들어왔다. 맞은편에서는 아직 신카이가 코를 골며 자고 있다. 그럴 줄 알았다. 꿈이었다.

아침은, 평소엔 아마도 학생식당으로 쓰이는 듯한 넓은 장소에 뷔페식으로 마련돼 있었다. 하지만 어젯밤과는 사뭇 공기가 달랐다. 잔디를 황금색으로 물들이는 아침 햇살은 화창했지만, 상쾌한 고원의 아침이었지만, 사람들이 모인 식당이었지만, 이야기하는 소리는 기분 탓인지 어제보다 적게 들렸다. 마치 시험 직전 같았다. 가야마는 아침을 먹으면서 주위를 둘러보았다. 이세하라가 한쪽 구석에서 어젯밤에 챙겨 둔 바나나를 먹고 있었다. 깨끗이 빈 접시에는 벌써 몇 개쯤 되는 껍질이 있고, 마지막 남은 바나나 하나를 덥석 입에 물었다. 가야마의 시선을 느꼈는지, 이세하라는 바나나를 입에 밀어 넣으면서 몇 번인가 고개를 끄덕여 보였다. 너도 먹어 둬, 라는 의미인가. 체구는 작은데 참 잘 먹는구나. 그렇게 감탄하면서 빵을 입으로 가져가는데, 시선 끝에 식당 안으로 들어오는 한 사람이 포착됐다.

대부분이 거의 식사를 마쳐 가는데, 지금 일어난 사람이 있나 싶어 보니 스메라기였다. 스메라기는 아직 잠이 덜 깼다는 걸 한 눈에 알아볼 수 있을 정도로 힘없는 발걸음으로 가이세이고등학교 무리가 앉은 테이블로 걸어갔다. 옆으로 지나갈 때 보니, 아니나 다를까 눈도 제대로 뜨지 못했다. 어제 강의실을 삼켰던 분위기는 찾아볼 수 없을 정도로 볼품없었다. 가이세이고등학교 무리에게는 그런 모습이 이미 익숙한지 빈 의자를 빼서 스메라기를 앉히고는, 음식이 담긴 식판을 앞으로 내밀었다. 스메라기는 눈을 몇 번 깜빡거리는 것으로 그러한 하나하나를 인식하려고 머리를 회전시키는 듯했다. 누군가가 커피를 가져다주자 가까스로 손을 뻗어 컵을 받아 들고는 눈을 감은 채로 홀짝거렸다.

"환멸을 느끼겠지?"

신카이가 히죽거리며 어젯밤에 애니메이션 캐릭터처럼 '안구 정화!'라고 탄복하던 쌍둥이 여학생들에게 물었다. 둘이서 동시에 안경을 밀어 올리고 품평하듯 대답했다.

"아니, 오히려 좋은데."

오늘도 바깥은 더운 하루가 될 것 같다고 생각하며 가야마도 커피를 마셨다. 식사를 마치자 집합까지 시간이 조금 남았다. 방으로 돌아와 태블릿을 켜고 고교 야구 지역 대회 준결승 일정을 확인했다. 가야마 학교가 첫 번째 순서였다. 조금 있으면 시작된다. 갑자기 매미가 울기 시작했다. 자, 오늘 하루도 시작해 볼까요? 하고 벌떡 일어서듯이. 폭 좁은 창문을 보았다. 밖은 초록빛 여름이었다. 가야마는 태블릿을 놓고 방을 나왔다.

다시 월을 올려다본다. 그것은 눈부신 아침 햇살 속에 조용히 가라앉아 있는 듯했다. 물론 다시 봐도 무엇이 쓰여 있는지는 알 도리가 없다. 언젠가 알 때가 오기나 할까. 그렇게 생각하면서 계단식 강의실에 들어가자, 어제와는 달리 질서정연하게 앉도록 자리 배치가 되어 있었다. 아무래도 알파벳순인 듯했다. 정해진 좌석에 앉았다. 책상 위에는 뒤집어 놓은 얇은 책자가 놓여 있다. 강의실 좌우에서는 진행 요원이 분주히 행사를 준비 중이다. 지금부터 사흘간 치러질 행사는 서바이벌, 그랜드 투어, 태그매치, 이렇게 세 가지다. 그렇게 설명을 들었다. 하지만 그 이름만으로는 무슨 내용인지 상상이 되지 않았다.

"장르 이름이 엉망이야."

바로 뒷자리에 앉은 신카이가 중얼거리는 소리에 가야마는 고개를 끄덕이며 투덜거렸다.

"수학으로 서바이벌을 하다니, 이해가 안 돼."

"수학 나라잖아."

신카이가 대꾸했다.

"벌써 납득한 거야?"

뒤돌아본 가야마를 내려다보며 신카이가 대답했다.

"갈 수 있는 데까지 어디까지나 가는 것뿐이잖아."

"하긴."

가야마는 다시 앞으로 돌아앉았다. 확실히 이해가 빠르다.

"기분 좋은 아침이어서 다행이다."

그렇게 입을 연 사람은 어제 나왔던 장년 남성 기무라였다. 오늘은 어제보다 편안한 차림이었고, 재킷도 입지 않았다. 그 때문인지 셔츠 속 불룩 나온 배가 눈에 확 띄었다. 여전히 실크해트는 쓰고 있었다. 실크해트에 집착하는 것만은 잘 알 수 있었다. 기무라는 어제처럼 경쾌하게 말했다.

"오늘은, 풍경을 즐기는 건 이걸로 끝이다."

왁자그르르 하는 웃음소리와 떨리는 목소리가 일었다. 그것을 배경음악으로 기무라는 손에 든 안내문을 틀리지 않게 읽어 내려갔다. 다섯 문제, 20분이 한 세트. 모든 문제의 정답자만 잔류. 5분간 휴식. 그러고 나서 다시 다섯 문제, 20분간 라운드 실시. 그러한 방식으로 되풀이. 모든 문제에 정답자가 없을 경우 최다 정답자가 잔류. 마지막 한 사람이 남을 때까지 계속된다.

"어때, 규칙은 단순하지?"

기무라는 그렇게 동의를 구하며 강의실을 올려다보았다. 하지만 어느 한 명도 동의하지 않는다는 것을 깨닫고는 어깨를 한 번 으쓱하고 손에 든 종이를 접었다. 제스처가 꼭 외국 사람 같군. 아무래도 상관없어. 가야마가 머릿속으로 생각하는데, 기무라가 쾌활하게 웃으며 알렸다.

"점심시간은 한 시간이니 안심해라."

이거였구나. 가야마는 맨 앞줄에 앉은 이세하라의 뒤통수를 내려다봤다. 그 애는 이미 임전 태세에 들어가 있었다. 마치 천적이 노려보는 순간 잽싸게 도망칠 준비가 돼 있는 작은 동물 같았다. 손은 벌써 책상 위에 놓인 책자를 넘기고 있었다. 기무라는 계단식 좌석을 둘러보고는 "준비는 다 된 것 같군." 하고 만족스러운 듯이 눈을 가늘게 떴다.

"올해 참가자, 그러니까 이 계단식 강의실에 앉아 있는 사람은 총 60명이다."

잠시 뜸을 들이고는 말을 이었다.

"언제쯤 끝날까? 설마 담백하게 끝나지는 않겠지."

참가자를 도발하는 말이라는 걸 모두 알고 있었다. 이 상황을 즐기고 있다는 걸 고스란히 드러낸 기무라에게 살기 어린 시선을 보내는 학생도 있었다.

"즐기는 자가 승리한다. 그럼 시작해 볼까."

기무라가 목소리를 낮추었다. 그리고 돌아서서 교탁 위 커다란 디지털시계에 손을 올렸다. 거기에는 20:00이라고 표시되어 있었다.

"제1라운드."

조용한 강의실은 저마다 준비하는 소리로 분주했다.

"시작!"

일제히 종이 뒤집는 소리가 울렸다.

강의실 안은 연필 굴리는 소리만 드득드득 울렸다. 기무라는 뒷문으로 살짝 강의실을 나왔다. 홀 앞의 홀에는 오늘도 티셔츠 차림의 소마가 있었다. 가슴팍에 '나는 보아도 나는 믿지 못한다.'라고 쓰여 있다.

"칸토어(독일 수학자로 집합론의 창시자)를 좋아하나?"

"그 광기 어린 구석이 미칠 것 같지 않나요?"

소마는 그렇게 대답하고는 가슴을 펴고 계속했다.

"근데 우연이에요. 다른 사람 것도 갖고 왔어요."

"그렇군."

기무라가 기지개를 켜며 대꾸했다.

"올해는 어떤가요?"

소마가 묻자 기무라는 기지개를 켠 채로 되물었다.

"소마 씨는 어떻게 생각하지?"

"건방져 보이는 애들뿐이네요, 올해도 역시나."

"소마 씨도 바로 얼마 전에는 그랬으면서."

"안 그랬어요."

"저들도 소마 씨처럼 자각하지 못하고 있을걸."

"저까지 싸잡아 취급하지 마세요."

기지개를 마친 기무라는 이번에는 허리를 돌리며 스트레칭을 하기 시작했다.

"참 부러워."

"뭐가요?"

"수학을 배운다는 건, 불멸의 신들에게 다가가는 것이다."

"플라톤."

소마는 손윗사람을 손가락으로 가리키며 몹시 아쉬운 듯이 말했다.

"그것도 갖고 있는데, 죄송해요. 이번에는 안 가져왔어요."

"신은 영원히 기하학 한다."

"그것도 플라톤. 플라톤 러브인가요? 플라토닉 러브인가요?"

"생각나는 대로 다 말하지 말라고."

"만물의 근원은 수다."

"피타고라스. 이거 놀이하는 건가."

"저런 코흘리개들이 뭐가 부럽단 거예요?"

스트레칭을 마친 기무라는 몸을 돌려 밖의 햇살을 보았다. 햇살이 강해졌다. 아, 여름이구나.

"철학자를 믿는 점이지."

소마는 흘끗 손목시계를 확인했다.

"기무라 씨는 믿지 않으세요?"

"소마 씨도 믿을 테지?"

"물론이죠."

우문이군요, 라는 정도의 말투였다.

"그런 식으로 순수하게 수학을 믿는 사람은 눈빛이 다르거든."

"젊음의 특권인가요?"

"세월이 흘러도 변하지 않는 사람도 간혹 있긴 하지. 히이라기 씨처럼."

"이 안에서 그런 사람이 나올까요?"

소마는 닫힌 강의실 문을 보았다.

"그거야말로 신만이 알겠지."

"그보다 이 합숙은 왜 이런 게임 같은 걸 하는 걸까요?"

"이상한가."

"강의를 해도 좋을 텐데. 일부러 이런 식으로 한다는 느낌이 들 거든요."

"흐음, 글쎄. 밤의 수학자에게 물어보라고."

"재능 없는 녀석들을 뭉개 버리기 위해서요?"

"그럴지도 모르지."

기무라는 다시 강의실로 돌아가려고 문으로 향하다 말고 덧붙였다.

"하지만 가슴에 그런 물음을 품고 있다면 걱정 없을 것 같은데."

무수한 수식이 둘을 내려다보았다.

그럼 왜 결투를 받아들이는 거죠?

문제를 푸는 동안 이스즈의 머릿속에 이따금 그 말이 어른거렸다.

어젯밤에 들은 그 말이 왠지 머리에서 떠나지 않는다.

그 물음에 즉시 답했는데도, 자신이 납득하지 못하는 건가?

왜 수학 문제를 시간을 겨뤄 가며 풀어야 하는가.

수학은 사람과 사람과의 승부가 아니다. 자신과 수학 그 자체와의 대화다.

그렇게 믿고 있다. 털끝만큼의 흔들림 없이.

시간이 아무리 많이 걸린다 해도 그 문제를 푼 기쁨에는 변함이 없다.

그 기쁨은 누구에게나 열려 있다.

시간을 다뤄 가며 승부를 겨루고, 그래서 패하면 수학과 맞지 않는 사람으로 낙인찍히는 것인가. 승부에서 패하면 스스로를 수학과 맞지 않는 사람이라고 믿고 떠나는 사람을 내는 것이 옳은 일인가.

그런 말도 안 되는 일이 또 있을까. 소수라는 것을 알았을 때, 소수가 어떤 규칙으로 나타나는지 누구도 모른다는 것을 알았을 때,

세계의 비밀이 눈앞에 있다는 생각에 가슴이 설레었다. 1부터 소수를 써 나갔다. 수가 커질수록 그 수가 소수인지 아닌지 확인하는 것이 점점 힘들어졌다. 종이가 아무리 많아도 부족했다. 이윽고 메르센 소수[11]의 존재를 알게 되고, 최대 소수가 경신되어 가는 것에 가슴이 뛰고, 메르센 소수와 완전수[12]의 관계를 알고, 리만 가설에 이르러서는 그 가설에 도전해 왔던 사람들의 역사와 그들이 발견한 것을 열심히 좇았다.

그것은 소수의 규칙이라는 성역에 도전하는 장대한 모험이었다. 물론 그 모든 것을 전혀 이해하지 못했고 아직도 못하고 있지만, 제타함수[13]며 1/2의 직선에 서서히 다가가는 이야기에는 어떤 지어낸 이야기보다도 마음이 설레었다.

한없이 심플한 소수 정리의 아름다움. 누구도 알지 못했던 것이 이런 심플한 식으로 표현되는 것에 대한 경이로움. 그것은 단지 우연일 뿐이라고 치부할 순 없었다. 누군가가 그렇게 만들었기 때문이라고 생각할 수밖에 없었다. 누가? 신이? 누구든 상관없다. 하지만 나는 그 정도로 아름답게 만들어진 세계에 있다. 그것이 언제든 나를 뒤흔들어 놓는다. 그 아름다움은 사람 손이 닿는 곳에는 없다. 라그랑주의 네제곱 정리[14]도, 오일러 공식도 왜 그렇게 성립되는지는 모른다. 단지 그렇게 돼 있다는 것, 그 사실만 알고 있을 뿐이다. 그 신비로움에 접하는 것만으로도 자신이 지금 있는 곳이 올바르다고 느껴졌다.

그것만으로 좋은데.

왜 수학올림피아드 같은 게 존재하는 걸까.

나는 무엇에 분노하는 거지?

그럼 왜 결투를 받아들이는 거죠?

주어진 모든 문제를 풀고 연필을 내려놓았다. 아직 시간은 남았다. 주어진 문제를 푸는 고등학교 때까지의 수학은 단순히 페인트칠을 하는 것과 같다. 누군가가 준비한 벽을 칠하는 것뿐이다. 칠하는 연습을 할 뿐이다. 진정한 수학은 아직 누구도 모르는 곳을 걷는 것이다. 그 새하얀 아름다운 풍경을 세상에서 처음으로 단 한 사람, 자신이 보는 것이다.

그렇게 가르쳐 준 사람은 지금 일본에 없다.

그 풍경을 찾아 멀리 떠났다.

제한된 규칙으로 우열을 가리는 수학으로부터 수학의 아름다움을 지키기 위해 싸운다고?

그건 모순에 지나지 않는다.

아름답지 않다.

나는 왜 수학처럼 아름답지 않을까.

부저가 울렸다.

제7라운드까지 탈락자 없음. 다음에는 재미있는 문제가 나오면 좋겠다고 생각하며 미에다는 물을 한 모금 마셨다. 출제 범위는 대수, 조합, 이산 수학, 도형, 기하, 정리 문제, 수론 등 무차별적이었다. 주위를 둘러보았다. 머릿속이 빙글빙글 휘저어진 듯 눈의 초점이 맞지 않는 참가자도 있다. 시작한 지 세 시간 가까이 됐으니 당연하다면 당연한 일. 하지만 태연히 다음 문제를 기다리는 참가자도 많다.

제8라운드가 시작되었다. 다섯 문제가 출제된 문제지를 쓰윽 훑어본다. 그중 한 문제가 마음에 걸린다. 당장은 풀이가 떠오르지 않는다. 거의 접해 보지 못한 형식이다. 긴 지문을 거푸 두 번 읽고 나서야 의미를 이해하고, 잠시 그 문제가 요구하는 것을 머릿속으로 생각한다. 이윽고 경우의 분류를 요구한다는 것을 알아차린다.

그러나 거기서 일단 사고를 멈춘다.

그 해법은 그다지 아름답지 않다.

좀 더 아름다운 해법이 있지 않을까.

그런 생각이 머리를 스쳐 갔다.

상반신을 일으킨다. 모두가 아래를 향하고 손을 멈추거나 혹은 손을 움직이고 있다. 왼쪽으로 고개를 돌리자 밝은 여름의 한낮 풍경이 펼쳐져 있다. 무슨 딴짓이야, 하는 표정으로 이쪽을 주시하는 진행 요원이 있다. 조금 우습다. 아마 20분으로는 무리겠지. 아주 잠깐 어떻게 할지 생각해 봤지만 답은 이미 정해져 있었다. 미에다는 그 긴 문제의 해법을 생각하기로 했다. 시간이 정해진 상태에서 생각하기보다 이런 식으로 재미있을 것 같은 문제를 발견하면 계속 그것을 생각하는 게 좋다. 거기에 수학의 참맛이 있는 게 아닐까. 하나의 문제를 차분히 생각하는 것이다. 답을 찾는 건 중요하지 않다. 어떤 식으로 푸는지, 어째서 이런 문제가 생성됐는지, 어째서 이런 숫자가 설정됐는지……. 상상과 불쑥 떠오른 느낌이 향하는 대로 자유롭게 생각하는 시간이 자신에게는 수학이었다. 시간에도 그 무엇에도 속박받지 않고 몽상하는 시간이 자신에게는 수학이었다. 물리지도 않고 뼈다귀를 계속 뜯고 빨아 대는 강아지 같은걸. 미에다는 자신의 강아지 아키타견을 떠올리며 그렇게 생각한다.

스스로 새로운 생각을 발견하는 것.

이미 발견된 것을 자신이 발견하는 것.

신으로부터 직통 전화를 받는 순간을 맛보는 것.

바로 그 순간에 수학의 아름다움이 있다.

아인슈타인은 공간이 휘어져 있다는 터무니없는 사실을 수학에서 이끌어 냈다. 쿼크라는 소립자의 존재는 수학의 그룹 이론(group theory)에서 예측되었다. 수학은 신이 만든 언어니까.

부저가 울린다. 미에다는 첫 탈락자 중 한 명이 된다. 일어나서 강의실을 나간다. 문제는 기억하고 있다. 어디 조용한 곳에 가서 계속 생각해야지. 미에다는 걷기 시작했다.

참가자가 줄어들기 시작했다. 매 라운드에서 탈락자가 나왔다. 오전 마지막 라운드가 끝나고 점심시간이 되었다. 아직은 남은 사람이 더 많다. 가야마는 후다닥 카레를 먹어 치우고는 머릿속을 텅 비운 채로 식당 안을 둘러보았다. 피로감을 내비치면서도 웃는 얼굴로 카레를 먹는 또래들을 보며 생각한다. 이 친구들은 똑같은 상황에서도 즐기고 있구나. 자신처럼 흥분하는 사람 따위 없다는 걸 그제야 깨닫는다. 그러나 일찌감치 식사를 마친 애들은 시체처럼 여기저기 널브러져 있다. 식당 테이블에 엎드려 있거나 소파에 누워 있거나……

식당 구석에서 또 볼이 미어지게 바나나를 먹는 이세하라가 눈에 들어왔다. 대체 몇 개나 먹는 거냐? 가야마는 그렇게 참견할 여력도 없어서 작은 야생동물을 관찰하듯 볼록한 볼을 우물거리는 그 애를 바라본다. 계획적인 확실한 영양 보충 덕분인지 이세하라도 아직 살아남았다.

"생각해 봤는데."

가야마가 입을 열었다.

"오우."

신카이가 대꾸했다.

"갈 수 있는 데까지 끝까지 가면 말이야."

"오우."

"뭐가 있을까, 거기에?"

"뻔하지."

"뻔한 건가."

"몰라?"

"가르쳐 주십쇼."

"넌 수학 문제의 답을 남에게 듣는 걸로 만족할 수 있어?"

"만족할 수 없습니다, 선생님."

"청년, 스스로 확인해 보게나."

"선생님, 저는 눈이 뜨였습니다."

사이다의 탄산으로 뇌를 깨우면서 가야마는 신카이와 머리를 쓰지 않아도 되는 싱거운 대화를 나누었다. 이 둘도 아직 살아남았다. 오일러클럽 무리가 축 늘어진 신카이 옆으로 지나갔다. 물론 그들은 전원 살아남았다. 니와세가 돌아보고는 가야마를 향해 예의 그 앳된 미소를 보냈다.

여름 한낮의 식당, 조용히 시간이 흘러갔다.

강의실로 돌아가던 가야마는 나무그늘이 얼룩무늬를 빚어내는 테이블에 혼자 앉은 남학생을 보았다. 많은 친구들이 강의실로 향하는데도 그 남학생은 그 흐름과 무관한 시간 속에 있었다. 미에다가 가야마의 시선을 느끼고, 녹음 속에서 온화한 얼굴로 살짝 손을 들어 응수했다.

잘해 봐.

그런 성원이었을지도 모른다.

마치 수학자 같다.

혹은 수학을 좋아하는 소년 같다.

오후가 되었다. 점심시간에 쉬었다고는 하지만 이 시간대는 저승으로 들어가는 귀문(鬼門)이다. 아직도 40명 가까이 남아 있다. 소마의 구령으로 제10라운드가 시작됐다. 문제의 난이도가 여실히 올라가기 시작했다. 이전 라운드보다 많은 탈락자가 빗살 빠지듯 자리를 떴다.

강의실을 나가는 사람도 있지만 강의실 뒤 빈자리에 앉아 상황을 관전하는 사람도 있었다. 라운드가 끝나고 곧바로 채점에 들어간다. 누가 남고 누가 빠지는지 알게 될 때마다 그들은 스포츠 도박이라도 하는 듯 흥분하여 소곤소곤 이야기를 주고받았다. 전쟁터에 남은 앞의 그룹과는 대조적으로 뒷자리에 앉은 구경꾼은 후련한 얼굴이었다. 강단에 서 있으면 그러한 광경이 한눈에 들어온다. 소마는 부채질하듯 티셔츠를 팔락팔락하며 혼자서 후후 웃었다.

제11라운드, 세 명 탈락. 아직은 100퍼센트로 정답을 맞히지 못하면 다음 라운드로 올라가지 못한다. 한 문제만 틀려도 탈락이다. 예년에 비해 수준이 높은 것 같군. 기무라는 의자에서 부채질을 하면서 전쟁터의 용사들을 바라보았다.

제12라운드. 오후 시간에 들어 위를 향하지 않으면 익사해 버릴 듯 아슬아슬한 상태였던 신카이는 문제지를 펼치고 나열된 다섯 문제를 살폈다. 여기에서 미끄러지는 건가? 직감적으로 그중 한 문제는 손도 못 댈 거라고 생각했다. 다른 문제를 먼저 해치우기로 했다. 비교적 쉬운 것부터. 처음엔 어려워 보였지만 해법을 떠올려 소화했던 문제다. 자신의 연필은 아직 멈추지 않고 있다고 스스로를 고무시킨다. 하지만 이 문제는 아마 다른 참가자도 풀 수 있을 거다. 냉정하게 그렇게도 생각했다.

예상대로 그 한 문제가 남았다. 심플한 기하 문제였다. 하지만 심플한 만큼 더더욱 손을 대기가 어려웠다. 사고가 헛돌기만 할 뿐 진전이 없을지도 모른다. 걱정했던 대로 단서도 찾지 못한 채 너덜너덜해질 정도로 같은 곳을 몇 바퀴째 빙글빙글 돌고 있다. 기하가 아니고 대수적으로 처리할 문제인가. 다른 접근법을 떠올려 보았지만 그것도 구체화하지 못할 것 같았다. 자신이 모르는 정리나 규칙이라도 이용해야 하는 것일까. 풀리지 않는 문제를 만날 때마다 생각한다. 나는 왜 이런 문제도 풀지 못하는 건가.

— 갈 수 있는 데까지 끝까지.

그것은 자신에게 들려주는 말이었다. 수학을 처음 시작했을 때는 풀리지 않는 문제도 푸는 방법만 이해하면 결국은 풀렸다. 하지만 갈수록 풀리지 않는 문제를 푸는 것이 점점 어려워졌다. 이미 자신이 어느 정도 수준까지 올라왔기 때문에 수학이란 높이가 점점 넘기 어려운 것으로 보이리라. 눈앞의 비탈도 넘기 어려운 듯이 보이기도 한다.

하지만 그것도 넘을 수 있는 사람이 있다.

지금 자신 주위에 있는 녀석들.

자극제인 동시에 그것은 중압감으로 다가온다.

재능일까.

재능이라는 말이 싫었다.

믿을 수 없는 데다 또 얼마나 열 받는 말인가.

그러나 어김없이 제12라운드의 끝을 알리는 부저가 울리고, 신카이는 자리에서 일어났다. 가야마는 남았다. 상기된 얼굴로 눈을 깜빡거렸다. 푼 건가. 아이 씨. 신카이는 투덜거리며 강의실 문을 열고 밖으로 나왔다.

— 갈 수 있는 데까지 끝까지.

다시금 그 말을 자신에게 들려주면서.

강의실 밖 홀은 시원했다.

제13라운드. 확률 문제에 걸려 또 탈락자가 나왔다.

제14라운드. 남은 사람은 스무 명이 안 됐다. 그러나 그 얼굴들을 둘러보고 니와세는 상황을 파악한다. 장기전이 되겠군.

제15라운드. 유리창으로 들어오는 저녁 햇살과 열기로 강의실 안은 더웠다. 문제를 펼친다. 읽는다. 머릿속에서 방법을 몇 가지 검토한다. 곧바로 결정 난다. 계산을 해 나간다. 과정을 생략하고 앞으로, 앞으로 샤프펜슬을 내달린다. 이렇게 많은 사람이 왜 이런 아무짝에도 도움이 안 되는 일에 열중하는 것일까. 연필이 미끄러지는 소리를 듣고 있자니 문득 그런 생각이 떠올라 피식 웃는다.

자신의 답은 정해져 있다.

자신만만하다. 단지 그뿐이다.

애초에 축구에 자신 있었다면 축구를 했을 것이다.

이 세상은 궁극적으로는 경쟁으로 이루어진다. 친구 관계나 연애도 다른 사람이 아닌 자신이 선택받는다는 의미에서는 경쟁이다. 학급도 가족도 사회도 경쟁으로 돌아간다. 그것을 부정하는 건 자유이지만 그건 거짓이다.

제16라운드, 17라운드. 남아 있는 사람은 한 자릿수다. 라운드 중간에 슬쩍 돌아보았다. 스메라기는 당연한 듯이 앉아 있다. 확인할 필요도 없어. 그 모습은 그렇게 말하는 것처럼도 보였다.

제18라운드. 딱히 수학을 좋아했던 건 아니다. 단지, 자신 있었을 뿐. 자신이 아무런 어려움 없이 생각해 내는 일을, 누구나 다 똑같이 할 수 있는 건 아니라는 사실을 알았을 때는 무척이나 놀랐다. 두 자릿수 곱셈을 암산으로 할 수 있는 것이 자신 이외에는 당연하지 않음을 알고는 진심으로 놀랐다. 이런 쪽으로 재주가 있다는 자기 인식에 이르기까지는 오래 걸리지 않았다.

원했던 것도 아니다. 하지만 그랬다. 그렇다면 자신이 지닌 힘과 시간을 거기에 쏟아 부어야 한다. 여기에 있는 누구보다도 위로 올라가야 한다. 단순한 거다. 그러기 위해 해야 할 일을 생각하는 것은 가슴 뛰는 일이다. 이룰 수 없을 거라고는 생각하지 않는다. 자신을 신뢰하므로. 천재라고 불리던 수학자에게도 분명 정복욕은 있었을 터. 수학을 재미있다고 생각한 적은 그다지 없다.

하지만 수학 문제가 풀리는 것은 재미있었다. 배우면 배울수록 풀리는 영역이 늘어나는 것도 재미있었다. 갈수록 문제에 접근하는 방법이 많이 떠올랐다. 머릿속으로 몇 가지 방법을 시도해 보고 어느 것이 옳은지 결론을 내리는 것도 점점 가능해졌다.

무기 사용법을 익히고, 뜻대로 사용할 수 있게 되는 향상감, 그리고 전능감.

그 쾌감에 더해 승리의 감각까지.

그것이 자신이 바라는 것이었음을 알았다.

제19라운드. 저녁 햇살이 유리창 안으로 비쳐 들었다. 창밖은 무더웠던 하루를 마무리하느라 한창이다. 계단식 강의실 형광등이 빛을 뿌린다. 사이다를 다 비우고 가야마는 주위를 둘러보았다. 남은 사람은 여섯. 스메라기, 니와세, 그리고 두 남학생. 그 둘은 언제나 이들과 같이 다녔으니 분명 오일러클럽 멤버일 터. 그리고 이스즈. 거기에 가야마 자신도 남았다. 내가 남았구나. 올라오는 트림을 꾹 내려보낸다. 어떻게 남을 수 있었을까. 의아했다. 연거푸 문제를 푸느라 멍해진 머리는 그저 다음 라운드를 기다릴 뿐이다. 여섯 명뿐인 강의실, 왜 이런 곳에 있을까. 잘 모르겠다.

어디에 있는 걸까. 내가.

하하하. 자신 안의 누군가가 웃는다.

수학을 시작한 뒤로 오로지 그 생각뿐이었던 것 같다.

몇 번이나 생각했을까.

첫 풍경을 볼 때마다 생각했을 거다.

쓰쿠모서점에서 소고를 만났을 때.

혹은 합숙 초대장을 봤을 때.

첫 풍경을 볼 수 있을지 모른다는 기대에 가슴이 고동쳤다. 그렇구나. 첫 풍경이 보고 싶어서 수학을 계속하는지도 모른다. 하지만 첫 풍경은 조금 무섭다. 이렇게 있으면 중력이 없어진 것처럼 몸 둘 곳이 없는 느낌이다. 몸이 떠 있는 듯하다.

— 산을 오를 때는 왜 산에 오를까 그런 생각은 안 해.

아, 다음 라운드가 시작된다.

언제나 문제지를 받고 나면 침착해진다.

이 순간만은 언제든 어디서든 변하지 않는다.

옛날이나 지금이나.

일본에서든 지구 반대편에서든.

부저야, 빨리 울려라.

어서 시작돼라.

제20라운드가 끝났다. 2라운드 연속 탈락자 없음. 남은 여섯 명은 낯빛 하나 바뀌지 않는다. 소마는 강단에 서서 강의실 안을 둘러본다. 그토록 좁아 보이던 강의실이 지금은 사람이 징검다리처럼 듬성듬성 남아서 꽤 넓어 보인다. 도리어 뒤쪽 탈락자 구역의 인구밀도가 높다. 밖에 나갔던 무리도 결말이 가까워지자 다시 돌아와 앉았다. 해는 이미 떨어졌다. 저녁 식사는? 하고 말을 꺼내는 사람도 없다. 아니, 차마 꺼낼 수 없을 것이다. 이 강의실에 들어오면. 남은 여섯 명은 한마디도 하지 않았다.

"제21라운드."

티셔츠 차림의 소마가 감정을 지운 목소리로 선언했다. 자신의 목소리에 움찔 놀란다. 왜 이렇게 진지한 목소리를? 이 여섯 명이 내도록 한 건가. 건방진 녀석들 같으니라고. 나도 저기에 있으면 좋았을 텐데. 왜 이런 곳에 서 있어야 하지? 왜 이런 역할을 해야 하지? 그런 속내를 드러내지 않고 큰 소리로 말한다.

"시작해!"

문제지 뒤집는 소리가 난다. 강의실은 잠시 정적에 감싸인다. 드디어 연필 움직이는 소리가 나기 시작한다. 가장 빠른 아이는 언제나 니와세. 뭔가에 재촉당하는 듯이, 문제지가 덮치기라도 하는 듯이 내달린다. 아마도 그 애한테는 망설임이란 없을 것이다. 하면 할 수 있다는, 자신에 대한 신뢰가 느껴진다. 그리고 이따금 흘끗거린다. 다른 곳을 보고 있으면 눈치채지 못할 정도의 짧은 순간, 다른 참가자를 살피곤 하는 니와세의 모습을 소마는 보았다.

스메라기, 이스즈, 유게는 담담하다. 무슨 생각을 하는지 가늠하기 어렵다. 고속으로 회전하는 팽이처럼, 초조함이나 흔들림은 털끝만큼도 없다. 손을 움직이는 것마저 조용하다. 하지만 자세히 보면 연필의 움직임은 저마다 다르다. 이스즈의 움직임은 뭔가가 번쩍 찾아온 순간에 재빨리 그것을 적어 두려는 것처럼 신속하다. 재능의 번쩍임이 그대로 드러나는 모습이 표범을 연상시킨다. 반대로 유게는 마라톤 선수처럼 담담하고 꾸준한 모습이다. 스메라기는 일단 쓰기 시작하면 끝까지 쓰고, 그리고 다시 멈춘다. 마치 이미 나온 답을 단지 문자로 옮길 뿐이라는 듯이. 그들 저마다의 고요함은 당연히 높은 집중력에서 나올 테지만, 그렇게 하지 않으면 안 된다는 긍지 같은 것도 언뜻 엿보인다.

소마는 그렇게 느꼈다. 그들에게는 분명 저마다의 미학이 있을 것이다. 수학은 반드시 이래야 한다는 미학이. 건방지게도. 자각하고 그러는지, 아니면 자신도 알아차리지 못하는 중에 드러나는지, 그것은 연필 놀림에도 나타난다. 연필 놀림은 그 사람의 수학이 운동하는 리듬이다. 소마는 멋대로 그렇게 생각한다.

미마사카는 니와세와는 다른 의미에서 침착성이 없다. 그 앤 좀처럼 손을 움직이지 않는다. 대신 표정이 순간순간 바뀐다. 이쪽을 보다가 저쪽을 보고, 눈썹을 찡그리기도 하고, 입술을 일그러뜨리기도 하는 등 머릿속 움직임이 거동에 여실이 드러난다. 이미지력이 뛰어날 거라고 소마는 생각했다. 어쩌면 집중력보다 이미지력이 뛰어나서 분방하게 솟아오르는 이미지에 좌우되는 타입인지도 모른다. 아마도 자신과 같은 타입일 것이다.

나머지 한 아이를 본다. 가야마는 그저 연필을 움직일 뿐이다.

규칙적이지도 않다. 멈췄다 움직였다, 리듬도 일정하지 않다. 그런 것을 의식하지 않은 듯했다. 눈에 띄는 특징도 없고, 보고 있으면 재미있는 구석도 없다. 참 따분한 녀석이네. 오히려 그렇게 생각했을 정도다. 하지만 바로 전, 구체적으로는 불과 한 라운드 전에 소마는 불현듯 깨달은 것이 하나 있다.

보통은 문제를 푸는 내내 연필을 쥐고 있지는 않다. 의식하거나 의식하지 않아도 무의식적으로 빙그르 돌리거나, 혹은 한번 놓아 보거나, 이마에 손을 짚어 보거나 한다. 누구나. 하지만 가야마는 문제를 푸는 동안은 결코 연필을 놓지 않는다. 줄곧 쥐고 있으면서 언제든 종이에 쓸 수 있는 상태를 유지한다. 한동안 쓰지 않고 멈춘 채로 있다 해도. 마치 그것을 놓으면 안 된다는 듯이. 손에서 놓으면 뭔가가 끝나 버린다고 생각하는 것 같았다. 그렇다고 초조한 기색도 쫓기는 모습도 없다. 너무나 자연스러워서 지금껏 눈치채지 못했다. 소마는 그걸 알고 나서부터 가야마를 주목해서 보았다. 이렇게 보는 처지가 돼서야 비로소 알게 되는 것도 있구나. 수학 문제를 풀 때, 이런 모습이구나. 저마다 차이는 있을 테지만.

제21라운드가 끝났다. 탈락자 없음.

제22라운드가 시작된다. 에너지를 소모하고 있다. 여섯 명이 아니라 주위 탈락자들이. 한심한 애들이다. 동시에 생각한다. 남아 있는 쪽이 속 편하겠구나. 소마는 고개를 돌렸다. 재능이란 뭔가. 지금껏 스스로에게 수없이 던진 물음이 다시금 떠올랐다. 몇 라운드 전부터 난이도가 한 단계 높은 문제를 풀어 온 여섯은 이미 그 실력이 입증됐다. 그렇다면 지금부터는 무엇으로 실력 차이를 보여 줄 수 있을까. 수학을 사랑하는 마음 하나만으로는 살아남을 수 없다. 수학은 그 정도로 상냥하지 않다.

누구보다 열렬히 사랑했다 해도 수학이 그 사랑을 돌려줄 리 없다.

여기서 차이가 벌어진다면 무엇이 그것을 갈라놓을까.

재능인가.

혹은 노력인가.

여기까지 온 그들에게 그것이 부족하다고 생각하지는 않는다.

그렇다면.

그 근소한 차이는 대체 뭐란 말인가.

소마는 알고 싶었다. 자신을 위해서. 그동안 해 오던 연구가 벽에 부딪혀 속수무책으로 손을 놓고 있을 때 이 합숙의 자원봉사 제의가 들어왔다. 계속해 왔던 수학이 꼴도 보기 싫어진, 태어나서 처음 겪는 사건에 당혹스러워하던 시기였다. 오로지 수학밖에 하지 않았기에, 줄곧 수학을 해 나갈 거라고 생각했기에 수학 이외에는 아무것도 모르고 살아왔다. 그제야 아무것도 모르는 자신을 깨달았다. 불현듯 두려웠다. 자신이 수학을 계속하지 않을지도 모른다는 것이. 어쨌든 수학의 제일선에 있을 수 없게 될 때가 반드시 온다는 사실을, 그런 당연함을 비로소 깨달았다. 그때가 오면 자신은 어떡해야 할까. 무엇을 해야 할까. 수학 학원이라도 열어 아이들을 가르쳐야 하는가. 소마는 고개를 저었다. 지금으로서는 그런 일을 한다는 생각만으로도 미칠 것 같다. 그런 상상이 머리를 맴돌던 때였으므로 휴식을 취한다는 생각으로 합숙 자원봉사에 참여한 것이다. 왠지 자신이 원했던 답이, 그 단서가 지금 눈앞에 있을 것도 같았다. 불현듯 그런 예감이 들었다.

눈을 감는다. 만약 이 중에서 한 명이 남는다면 누구일 거 같아?

자신에게 묻는다. 두 명이 떠올랐다. 스메라기와 이스즈의 의연한 모습이.

눈을 뜨고 시계를 보았다.

제22라운드가 끝났다. 커다란 함성이 일었다. 만점자 없음. 네 문제를 맞힌 사람이 둘. 넷이 자리를 떴다. 니와세는 초조함을 감추지 못한 채, 이스즈는 자신을 용서할 수 없다는 듯이, 그러나 조용히. 유게는 심호흡을 한 번 하고, 미마사키는 머리를 긁적거리면서 쓴웃음을 지었다. 자리를 지키고 있는 건 스메라기와 가야마였다.

스메라기는 아무런 표정 변화 없이 페트병의 물을 한 모금 마셨다. 가야마는 멍하니 깜깜해진 창밖을 쳐다보았다. 아니, 유리에 비친 자신의 모습을 보는지도 모른다. 가야마란 말이지. 소마는 예상의 절반이 빗나간 것에 놀랐고, 그것은 곧바로 미지의 수수께끼로 바뀌었다. 왜 가야마가 남은 걸까. 우연인가. 그렇게 말한다면 그뿐이다. 컨디션이 좋지 않았다. 운이 없었다. 너무 먹어서 머리가 잘 돌아가지 않았다. 에너지가 바닥났다. 취약한 문제가 나왔다. 누구나 이유는 얼마든지 댈 수 있고, 실제로 그런 이유 때문일 수도 있다. 하지만.

"제23라운드."

단 두 명 앞에 문제지가 놓였다.

소마는 둘을 확인한다.

"시작해."

강의실 위쪽에서 많은 참가자들이 둘의 대결을 지켜본다. 입을 다문다. 가끔 소곤거리는 애들도 있다. 누가 이길까? 그런 얘기를 하는 건가. 왜 가야마가 남았을까. 눈에 띄는 점은 없다. 오히려 진즉에 떨어졌어도 이상할 것 없다고 생각했다. 왜 그렇게 생각했을까. 그 애한테는 패기가 없다. 번뜩이는 재능도 없어 보인다. 자신의 눈을, 마음을 끄는 점이 없다. 어느 모로 보나 평범한 아이다. 그래서 의문이 드는 것이다. 하지만 고쳐 생각한다. 다른 아이들에 비하면 그 애한테는 그런 구석이 너무 없다고도 생각된다. 단지, 결코 연필을 놓지 않을 뿐이다.

역시, 그런 점인가. 그렇다면 그것은 뭘까.

근소한 차이, 그것은.

자신에 대한 긍지도 없다.

타인보다 빼어나게 특출한 생각을 하는 것도 아니다.

그저 무심하게 있는 것.

조금 전 휴식 때 멍하니 있던 가야마의 얼굴을 떠올렸다.

문제를 붙들고 그저 연필을 놓지 않았다. 계속 쥐고 있었다.

그것이 근소한 차이란 말인가.

그 깨달음이 섬광처럼 소마 자신을 찔렀다.

언제부터 이런 부질없는 생각을 하게 됐을까. 오전에 기무라가 얘기한 눈의 광채. 그것이 정말로 나에게 남아 있기나 한 걸까. 자신이 어느새 몹시 탁해졌다는 걸 지금껏 모르고 있었단 말인가.

그저 무심할 것.

말도 안 돼, 하고 소마는 남몰래 입술을 깨문다.

그런 괴로운 일.

눈을 가늘게 뜬다. 언제부터 그것을 괴로워하게 됐을까.

가야마를 본다. 하루 종일 실컷 봤는데도 마치 다른 인물 같다.

저것은 시작의 광채다.

자신도 예전에 지녔던 광채다.

여전히 자신의 어딘가에 존재한다고 믿고 싶은 광채.

제23라운드가 끝났다.

하지만.

그래도

그마저도 흩뜨리고.

마지막까지 앉아 있는 건 스메라기였다.

뷔페식 저녁 식사를 마치자 모두가 자리를 뜨기 시작했다. 가야마는 옆에 누군가 서 있는 기척에 돌아보았다. 이세하라였다.

"좋아하는 숫자는?"

뜬금없는 질문에 가야마는 즉각 대답하지 못했다. 잠시 생각하고는 어김없이 바나나를 손에 들고 있는 그 여학생에게 답했다.

"으응, 1729."

"라마누잔 수."

이세하라가 고개를 끄덕였다. 어느 날, 인도의 천재 수학자 라마누잔은 처음 만난 선배 수학자 하디에게서 택시 번호판에 적힌 숫자에 대해서 듣는다. 하디는 따분한 숫자라고 말했지만 라마누잔은 그 얘길 들은 순간 "두 세제곱의 합으로 나눌 수 있는 최소의 수."라고 잘라 말했다고 한다. 즉, $12^3 + 1^3$과 $10^3 + 9^3$의 두 가지.

"하지만 91이 최소의 수야."

그 여학생은 태연하게 말했다.

"마이너스를 쓰면."

거기까지 말하고 가야마는 머릿속으로 생각해 보았다. $4^3 + 3^3$과 $6^3 + (-5)^3$인가.

"난 사람을 보면 그 사람이 좋아하는 숫자와 함께 기억해."

"그래?"

가야마도 잠시 생각했다. 이 여학생도 한 번 본 숫자를 기억할 수 있을까. 궁금증과 달리 다른 말이 나오고 말았다.

"넌 어떤 숫자를 좋아하는데?"

"1에서 8까지를 한 번씩 사용하는 여덟 자릿수 제곱수 중 가장 작은 건?"

순간적으로 생각했다. 마치 파블로프의 개 같아서 자신이 우스 꽝스러웠다.

"13527684."

$13527684 = 3678^2$.

"가장 큰 건?"

"81432576."

$81432576 = 9024^2$.

"그럼 1에서 9까지를 한 번씩 사용하는 아홉 자릿수의 제곱수 중 가장 작은 건?"

"139854276."

$139854276 = 11826^2$. 한 번 생각해 봤던 숫자는 절대 잊지 않 는다.

"1부터 9까지를 한 번씩 써서 A = B^{2}의 형태로 만들 수 있어?"

그건 모르겠다.

"여하튼 좋아하는 숫자는 뭐야?"

"45야."

그럼 지금까지의 문제는 뭐였지.

"왜 45지?"

"내 생일이고, 카프리카 수(어떤 수의 제곱수를 두 부분으로 나누어 더했을 때 다시 원래의 수가 되는 수)니까."

과연. 이세하라는 자신의 생일이 그런 수라는 게 마음에 들었을 것이다.

"마지막 문제, 답 봤어?"

"봤지. 그 문제는 20분으로는 어렵다고 생각했어."

"한 시간을 줬으면 풀었을 거야."

어쩌면 존재했을지도 모르는 미래라도 보듯이 이세하라는 힘이 넘치는 눈빛으로 그대로 슬리퍼 끄는 소리를 내며 사라져 갔다. 가야마는 방으로 돌아와 태블릿을 확인한 것까지는 기억했다. 오지의 야구부가 지역 대회 준결승에서 승리하여 결승에 진출한 것도. 그런데 정신을 차리고 보니 방은 온통 깜깜했고 옆에서 신카이의 숨소리가 들렸다. 시계를 확인한 뒤에야 날짜가 바뀌기 직전인 걸 알고는 무거운 몸을 일으켰다.

어제도 의아했지만, 대학에 왜 목욕탕이 있는지 역시 의아했다. 탈의실에 붙은 안내문을 보고서야 짐작이 갔다. 외국 손님을 위한 거구나. 그런데 외국 손님이 오기나 할까. 학회 같은 행사에 오려나. 목욕탕은 입욕 시간이 거의 끝나 갈 무렵이라 아무도 없었다. 서둘러 목욕을 마치고 나와 자신의 발소리 외에는 아무런 소리도 없는 불빛이 줄어든 숙소 내부를 걸어갔다. 인기척이 없는 넓은 공간은 마치 우주선 같았다. 사람의 발길이 끊어졌는지 조용했다.

"아직 안 잤구나."

소리가 메아리쳐서 마치 거인 같은 목소리로 돌아왔다. 산책하고 오는 길인지 스메라기가 다가왔다. 월 앞 벤치에서 시원한 바람을 쐬던 가야마는 자세를 조금 바로 잡았다.

"밥 먹고 깜빡 잠이 들었다가 방금 목욕하고 왔어요."

스메라기는 선 채로 "응응." 하고 충분히 이해한다는 듯이 고개를 끄덕였다. 그러면서 동시에 월을 올려다보았다. 한동안 그대로 대화가 없었다. 한쪽 벽면이 온통 수식으로 빽빽이 메워져 있다.

"월이 마음에 들어?"

스메라기가 나직이 물었다. 가야마는 자신이 생각하던 걸 그 질문에서 찾은 것처럼 말했다.

"얼마만큼의 시간을 계속 생각했을까, 그런 생각이 들었어요."

"아주 긴 시간이었겠지."

스메라기는 별거 아니라는 듯이 대답했다.

"답이 있는지 없는지도 모르고, 끝나는지 어떤지도 모르고. 매우 긴 시간 동안."

당연하다는 말투였다. 마치 자신도 그런 마음가짐이 돼 있다는 듯이. 가야마에게서 조금 떨어진 곳에 선 그 모습은 낮에 그토록 시달렸음에도 아무 일 없었던 사람처럼 쌩쌩해 보였다. 계속 문제를 마주할 수 있는 것. 재능이 무엇인지는 모르지만 가야마가 생각하는 그것에 가장 가까운 것은 바로 그런 점일지도 모른다는 생각이 불현듯 머리를 스쳤다.

"스메라기 선배, 수학을 왜 해요?"

"내가 수학을 좋아하는 이유는 왜라고 묻지 않는 데에 있지."

스메라기는 여전히 주머니에 손을 넣은 채였다.

"어떻게 돼 있는지를 탐구한다. 어째서 그렇게 됐는지는 묻지 않는다. 그렇게 돼 있다면 그런 것이다. 단지 그것뿐. 그런 점이 좋아."

스메라기가 말을 이었다.

"너, 가나도메를 만난 적 있지?"

가야마는 고개를 끄덕이고는 되물었다.

"스메라기 선배도 있죠?"

"가나도메는 대단한 사람이지."

스메라기는 시샘하지 않는다는 듯이 중얼거렸다.

"수학올림피아드에서 만난 거죠?"

"볼 때마다 놀라. 아니, 하도 대단해서 어안이 벙벙해."

하하하 웃는 스메라기에게 가야마는 묻고 싶었다.

"그런데도 수학을 계속하고 있군요."

스메라기는 대답하지 않았다. 가야마는 깨달았다. 이 사람은 언제 어느 때도 힘이 들어가지 않는다. 힘주는 일이 없다. 아마 깊은 중심에 흔들리지 않는 게 있기 때문이 아닐까. 그것이 무엇인지 알고 싶었다.

"넌?"

스메라기가 물었다.

"만약 가나도메와 결투하게 되면 어쩔 건데?"

"해야죠."

"진다는 걸 알아도?"

그 말투에서 악의는 느껴지지 않았다. 단지 사실을 확인하려는 것뿐인 듯했다.

"진다는 걸 안다면 더더욱 도전해 보려고요."

가야마는 대답하고 월을 올려다보았다.

"그래."

스메라기가 중얼거렸다.

"그 사람이 말했어요."

"가나도메가? 뭐라고?"

"왜 수학을 하느냐고."

"흐음. 그랬구나."

생각하는 말투였다. 그렇게 둘이서 잠시 아무도 없는 실내에 있다가 스메라기가 먼저 발길을 돌려 걷기 시작했다. 숙소가 아닌 다른 방향이었다.

"안 잡니까?"

"야행성이야."

스메라기는 가볍게 되받았다.

"걸으면서 생각해 보려고."

"뭘요?"

"가나도메의 수열이라도 생각해 볼까나."

"스메라기 선배."

그렇게 부르자 스메라기가 걸음을 멈추고 돌아보았다.

"좋아하는 숫자가 뭐죠?"

잠깐 생각하더니 비밀로 하기로 한 듯 가볍게 손을 들어 인사하고는 멀어져 갔다.

"그리스의 3대 난제를 알고 있나?"

이튿날 아침, 계단식 강의실. 기무라는 그렇게 말을 꺼내고는 화이트보드에 적어 둔 문장을 읽어 내려갔다.

주어진 문제를 눈금 없는 자와 컴퍼스만 사용해서 작도하라.

문제 1. 주어진 정육면체 부피의 두 배 부피를 갖는 정육면체를 만들라.

문제 2. 임의로 주어진 각을 삼등분하라.

문제 3. 주어진 원과 똑같은 면적을 갖는 정사각형을 만들라.

"적힌 순서대로 정육면체의 배적(倍積) 문제, 각의 삼등분 문제, 원적(圓積)문제다. 오늘은 여러분이 이 문제에 꼭 도전해 보길 바란다."

"전부 작도 불가능하다고 증명됐습니다."

누군가가 손을 들고 말했다.

"그건 알고 있다."

기무라는 득의의 미소를 지었다.

"이 문제는 모두 19세기에 들어서 작도가 불가능한 걸로 대수적으로 증명되었다. 그 증명이 또 아주 재미있어서 한 차례 이야기해 주고 싶지만, 오늘은 다른 세 문제를 준비했다. 그것을 4인 1조로 풀어라."

기무라가 그렇게 선언했다.

"두 번째 종목은 그랜드 투어다. 어느 한 팀이 먼저 세 문제를 풀면 경기 종료. 제한 시간은."

거기서 일단 말을 끊었다.

"시간은 내일 아침 10시 마지막 종목이 시작되는 그 순간까지."

기대했던 대로 강의실이 술렁거리기 시작했다. 드디어 밤샘이구나. 눈치 빠른 애들은 이미 알아차리고 책상에 엎드렸다. 차례대로 계단을 내려가 제비를 뽑았다. 가야마는 숫자 9를 뽑았다. 그 그룹으로 가자 이세하라와 쌍둥이 소녀 중 머리카락을 양 갈래로 땋은 애, 그리고 어제와 똑같은 차림의 스메라기가 있었다. 팀별로 오늘도 더위를 예고하는 잔디밭 길을 걸어갔다. 이세하라는 또 바나나를 먹고 있다. 여름 햇빛 아래서 보는 그 모습은 매우 건강해 보였다. "바나나 좋아해?" 하고 묻자 그 앤 바나나를 입에 문 채 작게 고개를 갸웃했다. 글쎄, 하는 얼굴이었다. 좋아한다는 거야, 싫어한다는 거야.

쌍둥이 소녀의 성은 다카나시라고 이세하라가 가르쳐 줬다. 쌍둥이니까 당연히 둘 다 다카나시라고 불릴 것이다. 이름은 모른다고 했다. 사흘이나 지났는데 이제야 물어보느냐는 얼굴로 이세하라가 가야마를 보았다. 동감이긴 했다. 하지만 이세하라야말로 같이 지내면서 이름을 모르고 어떻게 둘을 구분해서 불렀고, 또 어떻게 불렸는가 하는 점에는 이의를 제기하고 싶었다. 당사자인 다카하시가 첫날처럼 또 자신을 째려보지 않을까 했지만, 그 앤 스메라기와 같은 팀이 된 것으로 머릿속이 꽉 찼는지 황홀한 모습이었다. 잔디밭 너머로 예쁜 직육면체 건물이 보였다. 가까이 가서 보니 생각했던 것보다 거대했다. 4층 정도 되는 높이였지만 롤 케이크 상자처럼 옆으로 길쭉하고, 정면이 온통 유리여서 내부가 한눈에 들어왔다.

들여다보니 상자 안은 트인 거대한 공간이었고, 그 안에 2층, 3층, 4층 바닥이 안쪽 벽에서 밀려 나온 형태여서 정면에서 보면 공중에 떠 있는 것처럼 펼쳐졌다. 맨 끝에 있는 문으로 들어가자, 거대한 콘크리트 기둥이 높은 천장까지 일정한 간격으로 우뚝 솟아 있어서 신전이나 도시의 거대 지하 공간을 연상케 했다. 각 층의 바닥은 학습 공간으로, 직사각형 하얀 테이블이 같은 간격으로 놓여 있고, 안쪽 벽 일대는 책장의 숲이었다. 문득 올려다보니 지붕에 해당하는 천장이 온통 짙은 푸른색이었고, 거기서부터 크고 작은 다양한 조명이 늘어져 있었는데 그 높이는 제각각 달랐다. 마치 머리 위 공간에 무수한 조명이 둥둥 떠 있는 듯했다.

"여기서는 은하동이라고 불리나 보던데."

티셔츠 차림의 소마가 이들과 함께 천장을 올려다보며 말했다. 오늘 티셔츠에는 '우주는 수학이라는 언어로 쓰여 있다.'라는 글귀가 박혀 있다.

"은하동?"

"구텐베르크 은하계와 내기라도 할 셈인가."

소마는 가야마가 모르는 말을 내뱉고는 혼자서만 납득하는 얼굴을 했다. 낮인 만큼 필요 최소한의 조명만 밝혔다. 밤이 되면 어떨까. 은하동 1층에 팀당 하나씩 테이블이 배정되어 있었다. 9번 테이블로 가 보니, 한가운데에 새로운 문제지가 석 장 놓여 있었다. 넷이서 그것을 둘러싸듯 들여다보았다. 정보가 너무 적어 한번 읽어서는 이해할 수 없는 문제. 제시문 자체가 심플하기 그지없는 문제. 어느 게임의 룰이 제시된 문제. 그 세 문제를 다투듯이 읽었다. 그렇게 불면의 하루가 시작되었다.

우선은 주어진 문제를 분담해서 생각하기로 했다. 각 문제의 담당을 정하고 30분씩 개별적으로 생각해 보기로 했다. 30분이 지나면 저마다 다른 문제에 30분씩 도전한다. 그리고 다시 30분 동안 손대지 않은 문제를 생각한다.

정오가 되자 식당으로 장소를 옮겨 식사를 했다. 밥을 먹으면서 문제를 마주한 느낌과 생각한 것에 대해 이야기를 나누었다. 대체로 비슷하게 느끼고 있었다. 단, 저마다 시도한 접근법이 조금씩 다르기도 해서 그것을 서로 맞춘다면 어느 방향으로 가야 하는지, 얼추 그 해법이 보이는 문제도 있었다. 식사를 마치고 다시 은하동으로 되돌아가는 길, 발에 닿는 잔디가 뜨거웠다. 햇빛이 눈부셔서 눈을 뜰 수가 없었다.

은하동 안은 오전에 비해 사람이 줄어들었다. 팀별로 캠퍼스 곳곳에 흩어져 있는 모양이었다. 가야마 팀은 오후에 전원이 똑같이 한 문제씩 담당해 보고, 어느 문제부터 시작할지 이야기를 나누었다. 가야마는 머릿속으로 세 문제와 씨름했던 이미지를 떠올려 봤다. 초콜릿 문제, 시험 문제, 그리고 제곱수 문제. 다른 것과 달리 마지막 문제만 이상한 느낌이었다. 침묵을 깬 것은 스메라기였다.

"먼저 초콜릿 문제를 정리할까."

두 사람이 6×10 크기의 직사각형 모양 60조각으로 된 막대 초콜릿으로 게임을 한다. 첫 플레이어는 막대 초콜릿을 홈을 따라 두 개로 잘라, 잘라낸 조각 하나를 먹는다. 다음으로 두 번째 플레이어가 나머지 부분의 일부를 잘라 먹는다. 이 게임은 한 조각이 남을 때까지 계속된다. 딱 한 조각을 상대에게 남긴 사람(즉, 마지막에 두는 사람)이 승자이다. 어느 플레이어가 완전한 필승법을 갖고 있는가?

"아, 입안이 달콤해지는 것 같아."

다카하시가 안경을 밀어 올리면서 중얼거렸다. 아주 싫지는 않은 모양이다. 시험 삼아 가야마와 이세하라가 실제로 해 보았다.

"그러니까 자신이 $1 \times N$ 상태를 획득하면 이길 수 있단 말이지?"

"그런 거지."라고 답하는 스메라기.

"그렇다면 상대가 $1 \times N$을 만들게 하면 돼."

"$2 \times N$ 상태에서 건네주면 N쪽을 나누게 돼."

이세하라가 오전에 적어 뒀다는 종이를 보여 주었다. 거기에는 문제가 벡터로 표시되어 있었다. $(6, 10)$에 벡터의 종점이 존재하고, 초콜릿을 잘라서 작아지게 하는 것은 예를 들면 $(4, 10)$으로 이동하는 것이 된다. 그런 식으로 바꾸어 나타내면 $(1, 1)$에 도달한 사람이 승리하게 되는 게임으로 바꿔서 표현할 수 있다.

"아, 그래그래, 한 번 조작해서 어느 한쪽 숫자만 움직이는 거지."

다카하시가 다르게 정식화(定式化)를 한다.

"그러니까 핵심은 말이야. 동전 더미가 두 개 있는데 하나는 6개, 하나는 10개 쌓여 있어. 어느 쪽 더미에서든 한 번에 몇 개의 동전이든 가져갈 수 있는 거지. 마지막에 양쪽 동전 더미에 한 개씩 남게 하는 쪽이 승리."

"이야!"

가야마는 감탄했다. 주로 문제를 있는 그대로의 형태로 생각하는 가야마로서는 다른 형태로 바꿔 표현한다는 점이 매우 신선하게 다가왔다.

"님(NIM, 수학적 전략 보드 게임)인 거지."

다카하시의 말에 스메라기가 미소 지었다.

"님?"

가야마는 미간을 모았다.

"이왕 말이 나왔으니까, 한번 해 볼까?"

스메라기가 중얼거리고는 문제를 제시했다.

"2×2의 막대 초콜릿이라면 어떻게 되지?"

"선공(先攻)은 1×2나 2×1밖에 못해요. 반드시 1×1로 반격해 올 테니까, 후공(後攻)의 승리예요."

다카하시가 대답했다. 갈래머리가 흔들렸다.

"그럼 2×3은?"

"선공은……."

이세하라가 경우의 수를 적어 나갔다.

"1×3, 2×2, 2×1. 절취선이 세 개니까 세 가지 패턴이지. 그래서."

"1×3과 2×1은 다음 방법으로 나중에 공격하면 끝."

다카하시가 계속했다.

"2×2는 반대로 후공이 나누고, 다시 선공이 나누어 선공의 승리."

"그렇다면 2×3에서는 선공이 반드시 이기는 거지."

"3×3은?"

"절취선이 네 개니까, 선공은 네 가지 패턴이야. 1×3, 2×3, 3×2, 3×1. 대칭이니까 앞의 두 가지 패턴을 생각하면 돼. 1×3은 선공이 지니까 안 돼."

"결국 3×3은 선공 2×3, 후공 2×2, 선공 2×1, 후공 1×1로 반드시 후공이 승리하게 돼."

"2×2는 후공, 2×3은 선공, 3×3은 후공의 필승."

"법칙이 있는 거네."

"3×4는?"

"이대로 6×10까지 갈 작정이야?"

"선공은 1×4, 2×4, 3×3, 3×2, 3×1. 처음과 끝에 하면 선공은 져. 3×2도 후공이 필승. 3×3이라면 후공 2×3, 선공 2×2, 후공 2×1, 선공 1×1로 선공이 필승. 2×4는 후공은 1×4, 2×3, 2×2, 2×1. 1×4나 2×1을 선택하면 후공이 지니까, 2×3이나 2×2. 2×3으로 하면 선공이 이겨. 2×2로 하면 후공이 필승. 2×3이라면 선공이 필승."

백지에 경우의 수를 써 나가면서 가야마는 순간적으로 몹시 진절머리가 났다.

"케이스가 많아졌네."

비약적으로 갈라지기 시작한 계통수를 보고 모두 얼굴을 들었다.

"선공의 입장에 선다면 3×4에서 처음에 3×3으로 하면 반드시 이길 수 있어. 그 이외엔 반드시 져."

스메라기가 말했다.

"자기 차례가 됐을 때 2×2, 3×3이면 반드시 지는 거지."

돌아보면서 가야마가 나섰다.

"그러니까 상대에게 2×2, 3×3을 건네주면 이길 수 있는 거죠."

"그럼 2×N, 3×N이 자기한테 오면 이길 수 있어."

이세하라가 계속했다.

"그리고 자신이 정사각형을 상대에게 건네면 이길 수 있고."

다카하시가 선언했다.

"그럼 6×10의 경우엔?"

가야마가 말하고, 이세하라가 계속했다.

"선공이 6×6으로 한다면 선공이 반드시 이길 수 있을까?"

"해 보자."

스메라기 말에 다 같이 팀을 나눠 몇 번이고 대전을 거듭해 봤다. 처음에 6×6을 상대에게 건네고, 그 이후에도 선공은 계속 정사각형을 만들어 나가면 이길 수 있는 걸로 판명이 났다.

"8×13 같은 것도?"

이세하라 말에 확장해서 시험해 보았다. 자신이 정사각형을 상대에게 건네면 이길 수 있다. 그것이 필승 패턴임을 실감할 수 있었다.

"그러니까 문제의 답은 선공이 필승."

이세하라가 말했다. 조금 전까지의 집중력은 어디로 갔는지 왠지 안절부절못했다. 어느덧 간식 시간이었다.

A, B, C 세 명은 똑같이 일련의 시험을 치렀다. 각각의 시험 성적은 x점이 한 명, y점이 한 명, z점이 한 명이었다. x, y, z는 다른 양의 정수이다. 시험이 전부 끝난 후, 총 득점은 A가 20점, B가 10점, C가 9점이었다. 만약 대수에서 B가 1등이라면, 기하에서는 누가 2등일까?

흐름은 자연스레 다음 문제로 이어졌다.

"이게 일련의 시험이라면 시험을 몇 번이나 보는 거지?"

가야마가 감자칩을 집으면서 물었다.

"수학 시험이었구나."

다카하시도 감자칩을 입에 넣고는 셔츠 끝에 손을 닦았다. 감자칩은 이세하라의 개인 간식이다. 어느새 이세하라는 말없이 간식 타임에 들어간 모양이었다. 스메라기가 잠자코 식을 썼다.

$$N(x+y+z)=39$$

"39?"

가야마는 혼자서 중얼거리고는 "아, 그렇구나." 하고 곧바로 납득했다.

"N은 시험 횟수지? 그럼 $x+y+z$는 13이다."

"39일 가능성은?"

"하지만 대수와 기하가 어느 시점에서 시험 횟수, 다시 말해서 N이 2이상이니까 그럴 가능성은 없어."

"N이 13이면 $x+y+z$는 3이 되니까 그것도 성립하지 않아."

"시험은 총 3회. 1회 시험을 본 세 명의 점수 합은 13이 돼."

다카하시가 쿠키를 먹으면서 정리했다. 쿠키는 다카하시가 가져왔다. 간식은 모두 가져오는 건가, 여자애들만 가져오는 건가.

"$x>y>z$로 생각해 볼까."

스메라기가 말했다.

"z는 3 이하."

가야마가 중얼거렸다.

"왜?"

반사적으로 다카하시가 물었다.

"z가 가장 큰 건 y가 $z+1$, x가 $z+2$일 때야."

"아하, 그래서 $x+y+z=(z+2)+(z+1)+z=3z+3 \leq 13$이면……$z$는 최대여도 3인가."

"y가 최대가 되는 건…… z가 최소 1일 때니까, $x+y+z=(y+1)+y+1=2y+2 \leq 13$이면 …… 5인가."

"x는 10 이하."

이세하라가 치고 나왔다.

"x가 최대가 되는 건 z가 최소 1, y가 2일 때. 그래서 합계 13이니까 최대여도 10."

"아니, 8 이하야."

스메라기가 입을 열었다.

"B는 대수에서 1등이야. 다시 말해 x점인 거지. 그리고 시험을 세 번 본 결과가 10점이니까 다른 두 번의 시험이 최소 1점이어도 x는 8점이 돼."

"아, 그렇구나."

모두들 잠깐 입을 다물고 있었다. 정답으로 좁혀져 가는 느낌은 들었지만 앞으로 어떤 단서를 이용하여 생각을 발전시켜 나가야 할까, 잠시 그 생각을 했다.

"A는 x가 2회, y가 1회인 건가."

불쑥 이세하라가 입을 열었다.

"B가 x점을 한 번 받았다고 나와 있으니까, 이게 A에게 허용되는 가장 큰 조합인 거지. 그 하나 아래인 x가 두 번에 z가 한 번이면 최대인 8＋8＋3이라도 19밖에 안 돼."

"x가 한 번, y가 두 번은…… 8＋5＋5로 18이니까 이것도 A의 결과가 아냐."

"A가 20점이고, 이것은 두 번의 x점과 대수의 y점. 8＋8＋4. 또는 7＋7＋6 …… 아아, 이쪽은 다르네. y는 최대 5야."

252

"그 말은 $x=8, y=4, z=1$."

"그럼 B는 대수에서 1등이고, 합계가 10점이니까 대수 8점, 남은 두 번 다 꼴찌인가."

"그럼 기하에서 2등은 C."

얼굴을 들자, 조금 이르지만 어느새 저녁 식사 시간이었다. 여럿이 함께 문제를 푸는 건 가야마에게 첫 경험이었다. 혼자서 풀 때와는 느낌이 달랐다. 누군가가 좋은 생각을 떠올려 줄지도 모른다는 점에서는 든든했으나, 한편으로는 태만하게 의지하는 면도 있었다. 실제로는 혼자서 푸는 것보다 어쩌면 시간이 더 걸릴 테지. 만약 혼자서 한다면 머리가 더 고속으로 회전하지 않을까. 그런 의문도 남은 한 문제에서 깨져 버렸지만. 해 질 녘 하늘을 올려다보며 스메라기가 일어서자 그것을 신호로 잠시 문제 풀이는 중단됐다.

"먹기 아니면 문제 풀기. 여기선 오로지 그것뿐이군."

스메라기가 웃으며 내뱉었다. 이세하라는 '아님 뭐 딱히 할 일이라도 있어?' 하는 얼굴이었다. 저녁은 문제 풀이 진척 상황에 따라 각 팀 별로 먹게 돼 있어서 식사 시간이 제각각이었다. 그럼에도 간간이 마주치는 팀과 이야기해 보니, 역시 마지막 문제는 아직 어느 팀도 풀지 못한 듯했다.

$x^2 \pm (x+y+z)$, $y^2 \pm (x+y+z)$, $z^2 \pm (x+y+z)$가 모두 제곱수일 법한 유리수 x, y, z를 구하라.

달랑 이것뿐. 이 문제가 바로 떠오르는 그 어떠한 접근법도 계속 거부하는 요새라는 사실이 마침내 밝혀졌다. 제시된 식을 여러 장의 종이에 써 가며 풀어 봤으나 어디로도 나아가지 못하고, 어떤 전망도 열리지 않았다. 식을 다양한 방법으로 조몰락거려 봤지만 같은 곳을 몇 번이고 왔다 갔다 하며 종이만 메워질 뿐이었다. 결국 출발 지점에서 한 발짝도 움직이지 못하고 있다는 걸 깨달았다. 가야마는 이럴 때면 손오공이 된 기분이었다. 부처님 손바닥 위에서 맛본 허탈감이 오죽했을까.

다시 얼굴을 들자 어느새 은하동은 조용해져 있었다. 완전히 밤이었다. 밖에 펼쳐진 캠퍼스도 조명이 켜지지 않은 곳은 초록색 비상구 등만이 깜빡였다. 다른 멤버들은 생각을 계속 이어 나가지 못할 정도로 완전히 졸아 버린 수프 상태였다. 가야마는 그들을 아랑곳하지 않고 기분 전환을 하려고 밖으로 나갔다. 합숙에 사용하는 건물만이 불야성처럼 밝았다. 평소에는 이런 불빛마저 없어서인지 온갖 벌레가 불빛이 닿는 유리 상부에 떼를 지어 앉아 있었다. 가야마가 어둑한 코너에 있는 자판기에서 사이다를 뽑아 돌아오는데, 다른 팀 멤버가 소마를 둘러싸고 장난치듯 마지막 문제의 힌트를 요구하고 있었다.

소마는 그 애들에게 "모르면 잠이나 자."라고 일축했고, 당연히 명확한 힌트는 말하지 않았다. 다만, 번뜩이는 영감이 두 가지 필요하다고만 얘기해 줬다.

"한 가지는 조금만 생각하면 알 수 있어. 하지만 또 한 가지는 여간해선 생각해 내지 못할걸. 그래서 재밌는 거지."

소마의 이 말은 곧장 입에서 입으로 모든 팀에 퍼져 나갔다. 모두 목욕을 하고 운동복이나 편안한 차림으로 다시 모였다. 계속 풀이를 생각하면서 혹은 전혀 상관없는 이야기를 하면서, 어느 팀도 잠을 자지 않고 여기저기에 모여 있었다.

"꼭 수학여행이나 축제 전날 밤 같네."

이제 막 목욕을 끝내고 머리카락이 젖은 채로 나온 다카하시가 말했다. 이세하라는 목욕도 하지 않고 쪽잠을 잤는지 또 바나나로 충전하고 있다. 저러다 살찌면 어쩌려고.

시곗바늘이 10시를 넘어가자 침체 분위기가 짙어졌다. 은하동에 모인 다른 팀도 돌파구를 찾지 못한 모양이다. 일단 반쯤 포기하고 학교생활로 이야기꽃을 피우는 팀도 생겼다. 조명이 줄어든 은하동 안은 간간이 웃음소리가 메아리쳤다. 그런 분위기도 나름 즐거워 보였다.

마지막은 다른 두 문제와 다르게 시행착오를 거듭한다고 해결될 게 아니다. 거기까지는 모두가 어렴풋이 짐작하고 있었다. 소마가 말했듯이 '번뜩이는 영감'이 필요한 것이다. 하지만 그 말을 듣고 나니 더더욱 손써 볼 방법이 없을 것 같았다. 번뜩이는 영감이란, 떠오르거나 떠오르지 않거나, 둘 중 하나뿐이다. 노력해서 떠오른다면 한번 해 볼 만도 하겠지만, 노력으로 떠올릴 수 없는 것이기에 '번뜩이는 영감'이라고 했을 터. 이런 거였구나. 가야마는 시바사키가 했던 말을 떠올렸다. 논리만으로 해결할 수 있는 게 아닌 것이다. 그저 눈앞이 캄캄했다. 어떻게 하면 번뜩이는 영감을 떠올릴 수 있을까. 계속 생각하지 않으면 떠오르지 않는다. 게다가 번뜩이는 영감이란 아무것도 없는 곳에서는 절대 솟아나지 않는다.

번뜩이는 영감은 아마도 저마다의 내면에 존재하는 수학 세계로부터 나올 것이다. 자신도 그 전모를 자각하지는 못하나 자신 안에서 길러지고 자라나고 형성된 수학 세계로부터 찾아온다는 것만은 확실하다. 거기에 있는 무엇인가가, 생각도 못한 무엇인가가, 생각도 못한 형태로 눈앞의 문제와 연결되는 것이다.

'생각도 못한' 그 자체가 바로 번뜩이는 영감이라고 표현되는 이유.

그런 생각을 한다고 번뜩이는 영감이 번쩍 내려올 리도 없었다.

그 대신 머리를 휘익 스치는 것은.

지금 같은 상태로는 그 문제를 풀지 못할 것 같은 예감.

그 예감은 무겁고 검은 덩어리로 가슴 한복판을 가로막은 채 묵직이 자리 잡고 있었다.

사고가 일탈한다. 일탈하려고 한다.

기분 전환을 하려고 자리를 뜬다. 벌써 몇 번째인지 모르지만.

가야마는 깜깜한 잔디밭으로 나왔다. 멀리서 웃음소리가 들려온다. 문제 풀이는 제쳐 둔 채 이야기에 빠진 팀인 게 분명하다. 아무 생각 없이 벌레를 쫓으면서 걸었다. 발걸음은 절로 불야성을 이루는 불빛에서 멀어지듯 캠퍼스 안쪽으로 향했다. 왜 사람이 없는 곳으로 가고 싶은 거지? 자신 안에서 누군가가 묻는다. 이것이 밤의 수학자가 밤에 깨어 있는 이유인가. 그런 생각이 머리를 스친다. 어쩐지 매미 소리도 별로 시끄럽지 않게 느껴졌다. 캠퍼스에 펼쳐진 몇 개의 건물은 밤의 고원에 검게 그 존재를 부각시키고 있었다. 멸종된 대형 동물의 화석 같기도 하고, 미지의 행성이 붕괴된 문명의 흔적처럼도 보였다.

잔디밭에서 보도블록으로 올라가 거대한 그림자 사이를 누비듯 걸었다. 때마침 비상구의 초록 불빛이 과거 문명의 흔적처럼 나타났다. 고개를 들어 하늘을 보았다. 오려 낸 듯한 고원의 밤하늘이 펼쳐져 있고, 거기에 무수한 별들이 빼곡히 박혀 있다. 난생처음 보는 광경이었다. 정처 없이 걸어가자 건물에 둘러싸인 광장처럼 생긴 공간이 나왔다. 포장도로 네거리 교차점에 그 부분만 조금 솟아올랐는지 멀찍이 앞에 펼쳐진 캠퍼스가 한눈에 들어왔다. 멀리 반구형의 기묘한 건물이 보였다. 천체 관측 돔인 것 같았다. 중앙에 둥그런 연못이 있었다. 실수로 빠지지 않게 하려는지 연못은 간접 조명에 에워싸여 희미하게 밝았다. 바람이 느껴지지는 않았지만 수면에는 잔물결이 일렁였다.

그 연못 앞에 사람의 실루엣이 있었다.

곧바로 휠체어에 타고 있다는 걸 알았다.

잔물결에 반짝반짝 반사되는 빛의 알갱이를 보는 듯했으나 물론 그렇지는 않았다.

혼자서 여길 산책하는 건가? 가장 먼저 그 생각이 머리를 스쳤다.

곧이어 밤에 깨어 있는 밤의 수학자다, 라는 인식이 머릿속을 내달렸다. 가야마의 발소리를 들었는지 돌아보지 않은 실루엣에게서 목소리가 나왔다.

"누구지?"

목소리가 강의실에 있을 때와는 사뭇 다르게 느껴졌다.

"가야마입니다."

실루엣의 등은 뭔가를 감지한 듯 그대로 멈췄다.

"수학이란 무엇인가, 라고 질문했던 학생이로군."

"네."

가야마는 대답한다. 어쩐 일인지 다리를 움직일 수가 없다.

"왜 그런 질문을 한 건가."

가야마는 순간적으로 가나도메의 얼굴이 떠올랐다.

"저도 그 질문을 받았습니다."

이번에는 희미하게 고개를 끄덕이는 움직임이 보였다.

"자네한테 그 질문을 한 사람은 망설이고 있는 게로군."

"왜 그렇게 생각하시죠?"

가나도메의 표정을, 몸짓을, 말을 떠올렸다. 이 합숙에서 만난 그 누구보다도 확신에 차 있는 존재로 여겨졌다.

"그 사람은 여자, 남자? 어느 쪽이지?"

"여자입니다."

"그렇군."

밤의 수학자는 납득이 간다는 듯 중얼거렸다.

"그 여학생은 대답을 알고 있네. 믿고 싶지 않아서 그런 질문을 했을 뿐이지."

그렇습니까, 라고 목소리도 낼 수가 없었다.

"사람은 왜라고 묻지. 물어도 무의미하건만 묻지 않을 수 없어. 그래서 유클리드는《원론》을 썼네. 왜라고 묻는 게 아니라, 누구나 확실하다고 생각하는 것만을 쌓아 올리기 위해서."

"왜 E^2을 만드신 거죠?"

가야마는 물었다. '왜?'냐고.

"왜 결투인 거죠?"

궁금했다.

"E^2은 결투만 하는 게 아니라네."

"네, 그렇죠. 그런데 이 합숙에서도 우리는 결투를 하고 있습니다."

가야마는 밤바람을 느꼈다. 지금까지 느끼지 못했던 바람을.

수면을 흔드는 그것을.

기분 탓인지 밤의 수학자가 미소 짓는 듯했다.

뒷모습인데도. 실루엣인데도.

"타인의 수학 세계를 배우기 위해서인가요?"

가설도 없이 질문만 하는 건가. 어린애처럼. 그렇게 질책을 듣는 것 같아서, 아니 스스로가 그렇게 느껴져서 가야마는 자신의 생각을 입 밖으로 냈다. 그 말을 하는 데 용기가 필요했다. 자신의 지성이 어느 정도인지 고백하는 거나 다름없는 것 같아서.

"그것도 있지. 허나, 더 근원적인 이유가 있네."

밤의 수학자는 그렇게 말했다. 바람을 타고 작게 웃음 짓는 숨결이 확실하게 전해져 왔다. 왜일까. 눈앞에 있는 실루엣은 수수께끼 그 자체였다.

"자네는 답 안에 있다네."

밤의 수학자가 말한다.

"사람은 눈앞에 답이 있을수록 알아차리지 못하는 법이지. 눈에 들어와 있어도 보지 못해. 그 안에 있어도 알아차리지 못한다네."

이것이 근원이다. 이것이 바로 근원인 거다.

"그 여학생은 알고 있네. 그래서 묻는 거지. 수학이란 무엇이냐고."

가야마는 이해할 수 없었다. 하지만 다시 물었다.

"왜 E^2을 만드신 건가요?"

"혼자서 수학에 도전하는 건, 자기 혼자만이 아니란 걸 알게 하기 위해서라네."

가야마는 숨이 멎었다.

스스로 깨달아야 한다. 다다라야 한다.

나는 이미 그 답 안에 있다.

그렇다.

방금 농담처럼 다가온 것은 체념에서 온 것이며 은총에서 온 것
이다.

그렇구나. 가야마는 깨달았다.

"싸운다고 생각하는 건 주관이네. 같은 문제를 같은 순간에 풀
고 있다고 생각하는 건 현상이지."

네, 라고 대답할 수도 없었다.

"요 며칠간의 풍경이 언젠가는 자네를 구할 거야. 밤의 밑바닥
에서."

그렇게 될 게 분명하다.

가야마는 생각했다.

여기저기에 엎드려 자는 학생들이 보였다. 산책을 마치고 돌아
가자 시간은 이미 밤 12시가 다 되었다. 숙소는 조용해진 상태였
다. 방으로 돌아가는 사람은 아무도 없었다. 토론의 열기도 가라
앉아, 이야기 소리가 나긴 했으나 한편으로는 그 옆에서 자는 사
람도 있었다. 숙소는 밤의 정적에 지배당하고 있었다. 가야마는

사이다를 한 병 사 들고 은하동으로 돌아갔다. 가야마 팀도 은하동 내 저마다 다른 장소에서 생각을 잇는 중이었다. 함께 모여 토론을 한다기보다 자연스레 각자 생각한 뒤에 뭔가를 발견하면 모이기로 했다.

"본 것 같은 형태인데, 왜 이렇게 돌파구를 못 찾겠지."

다카하시가 책상에 볼을 대고 엎드린 채 투덜거렸다. 그 눈꺼풀이 점점 내려가고 있는 것 같았다.

"하도 많이 봐서 눈에 익어 착각하는 건가."

확실히 흔히 있는 형태이긴 했다. 무엇이 어려운 걸까. 무엇이 어렵게 하고 있는 걸까. x와 y와 z의 대칭성인가. 그러나 이것이 단순히 하나의 식이었다면 포기했을 거라는 생각도 들었다. 세 개의 식과 대칭성이란 제한이 오히려 실마리가 되리라고 가야마는 생각했다.

"스메라기 선배가 풀어 줄 거야, 반드시."

그렇게 중얼거린 다카하시는 가야마가 잠시 눈을 뗀 사이에 엎드린 채 잠이 들었다. 이세하라는 몽유병자처럼 은하동을 걸어 다녔다. 지금은 불빛이 없는 4층 안쪽을 슬슬 거닐고 있다. 그만큼 바나나를 먹었으니 체구는 작아도 지구력은 남아 있을 터이다.

"풀었어?"

"닿을락 말락 한데 아직 닿질 않아."

"절묘한 표현이야."

가야마가 맞장구쳤다.

"답답하지?"

"바로 옆까지 온 것 같은데."

높다란 천장에 매달린, 높이가 제각각인 무수한 조명이 일제히 밝혀지자 은하동은 그 이름대로 은하 같았다. 둘은 은하동 4층에 해당하는 곳 바닥에 주저앉아 가냘픈 조명이 흔들리는 공간을 바라보았다. 마치 눈앞에서 입체 플라네타륨 쇼가 펼쳐지는 듯했다.

"다카하시가 그러는데, 반드시 스메라기 선배가 풀어 줄 거래."

난간 사이로 발을 허공에 내려뜨리고 앉은 이세하라는 뭔가 생각하는 듯이 은하를 보았다. 별빛이 그 옆얼굴을 비추었다.

"동경한다는 건 소중해."

"이세하라, 너도 누군가를 동경해?"

대답을 기대하지 않고 물었지만, 그 후의 침묵에 자신이 수를 잘못 읽었다는 걸 깨달았다. 그 옆얼굴은 부드러웠다.

"유게랑 나는 초등학생 때 같은 수학 선생님한테 배웠어."

이세하라가 덧붙였다.

"학원의."

오일러클럽 멤버 유게. 이세하라는 배를 띄우듯 추억담을 풀어 놓았다.

"나한테 많이 가르쳐 줬어."

가야마는 초등학생인 이세하라와 유게를 상상해 보았다.

"유게는 그때부터 수학을 잘했구나."

"선생님보다 쉽게 가르쳐 줬어."

이세하라는 옛일을 떠올리고는 미소 지었다.

"유게가 중학교 때부터 가이세이에 가는 바람에 우리도 떨어지게 됐지만."

이세하라가 거기서 말을 끊자 잠시 침묵이 이어졌다. 그 이상은 말해 주지 않을 생각인가, 더는 이야기하고 싶지 않은 건가.

"그래서 수학을 계속하는 거야?

가야마는 그렇게 물었다.

"그것 때문에 하는 건 아냐."

이세하라가 날카롭게 대꾸했다. 긍지가 엿보였다.

"하긴 그것도 즐거움 중 하나긴 하지."

동경하는구나, 유게를. 여기서 다시 만난 게 이세하라에게는 은밀한 기쁨이겠군. 이 합숙소 한구석에, 내가 모르는 곳에 그런 마음이 있었구나. 이 여학생이 바나나를 계속 먹은 건 유게 앞에서 성장한 모습을 보여 주고 싶어서였나. 유게는 어제 서바이벌에서 마지막 여섯 명에 들었다. 흐트러지지 않는 모습이 인상적이었다.

"유게처럼 되고 싶어?"

"아니, 그렇지 않아."

즉각 이세하라에게서 대답이 돌아왔다.

"그 사람처럼 될 수 없으니까 동경하는 거야."

고개를 돌려 가야마를 보는 눈동자 안에 별이 가득했다. 똑바로 바라보는 눈동자를 마주하고 있자니 '너는 동경조차도 하지 않은 거야?'라고 질타당하는 기분이 들었다. 나는 가나도메와 기후유를 동경하는 건가. 가야마는 그런 생각을 하며 어두컴컴한 은하동을 멍하니 내려다보았다. 그러다가 퍼뜩 알아차렸다. 스메라기가 보이지 않았다. 이세하라에게 문자 숙소에 있지 않겠느냐고 했다. 가야마는 생각도 할 겸 숙소까지 걷기로 했다.

"스메라기 선배가 풀고 있을지도 몰라."

일어나는 가야마에게 이세하라가 말했다.

"풀고 있다면 답을 보고 싶어?"

"글쎄. 망설여진다."

중얼거리는 이세하라의 표정이 조금 전 동경에 대해 말할 때와 같았다.

숙소는 마치 학교 축제의 전야제처럼 잠자는 사람, 2층 어딘가에서 고민 따위를 털어놓는 사람, 토론하는 사람 등으로 뿔뿔이 흩어져 있었다. 스메라기는 홀로 아무도 없는 계단식 강의실에 있었다. 조용했지만 강의실이 잠든 건 아니었다. 깨어 있는 존재는 말할 필요도 없이 화이트보드와 주변의 종이 사이를 오락가락하는 등짝이었다. 정면의 화이트보드에는 수식이 휘갈겨져 있었다. 몇 번이고 지운 흔적이 엿보인다. 가까운 책상 위에는 종이가 마구 흩어져 있다. 스메라기가 선 채로 펜을 들고 종이에 뭔가를 쓰고 있었다. 가야마는 계단을 내려가 화이트보드에 무엇이 적혀 있는지 확인해 보았다. 그 일부가 눈에 들어왔다.

$$x^2 \pm (x+y+z) = \text{제곱수}$$
$$a^2 + b^2 \pm 2ab = (a \pm b)^2$$
$$\downarrow$$
$$c^2 \pm 2ab = (a \pm b)^2$$

왜 이렇게 휘갈겨 쓴 것이 많으며, 그 부분이 왜 눈에 들어왔는지 모른다. 그 식이 뭔가에 가깝다고 생각했다. 그것이 단순히 중학교 때 배우는 $(a+b)^2 = a^2 + 2ab + b^2$ 식과 유사하다는 것은 가야마도 심층 의식에서는 분명히 알았다. 그러나 화이트보드에 이렇게 쓰인 식을 보니 유사한 의미가 보다 명확히 드러났다. 유사한 것으로서 그 식을 이끌어 낸 의미가 있는 듯했다.

스메라기를 보았다. 첫 번째 문제를 풀 때 '일단 문제를 단순화시킴'으로써 팀에 지침을 줬다는 것은 이미 눈치챘다. 그 후로 복잡하고 구체적인 시도를 통해 일반화할 수 있는 부분을 단숨에 끌어낸 것도 스메라기였다. 두 번째 문제에서는 도입이 되는 식을 구체적인 형태로 나타냈다. 그렇게 함으로써 정보가 적은 문제가 지닌 제약이 일거에 분명해졌다.

문제를 단순화해서 본다.

문제를 확장해서 본다.

문제를 다른 형태로 바꿔서 본다.

자신보다 한 단계 높은 수준의 유연함이 거기에 있다고 가야마는 느꼈다. 지금도 모두가 의식 아래서는 깨닫고 있지만 거기에 어떻게 의미를 부여할지, 어떻게 활용할지를 아무도 알아차리지 못한 유사성에 스메라기는 의미를 부여했다. 그것이 바로 번뜩이는 영감의 하나다! 영감에 대해 계속 생각해 온 머리가 그렇게 직감했다. 그다음은? 아아. 왜 순간적으로 여기에 눈길이 갔을까. 그 다음에 반드시 뭔가 있어! 그렇게 머릿속에서 누군가가 법석을 떨었다. 계단을 내려가면서 생각한다. 화이트보드용 펜을 손에 들었다.

$$z^2 \pm (x+y+z) = \text{제곱수}$$
$$y^2 \pm (x+y+z) = \text{제곱수}$$
$$x^2 \pm (x+y+z) = \text{제곱수}$$

$$a^2 + b^2 \pm 2ab = (a \pm b)^2$$
$$\downarrow$$
$$c^2 \pm 2ab = (a \pm b)^2$$

마지막에 c^2이 들어간 식, 이것이 문제의 식에 대응한다. 문제의

식이 세 가지라는 건 c^2의 해가 세 가지면 된다는 말이다. 화살표 앞은 중학교 때 배운 자명한 전개식, 거기에서 $a^2+b^2=c^2$으로 화살표 다음으로 변환한다.

$a^2+b^2=c^2$

"피타고라스의 정리."

"맞아."

가야마가 중얼거리자 스메라기가 맞장구쳤다. 피타고라스의 정리. 그래서 뭐? 가야마는 스스로에게 물었다. 그리고 스스로에게 c^2에는 해가 세 가지 있다고 대답했다. 한편으로 $x+y+z$는 물론 항상 같은 답이어야 하기 때문에 대응하는 $2ab$도 항상 같은 값이 되지 않으면 안 된다.

다시 말해, ab는 피타고라스의 정리.

c^2은 세 종류, 즉 a^2+b^2은 세 종류.

하지만 ab는 항상 일정.

아하.

그런 거였어?

"면적이 같고 변의 길이가 다른 '세 개의' 직각삼각형."

가야마는 자신의 머릿속으로 날아든 것을 소리 내어 말했다. 되도록 정확하고 간단한 문장으로. 스메라기의 움직임이 멈추었다. 그리고 이쪽을 돌아보았다.

둘의 시선이 마주쳤다.

둘은 동시에 움직이기 시작했다.

종이의 바다를 헤쳐 백지를 꺼낸다.

면적이 같고, 변의 길이가 다른 세 개의 직각삼각형.

그걸 찾아내면 된다.

그 세 변의 길이, 그것을 3세트 찾아내면 된다.

둘은 그 후로 한 마디도 하지 않고 줄곧 계산만 했다. 종이에 계속 써 나갔다. 시행착오를 거듭하면서 세 변의 길이를 계속 구해 나갔다. 답을 구하자 둘이서 확인하고는 그것을 적용하여 원래 식의 답, 즉 x, y, z의 값을 구하고 동시에 펜을 놓았을 때 둘은 놀라지 않을 수 없었다. 어느덧 창밖이 희미하게 파르스름해져 있었다. 새벽이 다가왔다. 바깥이 점차 환해지는 것에 놀라면서 그러나 둘은 아무 말 없이 마지막으로 화이트보드에 쓴 문제의 답을 보았다. 온몸이 둔하고 무거웠지만 둘은 그것을 뚫고 일어설 수 있을 만큼 고양감이 차올랐다.

$$x = \frac{203}{48} \quad y = \frac{259}{48} \quad z = \frac{791}{96}$$

화이트보드에 쓰인 숫자가 보물처럼 보였다. 그걸 자신들이 발견했다는 사실이 믿기지 않았다. 하지만 가슴에 넘쳐흐르는 무엇인가가 자신들이 발견한 게 틀림없다고 증명해 주었다.

도저히 불가능할 거라고 생각했던 문제에.

다다랐다.

가슴속의 그 무엇이.

이것을 기억하는 한.

앞으로 어떤 문제든 계속 마주해 나갈 수 있다.

그렇게 알려 줬다.

가야마는 스메라기와 얼굴을 마주 보았다.

줄곧 함께했음에도 오랜만에 마주 보는 상대의 얼굴.

자신도 분명 같은 표정을 짓고 있을 터이다.

모든 문제를 가장 먼저 푼 것은 가야마 팀이었다. 폭력적인 아침 햇살이 쏟아져 내리는 가운데 좀비 상태 학생들에게 그 결과가 발표되었다. 동시에 해답이 공표되자 여기저기서 신음소리가 올라가고 칭찬의 박수가 강의실을 가득 메웠다.

일단은 해산했다. 목욕을 못한 사람도 있어서 목욕할 기회도 주어졌다. "아침 목욕이라……." 하고 중얼거리는 소리, "안 해, 잠이나 잘래." 하는 목소리, "잠을 안 잔 거야?" 하는 목소리가 강의실 밖 월 밑에서 오갔다.

"미사쿠 개 말이야, 너무 천재적이라 감당이 안 돼."

지난밤 희극을 이야기하는 신카이의 머리칼은 이제 막 폭탄 떨어지는 촌극 녹화를 마친 것처럼 엉망이었다. 월 앞 소파에서 금방이라도 떨어질 것 같다.

"정말이지 용케도 그 문제를 풀었다."

한바탕 이야기를 하고 나서 신카이는 나직이 중얼거렸다.

"나도 그렇게 생각해."

"재능이란 게 역시 있는 건가?"

신카이는 월을 올려다본 채로 혼잣말처럼 중얼거렸다.

"재능이 없으면 그만두려고?"

목소리가 났다. 둘이 동시에 돌아보자 이스즈가 서 있었다. 신카이는 자세를 바로 하면서 되받았다.

"재능이 없어도 계속하는 게 의미가 있습니까?"

"결투에서 지면 재능이 없는 거야?"

아마도 밤을 새웠을 이스즈의 머리카락은 평소보다 더 부스스했지만 눈빛은 다른 때보다 날카로웠다.

"하지만 가야마 팀이 푼 문제를 이스즈 선배는 못 풀었어요."

"그래서?"

"아쉬운 거예요?"

신카이 말투가 강해졌다.

"아니. 다른 사람보다 늦게 풀어도 풀었단 사실에는 변함이 없어."

"시간이 더 주어졌다면 풀었을 확증이 있을까요? 절대 풀지 못했을 가능성도 있어요."

"그렇게 생각한다면 뭐, 거기서 끝이겠지."

이스즈 말에 신카이는 잠시 입을 다물었다. 그러나 다시 목소리를 쥐어짜 냈다.

"진 것을 은근슬쩍 넘어가는 쪽이 눈을 돌리는 거 아닐까요?"

신카이의 반론에도 이스즈는 움쩍도 하지 않았다.

"나는 답을 들었어요."

가야마가 입을 열자 둘 다 돌아보았다.

"답?"

"왜 E^2에 결투가 있는지에 대한 답."

"누구한테서?"

"밤의 수학자한테서."

이스즈는 잠자코 서 있었다. 품평하듯이. 가야마가 일어섰다.

"듣고 싶어요?"

이스즈는 대답하지 않고 가야마를 되받아 보았다. 셋은 말없이 서로를 마주 보았고, 침묵 사이로 갑자기 바람이 지나갔다. 동시에 바람을 느낀 셋이 같은 방향을 보았다. 월 앞을 빠져나가는 인물이 있었다. 스메라기였다. 그는 흘끗 셋을 보고는 그대로 지나가 버렸다. 그의 등을 바라보면서 신카이가 조소하듯 입을 열었다.

"이러쿵저러쿵해도 우리 중 누구도 저 사람을 뛰어넘지 못했어."

이스즈는 아무런 대꾸도 하지 않았다,

가야마도.

어떤 논리를 짜내도 그 앞에서는 모두 변명이 되는 것이다.

그 등짝 앞에서는.

늦은 아침을 먹은 후 계단 강의실이 아닌 은하동에 집합했다. 참가자들이 1층에 해당하는 가장 넓은 플로어 중앙으로 모이자 기무라가 설명을 시작했다. 그 옆 소마의 티셔츠에는, 오늘은 '수학은 대담한 자를 좋아한다.'라는 글귀가 박혀 있었다.

"마지막 종목은 태그 매치다."

기무라는 설명을 이어 나갔다.

"제비뽑기로 2인 1조로 팀을 짜서 결투한다. 결투 조건은 팀끼리 의논해서 결정한다. 이기면 그 팀 그대로 다음 결투로 올라간다. 지면 팀은 해산하고, 다른 사람들끼리 다시 팀을 짜서 결투한다. 어느 팀이든 5승을 한 팀이 나오면 그걸로 경기 종료. 그 팀이 우승이다."

설명을 듣는 학생들 사이에서 웅성거림이 퍼져 나갔다. 지난해까지 없었던 올해 처음 선보이는 종목인 모양이다.

"어디 그럼 제비를 뽑아 볼까."

기무라는 그렇게 말하고 머리에 쓴 실크해트를 벗었다. 모자 안에 제비가 있는 모양이었다.

"아이, 만지기 싫은데."

쌍둥이 다카하시가 한목소리로 말하고 입을 삐죽 내밀었다. 한 사람 한 사람 제비를 뽑았다. 일찌감치 팀이 결정된 이들도 있어서 주변이 소란스러웠다. 가야마는 실크해트에서 작게 접힌 종이를 뽑아 펼쳤다. '29'라고 적혀 있었다. 열 번째 소수다. 이렇게 생각하면서 주위를 둘러보았다. 짝은 니와세였다. 기분 좋은 아침나절의 햇살을 배경으로 니와세는 눈에 띄게 언짢은 표정을 지었다. 이 현실을 어쩌지, 하고 궁리하는 듯이 보였다. 꼭 그런 얼굴을 해야 하냐? 가야마는 볼을 북북 긁었다. 다른 팀은 벌써 결투 무대인 지정된 테이블로 향했다. 가야마도 그 무리 맨 뒤에서 따라가려다 걸음을 멈추고 서 있는 니와세를 보고 그대로 멈췄다.

"마음에 안 들면 져서 팀을 바꾸면 되잖아. 상대를 바꿔 가면서 여러 번 팀을 짜 보는 것도 재미있을 것 같은데. 이기는 것만이 꼭 옳은 건 아니니까."

"장난하지 마."

니와세가 뚫어질 듯이 보았다. 그러고는 금세 외면하고 푸념을 늘어놓았다.

"팀을 짜서 싸우는 게 바보 같아서 그래."

"그럼 혼자서 다 풀던가."

가야마도 니와세를 되받아 노려보았다.

"그래서 이길 수만 있다면."

니와세는 꺾이지 않았다.

"난 지는 게 싫어."

알기나 하냐고? 하고 눈으로 물었다.

"이왕 하는 거면 이겨야지. 일부러 지는 건 있을 수 없는 일이야. 일부러 지지 않더라도 진다는 것 자체가 있을 수 없다고."

"거참."

가야마는 입꼬리를 조금 올렸다.

"알기 쉬워서 좋네."

지정된 테이블로 가자 맞은편에 이세하라와 미에다가 앉아 있었다. 가야마는 앉으면서 독특한 팀이라고 생각했다. 눈앞에 준비돼 있는 태블릿을 로그인하고, 들고 온 종이 뭉치를 테이블 위에 놓았다. 테이블은 희고 반질반질한 직사각형이었고, 맞은편에 상대 팀 두 명이 앉아 있었다. 황금비일까.

"즐겁게 하자."

미에다가 맞은편에서 싱글벙글 웃으며 말을 던졌다.

"30분, 기하 문제로 제한, 어때?"

니와세가 제안했다. 역시 싱글싱글 웃는 얼굴로. 어쨌거나 겉으로는. 이세하라와 미에다 모두 얼굴이 살짝 어두워졌다.

"기하?"

옆에 앉은 니와세에게만 들리도록 가야마가 중얼거렸다. 곧장 니와세가 설명해 줬다.

"쟤 둘은 서바이벌 게임 때 기하 문제를 틀려서 탈락했어."

그런 것까지 눈여겨봤단 말인가. 상대방을 빤히 응시하는 니와세의 모습에 가야마는 경악했다.

"장르는 좁히지 않는 게 좋겠는데."

미에다가 대답했다. 오늘도 역시 꽁지머리다.

"그럼 기하와 정수, 50문제 먼저 푼 쪽이 이기는 걸로."

"그건 안 돼."

니와세의 제안에 이세하라가 입을 열었다.

"안 돼?"

미에다가 느긋하게 물었다.

니와세가 작게 입꼬리를 올리고 중얼거렸다.

"이세하라는 해보겠단 건가."

"왜 안 된다는 거지?"

미에다와 같은 수준이냐고 니와세에게 비웃음당할 거라고 생각하면서도 가야마는 작은 소리로 물었다. 아니나 다를까 니와세의 앳된 얼굴에 조소가 어려 있었다.

"호불호가 분명한 미에다는 50문제씩이나 못 풀어."

"그런가. 그제 보니까, 계속 한 문제 가지고 씨름하는 거 같던데."

가야마는 점심시간에 봤던 모습을 떠올렸다.

"좋아하는 문제야 그렇지. 쟤가 싫어하는 문제를 건너뛰는 만큼 우리가 유리해."

"유심히 봤구나."

진심으로 감탄하며 가야마는 중얼거렸다.

"너희가 다른 사람을 너무 안 보는 거야."

가야마는 고개를 끄덕이고 대전 상대에게로 몸을 돌렸다.

"그럴지도 모르지."

"기하 문제와 정수 문제, 시간은 한 시간, 많이 푼 팀이 이기는 걸로."

이세하라가 제안해 왔다.

"쳇."

니와세가 작게 혀를 찼다.

"상대는 둘 다 기하에 약하잖아."

가야마가 말했다.

"정수 문제는 미에다의 앞마당이나 같아. 그걸 떡밥으로 던져 주면 방심하고 50문제를 덥석 받아들일 줄 알았는데, 그게 아니라면."

"반은 강하고 반은 약하잖아. 최상의 조건 아냐?"

가야마는 어깨를 움츠렸다.

"빨리 시작하자."

니와세가 오물을 보는 눈빛으로 쳐다봤다. 양의 탈을 쓴 늑대 같은 녀석!

"너도 어쩔 수 없는 수학 바보구나."

"수학에서는 더 심한 바보지."

"혁, 그저 바보일 뿐이었어."

니와세는 어이없다는 듯이 말했다.

"알고 있겠지?"

"이기면 되잖아."

"너, 미에다를 만만하게 보는 거지?"

"저 맞은편에 누가 앉더라도 하는 일은 똑같아."

니와세는 손가락을 뚜두둑 울리며 준비하는 가야마를 잠시 지켜보고는 다짜고짜 상대 팀에게 말했다.

"기하와 정수, 30분 안에 많이 푸는 쪽이 승리."

"30분? 짧아."

"그럼 40분. 시합은 앞으로도 많은데, 지루하게 늘어지는 것도 좀 그렇잖아?"

"괜찮지 않아?"

미에다가 이세하라의 얼굴을 보았다. 이세하라는 잠시 생각하더니 승낙했다.

"그럼 결정."

니와세가 입력하자 넷의 태블릿에 조건이 제시되었다. 그리고 곧바로 카운트다운이 시작됐다. 시간을 둘러싼 이 줄다리기는 뭐지? 가야마가 그런 생각을 하면서 마음의 준비를 하는데 옆에 앉은 니와세가 작게 알렸다.

"너의 스피드를 기대한다."

니와세는 태블릿에 눈을 떨어뜨린 채였다. 이미 전투 모드다.

"반드시 이기겠어."

가야마는 왠지 웃음이 나왔다. 왜일까. 스스로 생각해 봤다. 기뺐는지도 모른다. 뭐가? 가야마가 태블릿을 향해 "그래."라고 대답한 것과 동시에 신호음이 울렸다.

쓰쿠모서점의 유리문이 열리자 소나기구름을 배경으로 문에 매달린 종이 시원스럽게 울렸다. 소고가 얼굴을 들자 교복 차림을 한 시바사키가 서 있었다. 새하얀 블라우스에 평소처럼 언월도를 멘 모습이었다.

"가야마는 없는데."

카운터에서 말을 건네자 "알아요." 하면서 시바사키는 가방에서 참고서 한 권을 꺼냈다.

"다 보고 나서 쓰쿠모서점에 돌려주라고 해서요."

책 더미 너머로 참고서를 받아 든 소고는 "아, 그래." 하고 그것을 책 더미에 올려놓았다. 책의 산맥에 올려 둔 정사각형에 동그란 구멍이 숭숭 뚫린 해묵은 라디오에서 우우우우 하고 사이렌 소리가 울려 퍼졌다.

"결승이에요?"

"어제 비 때문에 연기됐거든."

소고는 고개를 끄덕거리며 시바사키를 올려다보았다.

"응원하러 안 가?"

"저도 내일부터 며칠 동안 집을 비울 거라서요. 준비하고 있어요."

"고교 전국 체전?"

안에서 소리가 났다. 바깥이 넘쳐흐르는 빛으로 눈부시게 밝은 까닭에 서점 안은 대조적으로 그늘이 짙었다. 시바사키가 실눈을 뜨고 몇 발짝 안으로 들어가자 테이블에 나나카가 앉아 있었다. 노랑 원피스 차림이었다. 실내의 어둑함에 눈이 익자 노란색이 눈에 확 띄었다.

"그래."

"언월도였던가?"

"응."

시바사키는 등에 멘 것을 잠깐 보여 주는 시늉을 했다.

"아, 난 나나카라고 해."

"학생회지?"

"기억하고 있네?"

"가야마도 아니고."

"그건 그래."

아무래도 가야마는 주가가 낮은 모양이군. 소고는 속으로 득의의 미소를 지었다. 쌤통이다. 라디오에서는 아나운서가 그라운드에 나온 선수의 모습을 막힘없이 실황 중계하고 있었다. 잠자코 듣고 있는데, 선발 선수 중 9번 우익수에 오지가 소개됐다.

"오지는 아직 1학년인데 선발 선수에 들어갔네."

나나카가 놀라워했다. 시바사키는 아무 말도 하지 않았다. 단지 라디오 쪽을 보고 눈을 조금 가늘게 떴을 뿐이다.

"같은 반이었던가?"

"응."

"응원하러 못 가서 아쉽다."

"학생회에서 다들 응원 간 거 아냐?"

"갔어."

"나나카 너는?"

"시원한 데서 라디오로 들어야 응원에 전념할 수 있거든."

"흐응."

시바사키는 수긍했다.

"고시엔(일본 전국 고교야구대회가 열리는 야구장)에 갈 수 있으려나."

"상대 팀은?"

"에이다이부속고등학교. 가장 유력한 우승 후보야."

"그래."

대화는 거기서 끊겼다. 그사이를 메우듯 1회 말 실황 중계가 시작됐다. 금속 배트 소리가 통쾌하게 울렸다. 에이다이부속고의 첫 주자가 홈런을 날렸다.

"전국 고교 체전은 어때?"

"그러게. 나는 고등학교에 들어와서 시작한 거라서."

"그래도 단체전 멤버잖아?"

"인원수가 적으니까."

드문드문 여름 하늘에 떠 있는 구름 같은 대화는 다시 울린 통쾌한 소리와 "와아!" 하고 열광하는 구장의 환호성에 싹 지워졌다.

"이길 수 있을까."

나나카가 걱정스러운 듯이 말했다.

"걱정 마."

시바사키가 언월도를 추슬러 올리듯 다시 끌어안고 발길을 돌렸다.

"너라면 어쩔 거야?"

그 등 뒤에 대고 나나카가 물었다.

"가장 유력한 우승 후보와 만나게 되면."

시바사키가 돌아보았다. 호리호리한 몸으로 서 있는 그 모습이 유리문으로 비쳐 드는 햇살에 그림자가 되었다.

"당연히 싸워야지."

"진다는 걸 알아도?"

나나카가 다시금 물었다. 마침 그때 시바사키 이마에서 땀 한 줄기가 볼을 타고 흘러내렸다. 시바사키는 눈을 깜빡이지 않았다.

"진다는 걸 안다면 더더욱 맞붙어 봐야지."

가야마 팀은 이세하라와 미에다 팀에게 가까스로 이겼다. 미에다가 정수 문제에서 경이로운 집중력을 보였다. 이세하라도 정수 문제에 초점을 맞춰 풀어 나갔다. 이쪽은 니와세가 기하 문제 중

비교적 쉬운 것을 닥치는 대로 풀어서 정답 수를 늘려 나갔고, 가야마는 정수 문제에서 스피드를 보였다. 미리 계획하진 않았지만 자연스레 그렇게 분담해서 풀었다.

"역시 너무 만만하게 보고 작전을 짰어."

이겼는데도 니와세는 몹시 못마땅하다는 듯이 돌아보며 투덜거렸다. 가야마는 두 번째와 세 번째 시합 규칙 협의는 일체 니와세에게 맡기기로 했다. 덕분에 두 번째와 세 번째 시합에서도 이겨 팀을 그대로 유지한 채로 점심시간을 맞았다. 세 번째 시합이 50문제 선취 규칙이었던 탓에 세 시간 가까이 문제를 풀었다. 그래서 오후 3시가 돼서야 늦은 점심을 먹게 됐다. 결투 조건이 저마다 달라서 결투 횟수는 제각각이었지만 팀을 그대로 유지하고 있는 건 그들만이 아닌 듯했다. 달궈진 철판처럼 뜨거운 잔디밭 길을 걸어 식당으로 갔다. 점심 메뉴는 우동이었다. 니와세는 우동을 조금 남겼다. 배가 부르면 피가 머리로 올라가지 않는다는 이유에서였다.

"넌 수학을 좋아한다기보다는 싸우는 걸 좋아하는구나."

가야마는 느낀 걸 그대로 말했다. 3연승을 한 덕분인지 눈부신 잔디를 내려다보는 니와세는 조금 기분이 좋아 보였다.

"만약 운동 신경이 발달했더라면 이딴 짓 안 해."

"지금도 충분히 대단한데, 어디까지 싸울 거냐?"

"물론 탑에 오를 때까지."

"탑?"

가야마가 앵무새처럼 따라 말하자 니와세는 작게 대답했다.

"스메라기 선배를 앞서는 거지."

"가나도메가 아니고?"

"E^2에서 결투를 신청해 온다면 가나도메하고도 싸워야지."

여름날 오후에 가식 없이 대담무쌍한 말을 내뱉는 니와세는 과연 그 애다웠다.

"진다는 걸 알아도?"

"진다는 걸 누가 증명할 수 있는데?"

그렇게 생각하는, 아니 그렇게 생각할 수 있다는 게 니와세의 강점이기도 하구나. 방으로 돌아왔지만 더위는 냉방 장치로도 식지 않았다. 고교 야구 지역 대회 결승 결과가 궁금했으나 확인할 필요도 없었다. 메시지가 들어와 있었다. 방금 전, 나나카가 보내왔다.

— 결승, 0대 7로 졌어. 시바사키는 내일부터 전국 체전.

　　내가 퀴크퀴크에게 졌을 때 들은 말은

가야마는 자신이 불도 켜지 않은 어둑한 방에 선 채로 있다는 걸 한참 뒤에야 알아차렸다.

오지 얼굴을 떠올렸다.

웃는 얼굴이 떠올랐다.

그러고 보니.

그 녀석은 언제나 웃고 있었지.

매미 소리가 들려왔다.

숨 막힐 듯 더운 구장에서.

오지는 지금 어떤 얼굴을 하고 있을까.

태블릿으로는 확인할 도리가 없다. 다음으로 이어지는 한 줄은 지난 밤 메시지로 물은 것에 대한 답이었지만, 가야마의 시선은 이미 거기를 떠나 허공을 떠돌았다.

— 졌으면 사라져야 한다.

"결투하다 죽은 사람이라면 갈루아지."

해묵은 솜을 넣은 잠옷이며 담요 따위를 겹겹이 두른 히이라기가 카운터에 파묻히듯 앉아 있었다. 코맹맹이 소리였다.

"수학에 결투가 있어요?"

가야마가 쓰쿠모서점에 와 보니 평소 같이 모이던 아이들은 아무도 없고, 개점휴업 상태였다. 축 늘어진 히이라기에게 생강차를 타 주고는 감기가 옮으면 곤란하기 때문에 안으로 들어가 테이블에 앉아 있었다.

"수학 결투가 아니야. 연애 사건으로 결투했지. 혈기 왕성한 시절이었거든."

"그런 것 때문에 죽다니 참 바보 같아요."

"너도 연애할 나이가 되면 알게 돼."

히이라기는 생강차를 한 모금 마셨다.

"그렇게 말하고 싶다만 나도 네 생각과 같단다. 하지만 말이야."

히이라기는 담요에 목을 푹 묻었다.

"갈루아는 결투 전날 밤 친구에게 보낼 편지를 썼지."

"죽고 싶지 않다고요?"

"아니, 편지에는 그때까지 그가 얻은 수학의 결과가 정리돼 있었단다. 우리 수학은 그 편지에 쓰인 결과 위를 걷고 있는 거야."

시큰둥하던 가야마가 얼굴을 들었다.

"그래요?"

"거기에는 완전히 새로운 수학의 개념이 창조돼 있었거든. 아무도 몰랐던 풍경을 그는 혼자서 만들어 냈고, 우리는 오늘날 그 풍경을 당연한 것으로 받아들이고 있지. 그것이 없었다면 수학은 이렇게 되지 않았을 거고, 페르마의 마지막 정리도 증명되지 않았겠지."

"천재였어요?"

"지나치게 천재여서 2년 치 교과서를 이틀 만에 싹 읽어 치웠다나."

"진짜로요?"

갈루아와 자신의 차이에 가야마는 속으로 볼멘소리를 했다. 에잇, 뭐야. 옛날 수학자들은 너무 천재라니까. 언제나 그렇게 생각했다.

"그는 십 대에 새로운 이론을 만들어 냈단다. 5차 이상 방정식의 '해의 공식'을 얻으려는 시도가 오랫동안 있었는데, 그것이 존재하지 않는다는 걸 세련된 형태로 증명했지."

"십 대 때요?"

"갈루아가 결투로 죽었을 때 스물한 살이었단다."

"되게 아까워요. 참 바보예요."

붑허허, 하고 히이라기는 웃는지 기침하는지 알 수 없는 소리를 냈다. 그리고 목을 가다듬듯이 심호흡을 했다.

"그의 편지에는 '나는 이제 시간이 없다.'라고 쓰여 있었어."

히이라기는 천천히 다시 이야기를 시작했다.

"어쩌면 죽을지도 모르는 전날이었으니 정리할 수 있었는지도 모르지."

"무슨 말이에요?"

"불타는 듯이 살다 갔으니 영감이 번쩍 떠올랐을 수도 있었을 거라는 말이야."

그것이 가능한 일일까. 가야마는 마음에 와 닿지 않았다. 컨디션이 좋을 때, 혹은 나쁠 때, 정신이란 게 얼마나 자신의 뜻대로 되지 않는지를 아직은 충분히 모를 수도 있다.

"만약 결투로 죽지 않았다면 생각해 내지 못했을 수도 있단다."

"거짓말이에요!"

"그래 거짓말일 게다, 아마도."

정신을 차리고 보니 가야마는 캠퍼스를 둘러싼 넓은 잔디밭 어디쯤엔가 있었다. 여기가 어디지? 주위를 둘러보다가 은하동을 발견하고는 걸음을 뗐다. 태양열에 길이 달궈져 있었다. 구장도 더웠겠지. 온몸으로 무더위를 느끼며 일부러 멀리 돌아서 은하동으로 갔다. 냉방 장치가 가동되는 거대 공간에 들어서자 자신이 얼마나 땀범벅이 됐는지 알 수 있었다.

"야아."

손을 들고 부르는 니와세를 보고 테이블로 갔다. 가슴과 등에 느껴지는 땀의 감촉이 불쾌해서 티셔츠를 펄럭거리며 자리에 앉았다. 맞은편에 이스즈와 유게가 있었다.

"너희도 3승했어?"

유게가 같은 오일러클럽의 선배라는 명분으로 허물없이 니와세에게 말을 건넸다. 그 허물없음에는 그러나 또 거래가 시작되는 분위기도 묻어났다.

"후배한테 영광을 주시죠."

"그건 안 되지."

"적어도 핸디라도 주세요."

"구체적으로 어떤?"

"으음."

니와세는 앳된 얼굴로 변신해 골똘히 생각하는 표정을 지었다. 상대하는 유게는 그런 니와세에게도 흔들리지 않았다. 처음 상대하는 유게는 말쑥한 하얀 셔츠 차림에 평온해 보였다. 지지 않으려고 기를 쓰는 모습은 없었다. 그 옆에서 이스즈는 마치 눈앞의 일에는 흥미 없다는 듯 은하동의 널찍한 실내를 둘러보았다. 가야마는 결투 규칙을 이야기하는 니와세와 유게의 대화를 들으면서 솟구치는 생각에 몸을 내맡겼다.

나는 왜 여기에 있을까.

이기면 어떻게 된다는 건가.

지면 어떻게 된다는 건가.

오지에 견주면.

갈루아에 견주면.

"야."

니와세가 부르는 소리에 얼굴을 들었다. 테이블에 앉은 모두가 가야마를 보았다. 다들 벌써 태블릿을 손에 들고 있었다. 이미 규칙이 정해졌고, 결투를 시작하려 한다는 걸 뒤늦게야 알아차렸다.

"시작하자."

다시 니와세가 말했다. 가야마는 태블릿에 손을 뻗으려고 했다. 하지만 손이 움직이지 않았다. 손을 뻗어야 하는 이유를 찾지 못했다.

"야."

"이스즈 선배."

대신 가야마는 이스즈를 불렀다. 넘쳐 나는 걸 내뱉는 거냐? 누군가가 그렇게 경고했다. 이스즈는 태블릿을 손에 든 채 열의 없는 눈동자로 가야마를 되받아 보았다. 지금 이 자리에 앉은 것은 자신의 본의가 아니라는 듯이.

"결투는 싸움이 아니에요."

가야마의 그 말에 이스즈 눈에 빛이 깃들었다. 정작 긴장한 빛을 띤 사람은 옆에 있는 니와세였다. 가야마는 아랑곳하지 않았다.

"이게 만약 진짜 싸움이라면."

말하고 싶지 않다. 왠지 그런 생각이 들었다.

"지면 다시 싸울 수 없어요."

테이블에 앉은 모두가 몸이 굳어지는 것을 알 수 있었다.

"선배는 어제 졌어요. 나도 졌고. 그런데 어떻게 다시 여기에 앉아 있을 수 있는 거죠?"

졌으면 떠나야 한다, 라고 말한다면.

"이렇게 하면 어떨까요?"

가야마는 셋을 향해 담담히 말했다.

"지는 쪽은 거기서 끝. 오늘은 태블릿에서 그만 퇴장하는 걸로."

유게는 그 분위기에 조금 놀라면서도 평정을 가장하고 있었다.

"진심이야?"

니와세가 살피듯이 가야마를 보았다. 하지만 아무 말도 하지 않았다.

"결투에 의미가 있고 없고는 한 사람 한 사람 다 답이 달라요."

가야마는 자신 안에서 날뛰는 뭔가를 억누르듯 냉정하게 말했다.

"하지만." 하고 계속했다. 오지의 웃는 얼굴을 떠올렸다.

"싸우는 걸 만만히 여기는 사람한테 승리를 안겨 줄 생각은 없어요."

가야마의 그 말을 끝으로 테이블은 잠잠해졌다.

주위에서 목소리가 사라졌다.

콕콕 찌르는 침묵으로 가득 찼을 때.

"알았어."

이스즈가 입을 열었다.

"하지만 갈루아는 대학에 두 번이나 떨어졌단다."

"히야, 그래요?"

소년은 용기를 얻었는지 몸을 일으켰다.

"면접관을 무시했기 때문이라나."

"에이, 뭐예요. 역시 천재잖아요."

"아무리 천재라도 반드시 성공한다고 장담할 순 없어. 애써 쓴 논문을 남에게 맡겼다가 분실하거나, 또 제출한 상대가 죽어서 역시 분실하거나 한다면 말이지."

"갈루아는 미움받았어요?"

"불우했지. 그의 논문은 당시 수학자도 이해하지 못해서 다시 쓰라고 요구받고, 어디에도 실리지 못했거든."

가야마는 잠시 생각에 잠기듯 벽에 걸린 시계들을 올려다보았다.

"선생님."

다시 생강차를 마시면서 왜? 라는 듯이 히이라기는 그 작은 뒤통수를 보았다.

"수학은 시대를 초월해서 누가 봐도 이해할 수 있는 거 아니에요?"

"글쎄다."

"그렇담 이상하잖아요. 갈루아가 불우하다는 게요."

"이상하지만 그런 일은 흔히 있단다."

"왜요?"

"참으로 혁명적인 건, 참으로 혁명적인 것일수록 이해하기 쉽지 않으니까 말이야."

"왜요?"

"참으로 혁명적인 건 기발하게 보이기 때문이지. 기묘하게 보이기 때문이야. 이전과 완전히 다른 경치를 보여 주기 때문이란다."

가야마는 작은 머리로 계속 생각에 빠져 있는 듯했다. 그래서 히이라기는 "하지만." 하고 덧붙였다.

"수학의 좋은 점 중 하나는 말이다. 바른 것은 언젠가 반드시 이해받는다는 점이란다."

"하지만 지금."

"비록 그 시대가 아닐지라도 말이야. 아득한 후세대에라도. 갈루아 이론도 이해받기까지는 그가 죽은 뒤 40년이 넘는 시간이 필요했어. 그 후로 수많은 수학자가 그의 착상을 연구하게 됐고, 우리가 볼 수 있는 지금의 수학 풍경을 만든 거야."

가야마는 미간을 찡그렸다. 납득이 가지 않는 모양이었다.

"갈루아 성격이 나쁜 게 문제였던 거예요?"

"푸하하하."

히이라기가 웃었다.

"뭐 성격이 좋았다면 더할 나위 없었겠지."

"아니에요?"

그렇게 순진하게 묻는 가야마를 보며 히이라기는 담요 안에서 귀엽다는 듯이 웃음 지었다.

"쉽게 알 수 있는 건 시시한 법이지."

유리창 밖이 저녁노을 빛을 띠기 시작했다. 초록빛 그림자가 길어졌다. 햇살이 그 마지막 광채를 잔디밭에 쏟아 부었다.

"설마 질 줄은 몰랐는데."

유게가 말했다. 말과 달리 표정은 담담했다. 테이블에 남겨진 둘, 그 앞에 있는 의자 주인은 이미 없다. 이스즈는 아무 말도 하지 않았다. 침묵 속에 넘쳐흐르는 감정이 고스란히 옆자리로 전해져 왔다.

"충격받았어?"

유게가 치명타를 가했다. 이스즈는 반응하지 않았다. 처음으로 유게 입에서 웃음이 조금 새어 나왔다.

"다들 왜 이런 레크리에이션에서 이기고 지는 걸로 정색하고 화내는지 몰라."

무심코 내뱉는 그 말에도 이스즈는 반응조차 하지 않았다.

"이기고 진다고 해서 뭐가 달라지는 것도 아닌데."

"진심으로 그렇게 생각해?"

비로소 입을 연 이스즈에게 유게는 여유로운 모습으로 대답했다.

"가야마였지? 개가 말한 대로야. 딱히 죽는 것도 죽임을 당하는 것도 아니잖아."

이스즈는 대답하지 않았다.

"입으로는 결투에 의미가 없다고 해 놓고는."

유게가 웃었다.

"결투는 안 하는 게 좋아. 역시 그래."

"왜?"

"흐트러져."

밖을 보는 이스즈는 눈이 부신 듯했다. 그 옆얼굴 반가량이 황금빛으로 물들었다.

"흐트러지면 안 돼? 그렇게 생각하는 게 잘못일 수도 있지."

"왜?"

밖을 내다본 채 이스즈가 물었다.

"수학이란 감정에서 나오는 거니까."

"그렇게 모호하지 않아."

"모호한 데서 모호하지 않은 게 나오는 거야. 튜링 테스트(기계의 지능이 인간처럼 독자적인 사고를 하거나, 의식을 가졌는지 인간과의 대화를 통해 확인하는 시험 방법)를 고안해 낸 알랜 튜링은 필담으로 성별을 알아맞히는 모방 게임에서 아이디어를 얻었어. 그 게임은 동성애자였던 그에게는 분명 마음을 파악하는 것이었을 테니까. 하지만 그것이 지능이란 무엇인가를 묻는 초석이 됐지."

유게는 담담하게 거기까지 말하고 다음과 같이 덧붙였다.

"그러니까. 너는 결투를 하고 싶은 거야."

이스즈는 유게를 보았다. 본인은 평정을 가장했을 테지만 놀라움이 얼굴에 드러나 있었다. 동물 같은걸. 유게는 속으로 그렇게 말하며 웃었다.

"왜?"

"모르지."

유게는 냉담하게 대꾸했다.

"네 가슴에 물어봐."

유게는 앉은 채 기지개를 켰다.

"이야, 잠깐이라도 쉴 수 있어서 좋다."

"근데 넌 감정 없는 사람처럼 담담하다?"

"그게 내 감정이야."

유게는 고개를 돌리고 대답했다.

나는 결투를 하고 싶은 건가?

그 말을 듣고 놀랐지만, 그러나.

그랬던 거구나. 납득이 되자 마음이 가벼워지는 느낌이었다.

왜?

자신의 가슴에 물어본다. 에라, 모르겠다.

하지만 유리창 밖으로 펼쳐진 여름 잔디밭을 바라보며 방금 전까지 눈앞에 앉아 있던 둘을 저도 모르게 눈으로 찾았다.

"반대하지 않았어."

매미 소리가 요란하게 울려 퍼졌다. 잔디밭 여기저기에 흩어져 있는 바위 중 하나에 걸터앉은 가야마는 기다랗게 뻗은 자신의 그림자를 보면서 혼잣말을 했다. 패배하면 종목에서 퇴장하기로 한 내기에 니와세가 아무 말도 하지 않은 것이 마음에 걸렸다. 조금 미안한 생각도 들었다.

"이기지 못하면 의미 없다고 처음부터 말했잖아."

바위에 몸을 기대고 앉아 니와세는 태블릿을 조작하고 있다. 은하동은 거기서 조금 떨어져 있다. 4승을 거둔 후였다. 지금 다른 테이블에서는 3승을 거둔 팀끼리 겨루고 있다.

"이왕이면 좀 더 기다렸다가 4승 팀끼리 싸워 보는 건 어때?"

소마의 이런 제안도 니와세는 아무 말 없이 받아들였다. 혼전 양상인 다른 팀들에게 추월당할 분위기가 아니기 때문인가. 아니면, 하고 가야마는 다른 상상을 한다. 바람이 해 질 녘 흐름으로 바뀌어 갔다.

"결투에 의미가 있느니 없느니 따지는 게 바보 같다고 생각했는데."

니와세가 덧붙였다.

"왜 그렇게 생각했지?"

"그런 걸 따지는 녀석이 찾는 건 누구에게도 의미가 있으니까."

니와세는 이렇게 말하고 조소를 보냈다.

"그딴 걸 찾아봐야 소용없는데."

니와세의 말이 이어졌다.

"중요한 건 자기한테 의미가 있는가, 없는가, 그것뿐인데. 의미니 뭐니 따지는 녀석은 자기한테 의미 있으면 된다는 각오를 하지 못해. 그러니까 보편적인 의미 같은 중요하지 않은 거에만 매달리는 거지."

"하지만 수학은 보편적인 의미를 탐구하는 거 아닌가?"

"관심 없어. 난 그런 거 몰라."

흥미 없는 것은 싹둑 잘라 버린다.

"하지만 수학의 어느 분야를 하느냐는 건 사람에 따라 다르겠지. 그 사람이 뭘 중요시 여기는가가 다르단 거지. 자기한테 의미 있으면 반드시 보편적으로도 의미 있다고 믿고 뛰어들거든. 그렇지 않다면 저런 뭘 같은 광기 어린 연구를 계속할 리 없어."

뭐가 즐거워서 그런 걸 하는 건지, 하는 말투였다. 하지만 가야마는 기분 좋은 바람을 쐬는 느낌이었다.

"너, 대단하다."

그러고는 "이제야 알겠어." 하고 덧붙이자, 니와세는 그런 칭찬은 고양이 먹잇감도 안 된다는 듯 "흥." 하고 콧김으로 되받았다.

"왜 닉네임이 노이만이지?"

질문을 던져 봤다.

"화성인이란 말까지 들었던 최강의 천재 수학자니까."

명쾌한 답이 돌아왔다. 뺨에 저녁 햇살을 받으며, 시원한 바람을 쏘이며 머리를 완전히 비워 두었다. 눈을 감고 크게 숨을 들이마셨다.

"야!"

니와세가 일어났다. 은하동에서 둘을 부르는 소리가 여름날 저녁 하늘을 건너왔다. 가야마도 바위에서 일어났다.

"마지막 상대는 누굴까?"

"알 순 없지만 결정됐겠지."

니와세 머리에 떠오른 건 분명 한 사람의 얼굴일 터. 마침내 그와 결투할 기회가 왔다는 걸 의심하지 않는 표정이었다. 역시 그렇구나. 가야마는 확신했다.

그들에게 다가온 건 티셔츠 차림의 소마였다. 소마는 멀찍이서 둘을 보며 "어어?" 하고 의아해했다. 삐거덕거리는 팀인 줄 알았는데, 지금 저 둘은 사냥을 기다리는 야생 동물 무리 같아 보인다. 나는 왜 저기에 없는 걸까. 소마는 눈을 가늘게 떴다.

"가자."

니와세가 말했다.

"오케이!"

가야마가 대답했다.

은하동 안 분위기가 달라져 있었다. 무슨 일이지, 하고 생각할 겨를도 없이 아득히 높은 천장에 매달린 무수한 조명이 모두 켜진 걸 알아차렸다. 그 안에서 밖을 내다보았다. 이미 잔디밭도 숲도 캠퍼스도 남색 빛깔로 가라앉았고, 자신들의 모습과 무수한 불빛이 비치는 유리창을 보니 마치 다른 별에 와 있는 것 같았다. 무수한 조명이 쏟아지는 아래를 걸어가자 모두들 손을 멈추고 바라보았다. 모세가 지팡이를 들어 올린 듯이 1층 중앙에 마련된 테이블 옆으로 길이 열렸다. 거기엔 조명이 집중돼 커다란 별 같은 덩어리를 만들었고, 그 아래 테이블에 스메라기가 앉아 있었다. 아주 당연한 듯 보였다. 그 옆에서 신카이가 이쪽을 올려다보았다.

"예상대롭니다."

니와세가 말하면서 마주 앉았다.

"4전 스트레이트인가요?"

"너희랑 같아."

스메라기가 대답했다.

"그럼 이 결투가 오늘 마지막이죠?"

"꼭 그렇다고 할 순 없지."

스메라기가 말했다. 다른 테이블에서 단시간에 이길 가능성도 있다. 하지만 대부분의 테이블은 이미 휴식을 취하면서 이들을 주시했다.

"히야, 이렇게 주목받는 것도 좋구만."

니와세의 앳된 얼굴에서 웃음이 새어 나왔다.

"어떻게 이렇게 차분하지."

가야마는 좌우를 보았다.

"문제를 펼쳐 보면 똑같아져."

"하긴."

가야마는 정면에 앉은 둘에게로 시선을 돌렸다.

"어떻게 할까?"

스메라기가 물었다. 어디 그쪽 제안을 들어 볼까, 하는 여유가 묻어났다.

"제안이 있습니다."

가야마가 말했다. 니와세는 잠자코 있었다. 이제부터 할 이야기는 잔디 길을 걸어오면서 둘이서 의견을 나눈 것이다.

"이치노세 10문을 푸는 건 어때요?"

주위가 소란스러워졌다. 자신들의 커다란 목소리에 놀랐는지 곧바로 잠잠해졌지만 소곤소곤 이야기하는 소리가 거대한 공간을 떠돌아 다녔다.

"이치노세 10문이라면 이미 푼 문제도 있는데."

"그래서 우리 넷이 아무도 풀지 않은 문제로 한정합니다. 그 문제 중 먼저 세 문제를 푼 쪽이 이기는 걸로."

"세 문제."

스메라기가 그렇게 따라 말했다.

"시간은?"

"무제한."

가야마가 대답하자 그 말이 또 주위에 넘실넘실 퍼져 나갔다. 기무라와 소마가 서로 눈짓을 주고받았다. 또 밤을 샐 셈인가. 어젯밤도 샜는데 오늘 또. 스메라기는 시선을 약간 떨어뜨리고 가야마의 제안을 음미했다. 테이블 위, 아무것도 없는 곳을 보았다. 신카이가 한 마디도 하지 않았다는 걸 가야마는 그제야 알아차렸다. 숙소에서 보여 줬던 쾌활함은 사라지고 조용했다. 지쳤나. 당연하다. 이걸로 5연전이다. 스메라기가 이상한 것이다. 스메라기가 얼굴을 들었다.

"한 문제를 먼저 푸는 쪽이 이기는 걸로, 어때?"

"한 문제?"

니와세가 이마를 찌푸렸다. 머릿속에서 주판알을 튕기는 모양이었다.

"그럼 금방 끝나 버릴걸요. 너무 시시하잖아요, 적어도 두 문제로."

"다 어려운 문제야. 시간이 너무 많이 걸리는 것도 좀 그렇고. 안 그래?"

스메라기는 주위에 물어보듯이 말했다. 소마가 멀찍이 떨어진 곳에서 "응응." 하고 고개를 끄덕였다. 주위에 민폐 끼치는 것도 좀 생각하라고! 수학 하는 녀석들은 이렇다니까, 하고 자신은 다르다는 듯이 속으로 야유를 보내는 것을 느낄 수 있었다.

"그럼."

거기까지 말하고 니와세는 뒷말을 삼켰다. 그럼 스메라기 선배가 풀어 버리면 그걸로 끝이잖아. 두 문제라면 가야마와 어떻게든 한 문제씩 풀어 낼지도 모르는데. 그러나 아무리 그래도 신카이를 앞에 두고 그런 말을 입 밖에 낼 수는 없었다.

"괜찮지?"

가야마가 속삭였다. 니와세가 옆으로 시선을 돌리자 가야마는 웃고 있었다.

"진다는 걸 알면서도 괜찮다고?"

니와세가 작은 소리로 물었다.

"진다는 걸 아니까 더더욱 해보자는 거지."

가야마는 그렇게 대답했다. 니와세가 눈을 가늘게 떴다.

"넌 역시 단순한 바보에 지나지 않았어."

"우리 중에서 누가 먼저 한 문제를 풀 것인가. 이건 순수한 개인 승부야. 네가 바라던."

가야마는 상대에게서 눈을 떼지 않고 그렇게 말했다. 니와세는 천천히 시선을 상대에게로 돌렸다. 아하, 그런 거였어? 마음속으로 번져 나가는 뻔뻔한 미소는 전혀 내색하지 않고.

"좋습니다. 그럼 그 조건으로 해요."

스메라기가 미소 지었다. 니와세에게서 그런 제안이 왔다는 것은. 설령 어떤 문제든 개인 승부에서 질 생각은 없다. 그럴 자신이 있다는 선언으로도 해석됐다. 셋이서 동시에 태블릿을 손에 들었다. 마지막으로 신카이가 어깨로 심호흡을 하고는 태블릿을 들었다. 저마다 자신이 풀지 않은 문제를 제시하고 그것을 서로 대조했다. 다시 봐도 역시 어느 문제나 정답률이 극히 낮았다. 그것을 확인하고 나서야 가야마는 알았다. 이치노세 10문의 마지막 열 번째 문제는 다른 아홉 문제를 풀지 않으면 열어 볼 수조차 없게 돼 있다는 것을. 그 문제를 본 사람은 다섯 손가락에 꼽을 정도라는 걸 니와세가 말해 줬다. 물론 아직 아무도 풀지는 못했다. 서로 대조해 본 결과, 이들 넷이 풀지 않은 문제는 마지막 열 번째를 제외하고 총 여섯 문제였다.

"시작하기 전에 잠깐만."

가야마가 얼굴을 들자 스메라기가 이쪽을 보고 물었다.

"왜 이런 제안을 했지?"

그저 순수하게 물어보고 싶을 뿐이라는 듯이. 가야마는 생각한 것을 말로 변환했다.

"이왕이면 아무도 보지 못한 경치를 보고 싶어서요."

그 대답에 스메라기는 알았다는 듯 작게 고개를 끄덕여 보였다. 신카이는 가야마를 빤히 보았다.

"아무도 풀지 못하면 영원히 계속할 셈이야?"

테이블 밖에서 목소리가 났다. 돌아보니 티셔츠 차림의 소마가 허리에 손을 얹고 있다. 테이블에 앉은 넷 중 대답하는 사람은 없었다. 단지 소마를 뚫어지게 바라볼 뿐이었다. 그 시선의 의미를 소마는 이내 깨달았다. 풀 거야. 방해하지 마. 건방진 녀석들. 그렇게 생각하면서 소마는 "자, 풀어 봐." 하고 손바닥을 내밀었다가 내렸다.

"그럼 시작해 볼까."

스메라기가 말했다. 그 얼굴을 가야마가 응시한다.

해낼 수 있을까.

뛰어넘을 수 있을까.

싸울 거라면.

뛰어넘어야지.

뛰어넘겠다고 마음먹어야지.

지금은 단지 그 결의뿐.

그것만으로도 충분해.

부저가 울렸다.

오로지 그 한 문제에 파고 들어가 몇 번이고 몇 번이고 수없이
마주한다.

머릿속은 온통 그 문제뿐.

언제나 그렇다. 그만하면 충분한데.

부질없는 생각을 하기 때문에 사람은 "왜?"라고 묻는 것이다.

"왜?"라고 묻는다.

재능이란?

동경이란?

수학이란?

그렇게 생각하는 시점에서 흐릿해지고 만다.

대답은 언제나 눈앞에 있다.

우리는 답 안에 있다.

다만.

맘껏 부딪쳐 보면 되는 것이다.

부딪쳐 보고 또 부딪쳐 보고.

지고. 패배하고. 풀지 못하고.

그래도 다시 부딪쳐 보는 게 좋다.

왜? 라는 물음을 일으키는 마음은 접어 두고.

보고 싶으니까.

단지, 보고 싶은 거다.

부딪쳐 보면 그 앞에 무엇이 보이는지.

지금 나에게는 보이지 않는 그 앞이.

그가 보고 있는 풍경이 보고 싶은 거다.

그도 보고 있지 않은 풍경마저 보고 싶은 거다.

바람이 멈춘다.

바람?

소리가 멈춘다.

시간이 멈춘다.

시간이 멈춰 있다.

아무 소리도 들리지 않는다.

하얗다.

한없이 하얗다.

아니다.

내음이 코를 간질인다.

풀 내음.

햇살 내음.

바람 내음.

흙 내음.

여름 내음.

그리운 내음.

내가 이전에 있던 곳의 내음.

뭔가가 볼을 쓰다듬는다.

바람?

누군가의 손?

그보다 더 원초적인 무엇인가.

처음 맞닿은 그리운 무엇인가.

여기는.

어디?

그렇게 생각한 순간 벗겨진 듯이

세계를 감싸고 있는 새하얀 월이

스르르 넘실대는 파도가 되어 멀어져 간다.

기다려.

기다려 주지 않을 줄 알면서도.

그렇게 외쳐 본다.

순간적으로 접속한 느낌이 들었다, 그 모든 것에.

다시 돌아올 수 없는 모든 것에 마음의 일부마저 빼앗긴 듯이.

남아 있는 마음이, 남아 버린 마음이, 아픔에 견디듯 생각한다.

이유 같은 건 몰라도 좋다.

수만 번 부딪쳐 나가면 된다.

언젠가 보였던 것이 답이니까.

— 계속해 나가면 언젠가는 다다른다.

— 거기가 비록 네가 상상조차 못했던 곳일지라도 말이다.

"문 닫는다."

소마 목소리가 텅 빈 은하동에 울려 퍼졌다. 사람이 많이 있을 때보다 없을 때 소리가 잘 울리는 것은 왜지? 가야마는 그런 생각을 하면서 결투를 마친 테이블에 홀로 앉아 있었다.

"네, 죄송해요."

가야마가 일어났다. 문 앞에서 소마는 텅 빈 은하동을 걸어오는 가야마를 기다렸다. 우주 미아가 된 우주비행사 같은걸, 하고 부질없는 생각을 한다.

"패배한 충격이니?"

"아니요."

소마가 묻자 다가온 가야마는 고개를 갸우뚱하며 답한다.

"완패했어요."

가야마는 열 문제 중 한 문제를, 예전에 뭐가 뭔지 모를 때 푼 적이 있다. 그러나 나머지는 처음 보는 문제였고, 하나같이 어떻게 시작해야 할지 알 수 없었다. 장기전이 될 거라고 마음먹고 그래도 시작해 볼 수 있을 만한 문제를 표적으로 정하고 도전하던 중 승부가 나 버렸다. 스메라기가 하필 자신이 손댔던 문제를 풀었다. 시계를 보니 시작한 지 한 시간이 지나 있었다.

"왜 그렇게 강한 걸까요."

밖으로 나오자 고원의 밤바람이 느껴졌다. 다른 사람들은 모두 이미 저녁을 먹으러 가고 없었다. 탁! 등 뒤에서 소리가 나고 은하동의 조명이 일제히 꺼지자 주위는 어둠 속에 떨어졌다. 캠퍼스 여기저기에 설치된 외등과 멀리 식당의 불빛이 사람이 있음을 가르쳐 주었다.

"수학이 단순히 문제 풀이만 하는 거라면 뭐 특별히 남보다 빨리 할 필요도 없지. 시간이 걸리더라도 풀기만 하면 되니까. 근데, 오히려 답에 이르는 것보다 그 과정이 얼마나 풍부한가, 독창적인가 실은 그게 더 중요해."

은하동에서 나와 열쇠 다발을 짤그랑거리며 문을 잠그면서 소마는 딱히 누구에게랄 것도 없이 그렇게 말했다. 예전에 바로 이곳에서 자신이 생각했던 것일까.

"과정?"

"지금 너희가 하는 수학은 아직은 수학이라고 할 수 없어. 진정한 수학을 위한 연습이지."

"진정한 수학이란 게 뭔데요?"

"새로운 과정을 발견해 내는 것, 만들어 내는 것."

"답보다도?"

"글쎄다."

소마는 누나처럼 대꾸했다.

"물음과 답을 내기까지 과정이 더 중요하기도 하지."

그리고 다시 덧붙였다.

"하지만 거기에 도달하려면 연습이 돼 있어야겠지?"

"연습이 얼마나 필요해요?"

"많을수록 좋겠지."

"그 연습이란 게 이 합숙이에요?"

"글쎄."

소마는 고개를 갸웃거렸다.

"어떻게든 답에 도달하려는 자세를 요구하는 게 아닐까 싶은데?"

"뭐가 필요한 거죠?"

"너, 무슨 질문이 그렇게 많아."

"모르는 것투성이라서요, 누나."

"청춘이구나."

"청춘인가요, 이게."

"몸부림쳐, 몸부림을!"

누나란 말이 마음에 든 모양이다. 소마는 마치 악덕 관리인처럼 거칠게 말한다. 유쾌해 보였다.

"내가 말해 봐야 아무 소용없을 테지만, 십 대를 어떻게 보내는가에 따라 꽤 많은 게 결정돼."

"그런가요."

거기서 무엇을 접하고 누구를 만나고 어떤 스승을 만나는가.

"내 생각에는 말이야."

그 웃음 속에 유쾌한 마음이 고스란히 드러났다.

"별것도 아닌 일로 고민 고민하며 몸부림치는 게 청춘이지 않을까 싶거든. 같은 곳을 뱅글뱅글 쳇바퀴 돌 듯하면서 말이야."

가야마는 그 말에 고개를 끄덕끄덕하며 수긍했다.

"꼭 수학 같네요."

"그렇다고 할 수도 있지."

소마는 하하핫, 하고 웃는다.

"수학에 필요한 건 끊임없이 고민하는 건가요?"

"글쎄?"

소마는 차갑게 내뱉었다. 가야마는 잘못한 것도 없이 억울하게 보복당하는 기분이 들었다. 소마의 입꼬리가 한쪽만 올라간다.

"뭐, 즐길 수 있다면 되는 거 아니겠니? 즐거운 것보다 더 좋은 건 없어."

이렇게 덧붙이고는 말을 끝맺었다.

"신카이한테는 꽤 힘겨운 하루였을 거야."

"신카이?"

"그 애, 오늘 내내 스메라기하고 한 팀이었잖아."

그게 어떤 건지 알기나 해? 말로 내뱉지 않는 그런 물음을 가야
마는 들었다. 서걱서걱 풀 밟는 소리가 났다. 잔디가 조금 젖어 있
는 것 같았다. 식당이 가까워지자 너무 밝다는 느낌이 들었다. 웃
음소리가 들렸다. 마지막 날 밤은 식당에서 뒤풀이가 예정돼 있었
다. 신카이는 평소와 다름없어 보였다.

"계속 가까이서 지켜봤는데, 히야 진짜 재미있더라."

그렇게 말하고는 머리를 긁적였다. 이후로 줄줄이 스메라기의
무용담을 늘어놓으며 다카하시 쌍둥이의 눈을 하트로 만들어 놓
았다. 뒤풀이가 금방 끝날 것 같지 않아서 가야마는 자리를 떴다.
식당을 나오자 정적이 식당 건물을 와락 감쌌다. 떠들썩한 분위기
에서 멀어져 월 앞 소파에 앉으니 고요함이 기분 좋았다. 누군가
자신의 이름을 부르는 소리가 났다. 얼굴을 들자 이스즈가 걸어오
고 있었다. 머리카락은 여전히 부스스했고 눈빛도 달라진 게 없
었다.

"다음에."

첫날 월을 올려다볼 때와 같은 길게 째진 눈.

"결투하자."

이스즈가 말했다. 가야마는 이스즈를 올려다보았다. 등 뒤에 월

312

이 있다. 그 여학생은 더는 월을 보지 않았다.

"나를 이기면 말해 줄게요."

가야마 말에 이스즈는 째진 눈을 더욱이 가늘게 떴다.

"뭘?"

천장에서 내리비치는 빛이 부스스한 머리에 닿아 군데군데 하얗게 보였다.

"밤의 수학자의 대답을요."

이스즈가 작게 웃었다.

"알았어."

그리고 늦잠을 잤다. 신카이가 목욕하고 오겠다고 한 것까지는 기억한다. 기절하듯 침대에 쓰러져 언제 잠이 들었는지도 몰랐다. 눈을 떠 맞은편 침대가 빈 것을 보았다. 그제야 시간을 확인하고 부랴부랴 짐을 챙겨 들고 "에잇, 마지막에 이게 뭔 꼴이야." 하고 투덜거리며 식당으로 갔다.

여름 아침의 상쾌한 빛에 둘러싸인 식당은 아주 조용했다. 학생들은 음식을 앞에 두고 몇 개의 태블릿을 둘러싸고 보고 있었다. 왜 이렇게 분위기가 무겁지. 발소리 내는 것도 조심스러워 가만가만 걸어가 신카이가 있는 테이블의 빈 의자에 짐을 올려놓았다. 신카이가 얼굴을 들었다.

"가나도메가."

가나도메? 그 이름이 왜 나오는 거지?

"E²에 엄청나게 메시지를 올리고 있어."

"그게 무슨 소리야?"

밥을 가져와야 하는데. 이렇게 생각하면서도 신카이와 다른 애들의 기세에 눌려 움직이지 못했다. 모두가 얼굴을 딱 붙이다시피 한 채 주시하는 태블릿을 위에서 들여다보았다. 이세하라가 스크롤하는 걸 보면 아주 긴 메시지인 듯했다.

"이게 뭐야!"

가야마는 깜짝 놀랐다. 수식이 계속 이어지고 있었다.

"풀이한 해를 올리고 있어."

"풀었어? 뭘?"

이세하라가 얼굴을 들었다.

"이치노세 10문."

마침내 그제야 모두가 침묵하고 있는 걸 이해했다. 이세하라는 계속해서 말했다.

"이치노세 10문이 마지막 한 문제를 제외하고 전부 풀렸어."

가야마는 반사적으로 얼굴을 들었다.

식당에 있는 아이들 속에서 찾아보았다.

스메라기가 얼굴을 들었다.

눈이 마주쳤다.

돌이켜 보면, 바로 그날 아침이, 바로 그 순간이 가야마에게 그 여름의 정점이었다.

여름은 정점을 맞으면 단숨에 끝을 향해 달려간다.

8월 한 달.

고시엔에서는 모르는 고교의 모르는 영웅이 활약했다.

시바사키는 전국 체전에서 대패했다.

고치타니는 산에서 발을 삐었다.

다데마루는 나나카에게 고백하고 호되게 차였다.

가야마는 남은 여름 내내 수학 문제를 풀었다.

혼자서.

이스즈와의 결투는 아직 이루어지지 않았다.

소나기구름은 아직 지평선에 자리 잡고 있지만,

매미 소리가 시들해지고,

저녁노을이 짙어지고,

바람에 다음 계절이 섞여 든다.

그리고, 가을이 온다.

옮긴이의 말

어떤 것에 푹 빠져 있을 때, 그것이 인생의 전부인 것처럼 느껴지는 순간이 있다. 청춘이란 시기가 아마도 그 온도가 가장 뜨거울 때일 것이다. 하지만 그것에 열정을 불태우다가도 문득 '왜'라는 물음에 맞닥뜨리게 되면 거기에 균열이 생기기 시작한다. 그리고 그에 대한 답을 찾기 위해 고민하고, 방황하고, 발버둥 친다. 애초에 답은 눈앞에 있고, 자신 안에 있는 것이니 어쩌면 그렇게 발버둥 칠 필요가 있을까도 싶지만 그런 과정 속에서 성장하는 게 또한 청춘이리라.

이 책의 주인공 가야마에게 그것은 바로 수학이다. 그는 단지 '거기에 문제가 있었'기 때문에 풀어 왔고, 문제가 풀리는 게 재미있어서 수학을 해 왔다. 한 번 본 숫자는 절대 잊지 않는 재능을 타고 났지만, 그렇다고 수학 천재는 아니다. 그런 그에게 갑자기 '수학이란 무엇인가.', '왜 수학을 하는가.'라는 물음이 던져지고, 그는 그 물음을 부여잡고 한여름을 뜨겁게 보낸다. 72시간 연속으로 문제를 푸는 수학 배틀을 벌이기도 하고, 수학 합숙에서는 전국의 수학 영재들과 불꽃 튀는 경쟁을 하는가 하면, 서로 머리를 맞대고 밤새워 문제를 풀어 나가면서 물음의 답에 성큼성큼 다가간다.

그러나 뜨거운 여름을 보내는 건 이들만이 아니다. 재능이 없어서 그 끝에 다다르지 못해도, 순간순간 무능하다는 걸 통감해도 수학이 좋다고 망설임 없이 이야기하는 나나카가 있고, 아직 실력이 부족해도 상대방으로부터 도망치지 않을 거라고 당당하게 선언하는 시바사키도 있다. 그리고 여름 산행을 위해서 등산부에서 지루하고 부질없어 보이는 근력 운동을 하는 고치타니와 전국 야구 대회에 출전을 앞두고 구슬땀을 흘리는 오지도 있다. 저마다 자신의 색깔에 따라 좋아하는 것에 푹 빠져 여름을 달리는 청춘들의 모습이 한없이 푸르고 싱그럽다.

문득, 요즘 우리는 그저 하루하루를 숨 가쁘게 달려가고 있는 건 아닌가 싶어 움찔한다. 좋아하는 것이 있기나 한 걸까, 푹 빠질 수 있는 게 있기나 한 걸까. '왜'라는 심플하지만 심오한 물음은 고사하고 주어진 일들을, 해내야 할 공부를, 처리해야 할 다급한 일들에 매몰되어 '그저 산이 있어서 오른다'는 식으로 살아 내는 게 고작이 아닌가 싶어 쓸쓸하다.

어쩌다 보니 또 수학 관련 소설을 번역하게 됐다. 이 작품에는 다소 복잡한 수식이 나오고 여러 수학 이론도 등장하지만 수학치(란 말이 있다면)인 나도 큰 무리 없이 번역을 마쳤다. 이 책을 읽는 분들 중에 혹여 《푸른 수학》이란 제목에 지레 겁먹는 분이 있다면, 수학적 지식이 있든 없든 재미있게 읽을 수 있는 작품이라고 말씀드리고 싶다. 물론 수학을 좋아하거나 수학을 잘한다면 더 재미를 느낄 수 있을 수 있겠지만, 수학을 모른다고 푸른 여름을 보내는 청춘들의 열정까지 읽히지 않는 건 아닐 테니…….

고향옥

풀이글

1 모듈러 연산

합동산술이라고도 하며 정수의 합과 곱을 어떤 주어진 수의 나머지에 대하여 정의하는 방법이다. 예를 들어, 모듈러 6에 대하여 10, 16, 22는 합동이다. 왜냐하면 모두 6으로 나누면 나머지가 4이기 때문이다.

2 오일러 공식

스위스의 수학자 오일러가 만든 삼각함수와 지수함수를 연결하는 공식으로 $e^{ix}=\cos x+i\sin x$이다. 이 공식에서 $x=\pi$를 대입하여 정리하면 $e^{i\pi}+1=0$이라는 간단한 식이 되는데, 이는 세상에서 가장 아름다운 공식이라 불린다.

3 밀레니엄 문제

2000년 5월 미국의 클레이 수학연구소가 정한 21세기 사회에 가장 크게 공헌할 수 있지만 아직까지 풀리지 않은 미해결 문제 7가지를 말한다. 그것은 P-NP 문제, 호지 추측, 푸앵카레 추측, 리만 가설, 양-밀스 질량 간극 가설, 나비에-스토크스 방정식, 버치-스위너턴다이어 추측을 가리킨다.

4 페르마의 마지막 정리

'n이 3이상 일 때, $x^n+y^n=z^n$을 만족하는 정수 x, y, z는 존재하지 않는다'는 페르마의 마지막 정리. 그가 취미로 공부하던 정수론 책에 '나는 놀라운 방법으로 이 정리를 증명하였지만 여백이 부족하여 증명은 생략한다.'라고 적었다. 페르마가 정말 그 정리를 증명했는지는 밝혀지지 않았지만, 그가 죽은 지 350년 후인 1995년에 영국의 수학자 앤드루 존 와일스에 의해 증명되었다.

5 푸앵카레의 추측

1904년 프랑스 수학자 앙리 푸앵카레가 제기한 가설이다. 어떤 하나의 밀폐된 3차원 공간에서 모든 폐곡선(하나의 점에서 시작해 다시 그 점으로 돌아오도록 이어지는 선)이 수축돼 하나의 점이 될 수 있다면 이 공간은 반드시 원구(둥근 공)로 변형될 수 있다

는 것이다. 러시아의 천재 수학자 그레고리 페렐만이 2003년 이 문제를 푸는 데
기초를 제공했다.

6 1/f진동

'페리에 주파수와 1/f의 진동의 법칙'에 따르면 1/f은 경사각 45°의 선으로 나타
나는데, 소리의 성질이 1/f 대각선에 가까울수록 사람들은 마음이 평정되고 안심
하며 편안함을 느낀다고 한다. 파도 소리, 작은 시냇물의 흐름소리, 차분히 내리는
빗방울 소리 등이 있다.

7 Q.E.D.

라틴어 문장 'Quod erat demonstrandum'의 약자이다. 수학에서 증명을 마칠
때 자주 사용하는데, '이상이 내가 증명하려는 말이었다.'라는 의미이다.

8 에르되시 수

헝가리의 수학자 에르되시와 공동 연구를 했던 수학자들이 에르되시 수란 말을
만들어 냈다. 예를 들어, 그와 함께 논문을 하나 썼다면 에르되시 수는 1, 에르되
시 수가 1인 사람과 공동 저술을 했다면 그 사람은 에르되시 수 2가 된다.

9 소수정리

자연수가 무한히 커질 때 그 속에 들어 있는 소수의 개수를 근사적으로 밝히는 정
리이다. 1986년 프랑스의 자크 아다미르와 벨기에의 푸생에 의하여 거의 동시에
증명되었다.

10 리만 가설

1859년 독일의 수학자 리만이 제기한 것으로 '2, 3, 5, 7 같은 소수(1과 자기 자신으
로만 나누어떨어지는 수)들이 어떤 패턴을 지니고 있을까?'라는 질문이었다. 현재까지
증명되지 못한 난제로 악명이 높다.

11 메르센 소수

일반적으로 2^n-1 꼴의 수를 '메르센 수'라고 하며, 메르센 수가 소수일 때 그 수를 '메르센 소수'라고 한다. 예를 들어, $3=2^2-1$, $7=2^3-1$, $31=2^5-1$.

12 완전수

그 자신의 수를 뺀 모든 약수의 합이 원래의 수가 되는 자연수를 일컫는다. 예를 들어, $6(=1+2+3)$, $28(=1+2+4+7+14)$.

13 제타함수

그리스 문자 ζ(제타)를 따라 붙여진 이름으로 일반적으로 다음과 같은 형태를 가지는 함수를 의미한다.

$$\zeta(s) = \sum_{k=1}^{\infty} k^{-s}$$

14 라그랑주의 네제곱 정리

네제곱 정리란 '모든 자연수는 네 개 이하의 정수의 제곱수의 합으로 표현할 수 있다.'라는 것이다. 그리스의 수학자 디오판토스의 《산술》에서 처음으로 그 내용이 나타나는 정리로 라그랑주가 1770년에 완전히 증명에 성공하였다.

참고 문헌

《数学オリンピックチャンピオンの美しい解き方》テレンス・タオ, 寺嶋英志 訳, 青土社

《数学難問 BEST100》小野田博一, PHP研究所

《入試数学伝説の良問 100 良い問題で良い解放を学ぶ》安田亨, 講談社

《美しい幾何学》Eli Maor, Eugen Jost, 高木隆司 監訳, 稲葉芳成, 河﨑哲嗣, 田中 利史, 平澤 美 可三, 吉田 耕平 訳, 丸善出版

《素数はなぜ人を惹きつけるのか》竹内薫, 朝日新聞出版

《ゲーデルは何を 証明したか 数学から超数学へ》E・ナーゲル, J・R・ ニューマン, 林一 訳, 白揚社

《数学序説》吉田洋一, 赤攝也, 筑摩書房

《世界の見方が変わる〈数学〉入門》桜井進, 河出書房新社

《岡潔 数学を志す人に》岡潔, 平凡社

《πとeの話 数の 不思議》YEO・エイドリアン, 久保儀明, 蓮見亮 訳, 青土社

《数学パズル事典 改訂版》上野富美夫 編, 東京堂出版

《偏愛的数学 I 驚異の数》アルフレッド・S・ポザマンティエ, イングマール・レーマン, 坂井公訳, 岩波書店

《数学を変えた14の偉大な問題》イアン・スチュアート, 水谷淳訳, SBクリエイティブ

《数学とっておきの12話》片山孝次, 岩波書店

《みんなのミシマガジン×森田真生0号》ミシマ社編, ミシマ社

《ひとけたの数に魅せられて》マーク・チャンバーランド, 川辺治之 訳, 岩波書店

《シンメトリーの地図帳》マーカス・デュ・ソートイ, 冨永星 訳, 新潮社

《数学者たちはなにを考えてきたか》仙田章雄, ベレ出版

《解決! フェルマーの最終定理 現代数論の軌跡》加藤和也, 日本評論社

《フェルマーの大定理が解けた! オイラーからワイルズの証明まで》足立恒雄, 講談社

〈数学セミナー増刊 ミレニアム賞問題 7つの未解決問題はどうなったか?〉数学セミナー 編集部編, 日本評論社

이 소설을 쓰면서 다케우치 가오루 선생님께 수학과 물리학에 관해 귀중한 조언을 받았습니다. 수학적인 사실을 최대한 존중하고, 최대한 재미있게 생각하며 썼습니다. 이 소설은 수학의 재미와 수학에 대한 꿈을 꾸는 픽션이지만 독자들이 알기 쉽게 나타낸 부분이 있으며, 이야기에서 요구되는 상황에 따라 생략한 부분도 적지 않습니다. 또한 단순한 이해 부족으로 인하여 혹여 이야기 속의 수학적인 부분에 실수가 있다면 그것은 전적으로 저자인 제 책임임을 밝혀 둡니다.

푸른 수학

초판 인쇄 2018년 04월 05일
초판 발행 2018년 04월 10일

지은이 오조 유키
옮긴이 고향옥

책임편집 신정선
마케팅 강백산, 강지연
디자인 이정화

펴낸이 이재일
펴낸곳 토토북
주소 04034 서울시 마포구 양화로11길 18, 3층 (서교동, 원오빌딩)
전화 02-332-6255
팩스 02-332-6286
홈페이지 www.totobook.com
전자우편 totobooks@hanmail.net
출판등록 2002년 5월 30일 제10-2394호
ISBN 978-89-6496-3661 43830